02

DEATH STRANDING

BASED ON PRODUCTION BY KOJIMA HIDEO AND NOVELIZED BY NOJIMA HITORI

死亡擱淺

原作 小島秀夫　小說 野島一人

02 CONTENTS

上集目錄

登場人物

山姆・波特・布橋斯
時隔十年又回到布橋斯的「送貨員」。身為第二遠征隊的成員橫越大陸。

亞美利
為了重建美國而率領第一遠征隊橫越了大陸。在西岸的緣結市遭到軟禁。

布莉姬・斯特蘭
美利堅合眾國最後一任總統。為了將崩壞的世界重新連結起來，將自己的一切都奉獻於重建美國的使命上。山姆的養母。

頑人
以重建美國為使命的組織——布橋斯的指揮官。布莉姬的親信。

亡人
布橋斯的成員。原本是一名法醫。負責ＢＢ的維修保養等工作。

瑪瑪
布橋斯的設備技師。參與邱比連接器與開若爾網路的開發工作。

心人
布橋斯的成員。嘗試要解開死亡擱淺及冥灘之謎。

翡若捷
民間送貨組織——翡若捷快遞的年輕女老闆。

席格斯
妨礙美國重建，試圖引導人類步向滅絕的狂人（Homo Demens）。

克里夫
尋求ＢＢ的神祕男子。

用語

BB

布橋嬰（Bridge Baby）。人為創造出來的「裝置」。裝備了這個裝置的人能夠感應到亡者的氣息與存在。

死亡擱淺

世界上爆發的神祕重大異變。從亡者世界擱淺（Strand）的反物質與這個世界的物質互相接觸而引發湮滅的現象。

布橋斯

為了將分離的都市與人們重新連結起來，重建崩壞的美國，由合眾國最後一任總統布莉姬創社的組織。

DEATH STRANDING
02

EPISODE Ⅶ 亡人（續前）

風平息後，雪勢漸弱，最後終於停了。停滯在彷彿伸手可及之處的烏雲也在不知不覺間消散，然而還是看不見太陽在哪裡。從山結市出發後第四天，總算爬到了山脈的最高峰處。其實另外也有迂迴繞道的路徑，但山姆故意選擇了攀越山峰的路。

即使抵達海拔近四千公尺的山頂，依然看不到覆蓋天空那層薄紗的另一側。實在難以相信只要穿破那宛如霧氣的薄膜外面就是一片藍色的天空，而且再往高處甚至是漆黑的宇宙。

布莉姬曾經對少年山姆描述過。

我們來到美洲大陸的祖先們首先一路朝西擴展。到達了西部的盡頭後，接著把目標轉向名為太空的新天地。後來又躍身於網路創造出的電子世界。聽好囉，山姆。斯特蘭一族是起源自最初來到美國的一名祖先。開拓新的疆域，為了人們的未來建造基礎建設，就是我們一族的使命。為一座名叫曼哈頓的島嶼搭起第一座橋梁的，就是我們的祖先。所以說，山姆，你也要為人們搭起橋梁喔。

懵懂無知的山姆・斯特蘭那時候乖巧點頭，答應了這個約定。

通往宇宙的路被封鎖後，現在人們則是想要搭起通往亡者國度的橋梁。那裡就是最後的新天地了嗎？

開若爾網路是網際網路與亡者世界的融合物（amalgam）。向山姆如此說明的，是勒克妮。她是布橋斯的成員，理論物理學菁英瑪瑪的雙胞胎妹妹，也是邱比連接器的共同開發者。

開若爾網路能夠連接亡者的世界，讓喪失的過去、喪失的遺產重新復甦。她不認為這點是沒有意義的。將死亡擱淺中遭到破壞而不復存在的睿智再度奪回來也是有必要的事情。然而如果只有這樣，她覺得是永遠朝著後方行進。就好像她們被「女兒」這個結困住，而一直留在過去一樣。

所以勒克妮表示，山結市雖然會成為開若爾網路的轉接點，但她不會回到布橋斯。她還想好好思考。勒克妮她們與因為過世的女兒造成誤會的那段過去訣別，獲得了新的選擇機會。那麼我呢？我現在又有什麼樣的選項可選？

山姆看向胸前變輕的一塊空白。

亡人說要對做為一個裝備開始脫軌的ＢＢ小路進行修理，而暫時保管了ＢＢ。結果就是胸前的這塊空白。據說等到順利修理完畢，回到山姆手中的時候，那已經不是小路，而是喪失了所有記憶的ＢＢ。在這件事上，山姆沒有選擇的餘地。另外同樣是亡人告訴山姆關於布橋斯不為人知的一面，也沉重地壓在山姆肩上。讓曾經一度被封印的ＢＢ實驗偷偷繼續進行的布莉姬心中的意圖，以及身為她部下的指揮官的過去，山姆究竟該如何面對這些？目前除了假裝自己什麼都不曉得，繼續運送貨物並連結網路，朝亞美利所在的西方前進之外，山姆似乎也別無選擇了。

結果，他現在獨自一人走在白雪覆蓋的山岳地帶。

這趟路的目的是在等待亡人修復小路的期間從山結市翻越山峰到西側，將抗開若爾過敏藥送到地質學家的庇護所。據說對方在持續進行地層挖掘調查的過程中開始出現了開若爾汙染的症狀。如果是異能者還另當別論，但普通人要是出現發作症狀，有時候也會攸關性命。幸好這次患者的症狀很輕，但還是需要及早治療才行。

『山姆！山姆‧布橋斯！』

銬環的無線通訊聲音讓山姆回過神來。是匆忙之中卻帶有超然的獨特語調。

『是我，心人。聽得見嗎？』

那是在布橋斯之中對於冥灘理論的見解出類拔萃的人物。不過山姆到現在還是只有透過全像投影與無線通話跟他接觸過。

『聽好，山姆。你現在正前往我同事的地方對吧？

這代表你也快要來到我的地方了。開若爾網路還沒有連接到我這裡，不過你現在是在以山結市為轉接點的開若爾網路運作區域中。因此即使你在海拔那麼高的地方，如果只是聲音，我還是可以經由一般無線通訊為中繼跟你聯絡。當然，如果用開若爾網路相連，我也可以用全像投影跟你講話了。』

心人講話滔滔不絕，山姆根本沒有插嘴的餘地。

『我的同事們都駐點於庇護所中，他們全部都是專精於各自領域的自然科學專家。山姆，你現在正前往的區域還殘留有白堊紀晚期的恐龍化石，是非常罕見的場所。恐龍在六千五百萬年前滅絕，然而證明牠們直到晚期都還生存的化石卻所剩無幾。

換言之，我們在進行調查的這塊區域埋藏有滅絕的紀錄。我聽說你正在前往的庇護所是地質學家的據點。他在當地發現了相當有趣的東西。你猜得到那是什麼嗎？不，我想就算是你一定也想像不到。我也沒有親眼見證過，所以並沒有完全相信就是了。你聽好，那是冥灘的化石。然而這項發現的代價卻是讓他出現了開若爾汙染的症狀。只要你把藥劑送達，他應該就能治好。不過在這裡進行研究調查的人不是只有他。正在挖掘絕種化石的古生物學家和演化生物學家們都在等待你到來。大家都在期待藉由你開通的開若爾網路，讓由於死亡擱淺而失去的過去研究資料，甚至滅絕時期的紀憶或紀錄本身能夠復活。當然，我也一樣期待。山姆，快點到我的地方來吧。』

確實就如心人所說，目前的計畫內容是要山姆走遍這些研究人員的庇護所，啟動開若爾網路。然而在那之前卻發生了把藥物送去給地質學家的例外任務。完成這項任務後，山姆必須先回到亡人的地方領回恢復正常的小路。要和這位話很多、不過腦袋運轉異常快速的心人實際見到面，可能還要再等一段時間。

『山姆，聽得到嗎？我雖然還想跟你再多聊聊，不過我的時間快到了。』

不，我只是聽你單方面在講話而已。山姆正想如此回嘴，卻被一句『剩下一分鐘』的人工語音給打斷了。

『不好意思。總之現在一方面也為了詳細驗證他的發現，我們需要你的協助。把開若爾網路開通到我和他的地方來吧。你並非單純只是在把人與場所連結起來而已。詳細內容我們下次再講。那麼山姆，再會了。』

就像剛才忽然聯絡一樣，心人匆匆忙忙地切斷了無線通訊。冥灘的化石，這個詞依然留在山姆耳邊。那和據說在這塊土地生存到最後的恐龍之間是不是有某種關係？冥灘變成化石又是什麼意思？山姆完全摸不著頭緒。就像心人所言，那是還沒有被確認過的事情。因此現在去多想也沒有意義。仰望天空，重新戴好兜帽的山姆站起身子。又開始下起雪來了。

烏雲再度遮蓋天空。彷彿可以聽到野獸低吼的聲音。是暴風吹颳的聲響。到處有看不見形影的無數猛獸吼叫著。一陣特別強烈的風吹來，害山姆嚴重失去平衡。即使踏穩雙腳依然難耐貨物的重量，結果全身往背後倒了下去。

化為猛獸的暴風掃過被埋到雪中的山姆旁邊。颳起白雪，伴隨嘶吼奪去了山姆的視線。山姆不禁咒罵一聲並撐起身子，又吹來一陣強風。這下連站都沒辦法站了。

受到暴風雪襲擊的高山頂處根本沒有可以避風的地方。山姆從背包拿出攀爬柱，刺進雪地底下的岩石。接著綁上繩帶，另一端繫到腰上。現在只能壓低身子，等待暴風過境了。山姆全身趴下，貼到雪地上。感覺只要與地面之間稍有縫隙，強風就會吹進裡頭把身體颳起來。到時候被吹到半空中的身體都不知會飛到何方去了。那樣根本就是重蹈之前巨型風暴的覆轍。

由於身體不動的緣故，體溫逐漸被剝奪，牙齒忍不住不斷顫抖。寒冷的感覺早已消失，疼痛貫穿全身。不過這痛覺到最後也會感受不到吧。到那時候就完蛋了。山姆擠出力氣注入手腳，但就連指尖腳尖在什麼地方都漸漸不知道了。從腳尖到腰部的身體輪廓變得模糊，有如BT一樣化為粒子緩緩分解。這樣搞不清楚是幻覺還是夢境的思考浮現腦中。這也是很不好的徵兆。必須讓不斷往自己內側萎縮的精神轉而向外，必須把身體與精神繫在這個世界才行。

過了一段時間後，山姆注意到風有一個節奏。雖然遲遲不停息，不過在暴風肆虐之中會有稍微變得比較平靜的時候。自己有辦法抓準那樣的時機移動嗎？要是繼續留在這裡，只會讓身體凍傷而已。

風變弱了。山姆用雙手握住繫在腰上的繩帶，放低膝蓋與腰部開始緩緩移動。越過山頂，坡面改為往下。為抓住繩帶的雙手注入力氣，手掌與手指的感覺回來了。或許多虧地形改變的關係，風勢又變得更弱了。大雪依然繼續下著，伸手不見五指。雖然速度極為遲緩，但確實正一步一步在下山。

再一段路，再一段路就到了。山姆如此自我激勵，不去胡思亂想多餘的事情，宛如機械般動著雙腳。只要如此反覆，應該遲早可以穿過這片暴風雪，回到原本的世界。

某種忐忑不安的感覺湧上心頭。不知聽到什麼地方傳來像是BT的咆哮。聲音越來越大，越來越近。從頭頂上——剛剛躍過的山頂方向傳來。

那不是BT。當山姆發現真相的時候，身體隨著一記沉重的衝擊浮了起來。原來是落石。雖然在千鈞一髮之際避開了正面撞擊，但山姆還是被岩石彈開，跌落下去。天地倒轉，飛入烏黑的雲中。背架的繩索斷裂，貨物被吸入空中。

搞不清楚自己在哪裡了。怎麼可能會有這種蠢事？我現在因為被落石撞開，正滾落雪地斜坡。可是雙手雙腳卻無論再怎麼尋找可以抓的地方，都觸碰不到任何東西。

感覺就像靈魂(Ka)從肉體(Ha)中消失了。這裡跟交界一樣。明明正落向天空，卻能聽到海浪的聲音。還有嬰孩在哭泣。

那是在呼喚山姆。海浪退去的同時，把赤裸的嬰兒也拖向大海。山姆趕緊衝過去，跳入海浪中。小路在呼喚山姆。波濤翻弄之中山姆伸出右手，手指勉強勾到了ＢＢ的臍帶。於是拉著臍帶，把ＢＢ拉回眼前。將ＢＢ抱在胸口，這才發現那是瑪琳根和勒克妮的女兒。然而山姆對於這件事一點都不抱持疑問。ＢＢ是束縛，是枷鎖，是船錨。所謂的橋梁，是固定起點與終點的存在。然而正因為如此，山姆多虧有ＢＢ，讓自己的生命賦予了意義。

思緒至此，感情應聲崩潰。淚水停不下來，讓山姆變得什麼也看不見。因為這樣，他沒注意到紅色的衣服從遠處接近。嬰兒這時彷彿要甩開山姆擁抱的手臂似地發出聲音。是山姆至今從沒聽過，發自心底深處的歡喜聲音。

媽媽！懷中的ＢＢ，懷中的嬰孩大叫。

身穿紅衣的女子伸出她纖細的雙臂，從山姆手中奪走了嬰兒。不對，是嬰兒按照自己的意思逃到女人懷中的。

那女人是亞美利。

她流著淚。從雙眼溢出黑色的眼淚。抱在她胸前的嬰兒碰觸到淚水，霎時崩壞。化為無數的細微粒子漸漸消散。就像山姆的血會讓BT回到亡者的世界一樣，亞美利的淚水讓BB回到本來應該存在的地方去了。

等等。別這樣。把那孩子還給我。

亞美利聽不到山姆的聲音（**因為亞美利被囚禁在緣結市不是嗎？**）。

然而山姆除了大叫什麼也辦不到。那個吶喊聲讓他自己醒了過來。

山姆仰天倒在雪地斜坡上，花了一點時間才總算理解自己是昏過去做了一場惡夢。風平靜下來，大雪停息，雲層也消散了。山姆撐起上半身，擦拭淚水。這不是悲傷的眼淚。鼻子可以聞到一股刺激性的氣味。

這裡是擱淺地帶的正中央。

周圍瀰漫著濃密的BT氣息。淚水大量湧出眼眶，停也停不下來。全身寒毛直豎，難以壓抑發作似地顫抖。身體在發燙。寒冷與想吐的感覺交互來襲。耳邊似乎可以聽到亡者吐息的聲音。但現在BB不在身邊，自己不可能聽得到才對。霎時，手印出現在山姆身邊。在白色的雪地留下一個接一個的漆黑手印。亡者的腐臭味刺激鼻腔。山姆雙手摀口，蜷曲身子，盡可能隱藏自己的氣息。然而全身的顫抖還是停不下來。搞不清楚是因為寒冷，還是因為恐懼。

山姆周圍的手印越來越多。無論軌跡或大小都不一樣。尋找著山姆的BT不是只有一個。在白雪覆蓋的山上，被一群亡者包圍。感覺自己的存在就像是為了獻給它們的贖罪供品。但那樣的想法是一種狂妄。就算在這裡引發虛爆，自己還是能夠回歸人世。然而產生的爆炸能量想必會把包含山結市在內的整個區域都化為烏有吧。在那裡有亡人、有勒克妮還有小路。哪有供品是為世界帶來破壞與災難？獻上供品的結果應該要守護世界的安寧才對。

山姆只能辨識手印和氣息。臆測與猜疑一點一滴地侵噬精神。「看不見」竟是這麼恐怖的事情。沒有小路的胸前空白，卻如此沉重。

腦袋深處開始發麻，身體在渴望氧氣。停止呼吸已經到了極限。然而手印依舊徘徊在山姆周圍。山姆用凍僵的手摘下右手的手套。五根手指都變色得有如瘀青，是凍傷的前兆。把牙齒咬進手腕處的靜脈。溢出的血液好燙。接著把那些血塗抹到臉上。明明是來自自己體內的東西，卻腥臭得甚至教人感到討厭。不過可以發現BT們在怕那些血。手印停下了動作。

山姆解開手銬的一邊，讓刀刃露出。是之前切斷瑪瑪臍帶的刀子。將本來應該接到血袋的部分插進咬破的血管，吸血量調到最大。心臟頓時有種爆炸似的劇痛。從刀口溢出冒著蒸氣的血液。接著用左手探找背包，拿出血液手榴彈。這個則是接到血袋上，讓它吸飽血液。畢竟現在可不曉得那些傢伙究竟有多少數量徘徊在近處。

隨後，山姆閉上眼睛。既然看不見，就乾脆別看了。同時向不在身邊的BB祈禱。小路，保佑我吧。似乎可以聽到小路回應的聲音，就算是幻聽也只能相信了。於是山姆朝聲音傳來的方向抬起頭，擲出可以說是自己心臟分身的手榴彈。

伴隨小小的爆炸淋下血雨。好幾個BT被雨淋到而顯露輪廓，緊接著化為粒子崩散了。但是這並不代表全部的BT都退散。山姆站起身子，把沾滿鮮血的手銬像鞭子般揮甩的同時往前行進。ＢＴ們漸漸退去，但山姆的視野也開始打轉。已經連上下左右都分不清楚了。或許是大量失血的緣故，眼前的景象失去了顏色。把黑色的血灑在白色雪地上的山姆不斷前進。

那模樣儼然是撥開洶湧的大海，前往應許之地的聖者。然而在山姆開拓出的路徑上，卻沒有任何一個活人追隨在後。

當山姆確定自己擺脫擱淺地帶的時候，他已經連站立身體的體力與力氣都所剩無幾了。將咬破的靜脈止血處理後，用醫用釘書機縫合。把具有造血效果的藥錠與聰明藥丟進口中咬碎。留在背包底下的隱生蟲也放到嘴裡咀嚼。

銬環接收到微弱的電波，告知地質學家的庇護所就在近處。只要沿著斜坡下山約三公里就能抵達。但是那個距離對於現在的山姆來說卻有如永無止境。他找到雪地上裸露的岩石，把新的攀爬柱釘入其中，用繩帶繫到自己腰上。靠著這條名副其實的救生索，開始走下斜坡。

到地質學家庇護所的距離通常只要三十分鐘就能走完的，現在卻花了兩倍以上的時間。不過值得慶幸的是隨著海拔下降，氧氣濃度逐漸增加，而且一路上都沒有再下雪。也多虧在途中休息一下，讓山姆的體力稍微恢復了。

身為布橋斯科學小組成員的地質學家即使是透過全像投影也能看得出來非常憔悴消瘦。山姆把送來的藥劑交給他後，對方便喜極而泣，表現得相當誇張，不斷對山姆道謝。

「謝謝你，山姆．布橋斯。我現在沒辦法克制自己的情緒，總是為了一點小事就歡喜高昂或是沮喪絕望。以前從來沒有過這樣的事情。我本來以為自己心神不寧是因為獨自一個人關在這個庇護所的關係，但其實並非如此。這是開若爾汙染造成的現象。我雖然知道這些知識，但萬萬沒想到自己會遇上這樣的狀況。這是開若爾物質釋放出的開若爾射線對精神與肉體造成影響的症狀。由於跟精神壓力造成的症狀很像，讓我一開始沒有自覺。要是繼續放著不管，我搞不好會湧起自殺衝動。不過現在多虧有你，我這些症狀應該也能治好了。」

一口氣滔滔不絕地講話的樣子，確實隱約可以看出輕度開若爾汙染的症狀。我知道了，拜託你先吃藥吧。山姆雖然想這麼說，但地質學家的嘴卻停不下來。

「生命誕生於這個地球後大約三十八億年間，反覆發生過大大小小好幾次的大量滅絕。其中規模特別大的五次被稱為五次大滅絕。它們分別發生於奧陶紀、泥盆紀、二疊紀、三疊紀與白堊紀的晚期，地球上的生命幾乎消滅了。

像這樣彷彿要讓地球上的生命根絕的異變究竟為何會發生？是依循什麼樣的機制發生？然後這次的死亡擱淺會不會是第六次的大滅絕？我和心人還有其他同事們努力想要解開這些問題。而其中的一項成果就是發現了冥灘化石。你知道這是什麼意思嗎？

當地震發生的時候，板塊會沿著斷層線摩擦生熱，形成所謂的『假玄武玻璃』岩層。我們稱這些岩層為『地震化石』。以此類推，這次的新發現就被稱為『冥灘化石』了。

就在我調查白堊紀晚期的地層時，從恐龍與菊石等等的化石中發現混雜了奇妙的東西。那並不是用肉眼可以看到的性質，因此稱之為化石只是一種比喻。不過——我檢測出了開若爾物質。

對，造成我這個症狀的原因就是那些開若爾物質。開若爾物質是死亡擱淺發生之後才被發現的物質。那些東西是經由我們稱為冥灘的特殊次元來到這個世界。有人說那就跟希格斯玻色子或暗物質一樣，其實本來就存在、只是沒有被發現而已。

而這個冥灘化石就是證據了。而且這也顯示冥灘並非到現在才第一次出現，至少很有可能在白堊紀晚期的大量滅絕期也出現過。雖然還沒辦法精確驗證，不過可以推測冥灘發生與大量滅絕之間應該有某種關係。假如調查其他滅絕期的地層也能發現冥灘化石，就表示所謂的冥灘與大量滅絕有關了。對不對？

雖然說，關於冥灘的事情我並不是非常理解就是了。那玩意與個人的精神相連，卻又能拿來當成開若爾網路的路徑。我多少可以明白那並不是能夠實際觸碰的存在，然而從你們這些異能者的形容聽起來，我又覺得那很像是實際存在的場所。」

這樣的感想很正確。就連山姆也不認為自己能夠把在冥灘上的經驗說明給其他人理解。異能者與一般人之間講述死亡時的詞彙不一樣，想像死亡的方法論不一樣，論述「冥灘」這個次元世界時的文法也不一樣。兩者之間存在有絕對無法填補的鴻溝。

但唯有一件事情可以理解，那就是這個叫死亡擱淺的現象將會是第六次大量滅絕的可能性大幅增加了。如果讓「死亡」這個永遠無解的謎團得到答案的代價就是滅絕，是不是必須心甘情願地接受它呢？又或者滅絕的命運是對明白死亡真相的人類進行的一種封口呢？

「今後肯定會把冥灘與滅絕之間的關係搞得更清楚。只要你讓這一帶的開若爾網路開始運作，進展就會更快了。」

山姆回應地質學家的要求，拿出邱比連接器。讓它接觸配送終端機上的接受器，啟動網路。如果冥灘與過去的滅絕也有關係，那麼利用冥灘為媒介的這個網路系統是不是也會產生不同的意義？山姆把心中出現的這項疑問連同邱比連接器一起收進衣服的胸前口袋中了。

才剛離開庇護所，銬環就接到聯絡。是亡人打來的。

『山姆，讓你久等啦。』

畢竟對方不曉得山姆在擱淺地帶遭遇過什麼險境，因此這個態度也是很正常的事情，但那輕輕鬆鬆的語氣還是讓山姆不禁感到火大。

『結束了。BB的重設作業順利完成了。剩下的工作就是實際裝備起來驗證是否能夠發揮功用，以及對壓力源的耐受性是否符合標準等等。』

新的BB完成了。小路已經不在了。不，只要把它當成新的小路來對待就好了嗎？可是就像生父生母無從替代，情人朋友無從替代一樣，小路應該也無從替代才對（**山姆，真的是那樣嗎？**）。

『我接下來會出去外面進行實測檢證。山結市的工作人員會提供協助，所以不用擔心我的事情。多虧你的努力，這裡已經是開若爾網路的運作區域了。我們可以知道擱淺地帶的位置，也能預測天氣變化。某種程度上應該也能探知到那些危險傢伙們的動向。所以你結束現在的任務之後，只要過來把BB領回去就行了。』

山姆頓時有種想把銬環砸到地上的衝動。但是他沒辦法自己解開這玩意。這點又讓他更加不爽了。

『我們為ＢＢ進行測試的地點如果從地質學家的庇護所來看是位於東南方的位置，就在山結市附近的配送中心旁邊。你好不容易往西行了卻又要你折回來一趟真的很不好意思，不過你不需要攀越高峰。靠你的腳力應該只要一天就能到達。把ＢＢ領回去後，你可以在那個配送中心的私人間好好休息。』

這個彷彿在說『我很貼心吧』的口吻也讓山姆感到火大。不管是配送包裹還是重建美國什麼的，全都是我在做啊。不過山姆把這句話吞回肚中，關掉了無線。獨自一個人走上眼前平緩的斜坡。

由於進入山峰形成的陰影之中，溫度驟然降低了。不過跟之前經歷過暴風雪中的酷寒狀態相比，這一點都不算什麼。

只要越過這道斜坡就能見到小路了。不，是曾經叫小路的ＢＢ在等我。仰望著山稜線，複雜的感情湧上心頭。越過那道線之後可以迎接新的時光，但也有必須放棄的時光。如此直接明瞭的現實讓山姆感到痛苦難耐。

爬上斜坡的頂端後，便能看到遠處的配送中心。只剩一點路了。

『山姆，聽得見嗎？你要小心！』

銬環的無線通訊忽然發出勒克妮的聲音。

『上次的狀況又發生了。開若爾濃度正在急速飆升。』

那是什麼意思？

山姆疑惑地環顧周圍，但是天上並沒有任何顯示那種徵兆的變化。現在使用的邱比連接器也是勒克妮改造修理過的東西。

會不會是搞錯什麼了？

正當山姆要這麼問的時候，南方的天空出現了鮮明的倒掛彩虹。那道彩虹也是連接亡者國度與生者世界的凶兆，看起來無比美麗。

明明已經看過那麼多次，山姆很驚訝自己第一次有這樣的感受。實際上那應該讓人害怕才對的，卻忍不住看得入迷。因此這是難以言喻的別種情感。既不是美麗也不是恐怖的別種東西。

找不出言語形容的山姆，取而代之地流出了眼淚。這和過敏反應不一樣，是源自感情的淚水。

勒克妮的無線通訊斷線了。不管山姆如何呼喚，銬環都沒有任何回應。這裡應該是開若爾網路的運作區域才對，卻連不上。這個事實會不會就佐證了開若爾濃度正在飆高？或者是山結市發生了什麼問題？

胸口忽然感到一陣熱。山姆把邱比連接器抓出來一看，六枚金屬片發燙得彷彿要燃燒起來。怎麼會這樣？山姆雖然想把它從脖子上扯下來，可是它卻宛如帶有意識的生物般開始浮游。彷彿在嘲笑山姆似地往天空飄飄然升去。

就在山姆被它扯得往前踏出一步的時候，景色驟然一變。

強烈的暴風從背後推動山姆，害他失去平衡往前倒下。山姆為了防備撞擊而用雙臂護住頭部，但那動作一點意義都沒有。

因為他的身體飄到空中了。失去重力，飛向天空。

巨大的鯨魚在一旁被吹颳得不斷扭轉。不知來自何處的建築瓦礫，只有透過影像或資料看過的大大小小船隻車輛，以及看不見臉的人們，都紛紛被捲進巨大的暴風漩渦，被吞入天空了。

EPISODE Ⅷ 克里夫

山姆醒來後，發現自己在一條陌生的老舊街道上。是在美洲大陸絕對看不到，用石塊和磚瓦組合而成的市街。除了砲彈聲與槍聲外，宛如野獸嘶吼的重型機械聲也化為聲音的團塊震撼四周。

劃破天際，發出刺耳聲響飛過的巨鳥，原來是飛機。那種東西居然能夠反抗重力飛在天上。山姆第一次目睹自己只有在知識中知道的飛天機械。

為了避開槍林彈雨，山姆逃進距離自己最近的一棟廢墟中。無線電這時啟動，連上通訊。是亡人打來的。

『山姆嗎？』

山姆還沒叫出對方的名字，無線電就傳來感覺很不安的聲音。

「怎麼了？你在哪裡？」

『我不清楚。看來我們被捲入那場暴風了。既然能夠連上無線電，代表我們的距離應該很近吧。我和BB都沒事。我在一個像是下水道的地方，應該還沒有被人發現才對。』

不知何處發生爆炸，震撼山姆所在的廢墟。從天花板撒下磚瓦。

『當我回過神的時候，發現自己在下水道的入口。於是我逃到裡面，結果迷路了一段時間。我有看到你之前描述過的那個男子，他跟骷髏士兵在一起，所以應該不會錯。那人拿著一個嬰兒娃娃。』

大概是為了消除心中的不安，亡人變得比平常還要多話。

『我猜這裡應該是第二次世界大戰的戰場。位置是歐洲的某處。我剛剛在逃竄的時候，有一瞬間看到戰車和戰鬥機。』

「為什麼你會知道？」

『我沒跟你說過嗎？我是那方面的愛好者啊。』

我可沒聽過。但山姆並沒有這麼回應，而是說道：

「你附近有什麼易於辨認的東西嗎？我過去救你跟小路，然後擊敗那男人。如此一來我們就能回去了。」

山姆其實並不是很確定，只是因為上次的經驗如此所以說出來而已。但如果不這麼做，也沒辦法突破現在的狀況。

『有一座哥德式的建築。雖然因為大半已經毀損所以我不是很確定，但並不算太老舊。想必是哥德復興時代的建築。該怎麼說呢？就是外型有如森林，有好幾根像樹木一樣的尖塔豎立在屋頂上，又高又大的建築物。』

亡人講的東西山姆只能理解一半左右。這傢伙難道也是個建築物愛好者嗎？山姆如此嘀咕著，走出了廢墟。

途中，山姆撿起了一把掉落在廢墟的步槍。這比上一次的戰場上撿到的東西還要輕，而且感覺更好用的樣子。說到第二次世界大戰可是一百年以前的事情。那個時候槍械就已經進化到這種程度，簡直教人不敢相信。這麼說來，核武好像也是在這時期開發出來的。早在很久之前，人類就造出了毀滅自己的工具。

亡人描述的建築物很快就被找到了。有如森林的外觀——雖然前提是山姆自己的理解正確，不過應該就是那棟建築物沒錯。正如亡人所說，這地方也是大半都已崩塌，但出入口並沒有被堵住。

山姆穿過大廳，走下通往地下的階梯。從張貼在大廳牆上的布告看起來，這裡大概是開放給人民使用的公共建築吧。雖然說那些布告不是英文而是德文，所以山姆並非很確定就是了。

霎時，伴隨一陣劇烈的轟響，山姆感受到彷彿從底下往上彈起的強烈震動。光是用手撐著牆壁讓自己保持站立就很吃力。而且震盪才剛停息下來，緊接著又是斷斷續續的砲彈爆炸聲響與人的叫喚聲。看來自己移動到戰鬥地帶了。

山姆推開地下室某個角落的藍綠色鐵門，闖進地下道中。

這地方瀰漫著腐水的臭味，溼暖的空氣圍繞身體，也隱約可以聞到血與火藥的味道。爆炸聲再次傳來，讓隧道劇烈震盪。

「亡人，你在哪裡！」

自己的聲音迴盪得教人毛骨悚然。彷彿有無數個看不見的山姆一樣。

「山姆！這邊！」

循著亡人的聲音，山姆進入隧道深處。

亡人抓著鐵柵欄呼喚著山姆，另一邊的臂彎中抱著圓艙。

「山姆！這邊，快過來！」

山姆制住激動的亡人，視線看向圓艙。亡人因此回神，從鐵柵欄的縫隙間遞出圓艙。

「小路。」山姆接過圓艙，忍不住叫了一聲。但BB或許在睡覺，沒有反應。

「小路。」又叫了一聲名字後，被打斷睡眠的BB不太高興地哭了起來。

「小傢伙應該可以正常運作了。讓我看看。」

亡人硬是把圓艙搶了過去。本來以為他是要對圓艙進行什麼調整，但他卻只是將圓艙抱到胸前靜靜搖盪。那是在哄嬰孩的動作。BB於是停止哭泣，亡人一臉得意地看向山姆。山姆頓時無言回應。小路已經忘記我，變得跟亡人親近了。

諷刺的是，一陣爆炸轟響含糊帶過了這份尷尬。想必是炸彈之類的東西落到地面了吧。地下道整體都震盪起來，從天花板落下磚瓦碎塊。近處傳來士兵們盤問何人的聲音。亡人緊抱住圓艙保護著BB。

「這裡或許是冥灘的一種。命喪戰場的人們心中的怨恨與遺憾充斥四周的冥灘。」

將圓艙遞給山姆的同時，亡人如此呢喃。

「如果這裡和上次是同樣的場所，讓我們回去的關鍵肯定是那個男人。」

山姆把圓艙裝到胸前，教人懷念的重量回來了。

「在我解決他之前，你就躲在這裡吧。」

說著，把臍帶(cord)接到圓艙上。

「怎樣？記憶還有殘留嗎？」

對於亡人的詢問，山姆默默搖頭。圓艙裡的ＢＢ露出才剛出生般純粹的表情。這孩子果然把一切都忘掉了嗎？

歐卓德克伴隨嗚響啟動。感應器部分急速旋轉，接著立刻變成十字型。那個男人的臉瞬間閃過山姆的腦中。

這孩子雖然把我遺忘，但還是會對那男人做出反應。歐卓德克所指的應該就是那男人的方向。

「山姆，我開始能理解為什麼ＢＢ對你來說這麼重要了。」

亡人看著圓艙如此說道。

「這個小傢伙身為裝備，無論生或死都不受到允許。但是它毫無疑問地與我們相連在一起。」

「這小傢伙可不是裝備，它叫小路。」

就算它把我的事情都遺忘，它依然是小路。山姆輕撫圓艙，朝下水道的出口邁出步伐。

★

鐘聲傳來。是教堂的鐘。

響徹戰場的鐘響並不是為亡者鎮魂，反而是鼓舞他們，讓他們甦醒的聲音。

即便穿過空中的轟炸機投下多麼大量的炸彈，教堂的尖塔都沒有遭到破壞。炸彈有如唯恐觸怒國王的忠實家臣般，在接近鐘塔之前就自行改變了軌道。在地面來去的各種飛彈或槍彈也都不會擊中鐘塔。直到對世界抱有遺憾的亡者們全部醒來前，這個鐘響都不會止息。是某個人如此下令的。

透過量產亡者的兵器，沒有死亡自覺的人們紛紛化為亡者。如果人生是一篇文章，他們就是沒能畫下句點便斷絕了生命的存在。現在為了尋求句點而甦醒了。

在不斷搖蕩的掛鐘下方有一面巨大的蜘蛛網，上面黏了好幾隻髒掉的嬰兒娃娃。有的頭部破損，有的手臂斷裂，有的肚子開了洞。其中一隻彷彿痙攣發作似地震動起來，一邊的眼皮隨之激烈開合。無法哭泣的娃娃正拚命地想要表達什麼訊息。

躺在蜘蛛網中央的男人對那無言的聲音做出反應，醒了過來。

他發現句點了。

男人撥開纏在身上的絲線，猶如芭蕾舞者般優雅地落下。

來吧，從這裡再次開幕。耳邊可以聽到什麼人的聲音。把你沒能撰寫到最後而中斷的故事在這裡完結吧。頭上冒出火焰，彷彿在祝福那男人醒來。是蜘蛛網在燃燒。火花如雨水般灑落。男人從胸前口袋掏出一根菸含到嘴上，用那雨滴點燃。深深吸進一口，吐出白煙，面露淺笑。

找到了。

白煙消散後，取而代之地在男人周圍出現四名士兵。沒有皮肉，只有骨頭的士兵。男人拋掉菸，高舉起手臂。

接著將手揮落，不發一語地對士兵們下令。進攻。去把句點奪回來。男人默默望著士兵們散開行動。去把捉著那個孩子不放手的男人叫到這裡來。

★

山姆一走出下水道，就遭遇到激烈的轟炸。是戰鬥機投下的炸彈。雖然離山姆的位置有一段距離，但還是震耳欲聾，振盪臟腑。必須把那個男人找出來才行。山姆確認歐卓德克所指的方向，看到前方有一棟像是教堂的建築物。

然而那模樣卻非常奇妙。明明基部被破壞得不留原型，直指天空的尖塔卻完好如初，自行立於上方。山姆即使不懂建築構造方面的學問，但光靠常識也覺得那是不可能的事情。下面支撐的部分崩塌倒壞，卻只有尖塔若無其事地聳立其上。雖然從遠處難以判斷，不過那看起來似乎連一道裂痕都沒有。也沒有被火燻黑的部分。在這個眼見之物皆為攻擊對象，一切都破壞汙損的場所，唯有那座塔彷彿被視為聖物，受到保護。

歐卓德克筆直地指著那個方向。

那個人就在那裡。

但是要如何過去才好？這地方子彈飛來飛去，轟炸沒有一刻停息，烈焰燃燒至天空，士兵們無時無刻都在叫喚。就和上次一樣，這裡是亡者與亡者互相殺戮的戰場，而且殘殺的手段比上次的戰場還要大規模。山姆仰望戰鬥機的影子，感受手中步槍的重量，切身體認到這個事實。

石板街道上零星設置的破損拒馬，崩塌的沙袋，翻倒的戰車，倒塌的建築物，山姆只能沿著這些遮蔽物後方移動，小心注意別讓自己被捲入戰鬥中。士兵們慘死的叫喚聲雖然從四面八方傳來，但幾乎都看不見他們的身影。

山姆不經意想起核彈。光靠一發炸彈，就能量產出數目超越想像的死者，破壞範圍大得驚人。這裡會不會是遠遠隔離人世的戰場？人類沒有介入其中，然而卻殺戮人類的戰場。不是靠彼此開槍，更不是靠互相毆打，人與人保持著遙遠的距離互相廝殺的戰爭。因此喪命的人們還沒能接受自己的死就離開人間。唯有那樣不合道理的事情遲遲沒能被消化，如淤泥般不斷沉積於這片戰場。而且同樣的事情反覆循環。

若真是如此，想要止息一切就只能讓亡者們認清自己是亡者。就跟藉由焚化遺體讓死者明白自己已經去世是一樣的。

如果這樣的戰場、這樣的戰爭過去真的存在，表示人類從以前就在量產ＢＴ了。無論虛爆或死亡擱淺，搞不好都是人類自己帶來的現象。

大概是因為腦中想著這些事情而變得注意力不集中，山姆忽然滑了一跤，趕緊把手撐到牆上穩住身體。看看腳邊，原來是石板剝裂的路面凹洞積水了。山姆對自己犯的蠢事忍不住咂舌，準備重新往前走時才發現一件事。積在凹洞裡的並不是水，而是一整灘的血。簡直難以想像究竟要注入多少人的鮮血才會積出這樣的血灘。深度甚至浸到腳踝了。

想要把腳從中拔出來的山姆卻不知被什麼人的手抓住了腳踝。那隻手扯著山姆的腳，想要把他拖進血灘。

山姆用步槍的槍管搥打那隻手，用渾身的力氣把腳拔了出來。

——BB。

呼喚聲直接在腦中響起。

血灘表面隆起，什麼東西冒了出來。沾血的頭盔、染紅的手、滴著血液的槍口。露出全貌的那東西，是個骷髏士兵。山姆連想都來不及想就舉起步槍掃射。瞬間粉碎的骷髏士兵在火焰包覆中消失了。

——BB。

沒有死前的慘叫，取而代之的是那個男人的聲音。

緊接著，山姆右腳感到劇痛。中槍了。回頭一看，三具骷髏士兵站在那裡，把步槍對準山姆。不過搶先扣下扳機的是山姆。雖然一發都沒有擊中，但至少發揮了嚇阻敵人的效果。山姆趁這個機會逃到近處一輛棄置於路上的卡車後面。中彈的腳在發燙，感覺像是脹大了好幾倍。

為了窺視情況，山姆從卡車後面稍微探出頭，結果敵人立刻開槍掃射。是跟上次同樣的那群士兵。歐卓德克的感應器光芒從白色轉為橘色，佐證了山姆這個想法。另外也能感受到小路不安的情緒波動。即使在如此緊張恐怖的狀況中，這點還是讓山姆不禁放心。這孩子或許失去了關於我的記憶，但我們還是能像這樣相連在一起。

伴隨一陣爆炸聲，卡車的車篷燃燒起來。是敵人投擲了手榴彈。山姆拖著疼痛的腳，全力逃跑。接著卡車應聲炸開，熱風與衝擊直撲在山姆的背上。小路嚇得嚎啕大哭。被黑煙嗆到咳嗽的山姆尋找著可以藏身的地方。路邊一棟棟的建築物全都損毀得非常嚴重，沒辦法逃進裡面。

在槍彈追殺中，總算找到了一棟正面外牆由紅褐色的磚塊砌成的建築物。雖然窗戶玻璃破裂只剩外框，不過出入口還保留著原型。山姆於是闖進昏暗的屋內。裡面的牆壁有一部分崩塌，原本在櫃子上的東西散落一地，幾件家具也都倒在地上。想當然沒有任何人的氣息。桌上擺有咖啡杯與破裂的盤子。攤開的報紙上印有市街在燃燒的黑白照片以及斗大的德語文字。山姆察覺屋外有氣息接近，趕緊躲到桌子後面。是剛才的骷髏士兵。幸好對方似乎沒有發現山姆的樣子。正當山姆以為可以撐過危機的時候，爆炸衝擊讓建築物震盪起來。

從天花板撒下灰塵，桌上的杯子喀喀作響。放在凸窗平臺上的收音機突然響起聲音。

彩虹彼端的某處，高高的雲朵上——

是英文歌。不知在哪裡聽過的古老歌曲。

那裡有我在搖籃曲中聽聞過的國度——

大概是注意到那歌聲，骷髏士兵忽然轉回頭。四目相交。沒有眼球的空洞眼窩看著山姆的眼睛。明明有桌子當遮蔽物，視線不可能對上的，可是雙方卻都看到了對手。山姆搶先朝對手開槍，接著轉身從後門逃出屋外，來到一條勉強可以讓一個人通過的狹窄小巷。被兩旁聳立的建築物切割出來的天空，可以看到教堂的尖塔。歐卓德克也直指著那個方向。不會迷路了。山姆往前奔出。

空襲開始，好幾架轟炸機來襲，投下炸彈後離去。街上到處發生爆炸，房屋倒塌，烈焰燃起。如此混亂的局面反而合了山姆的意。這樣骷髏士兵們應該也沒辦法自由移動才對。尖塔近在眼前，距離小巷出口也只剩一小段了。

從建築物中忽然跳出士兵。回頭一看發現後面同樣有士兵現身。被包夾了。山姆壓低身子躲過敵人射出的子彈，並朝對手的腳使出一記擒抱。明明是只有骨頭的存在，卻能感受到一名成人的重量。山姆接著從倒下的對手身上奪得了槍，對準胸口擊發。敵人的肋骨當場碎裂，從應該是心臟的位置冒出小小的火焰。那團火轉眼間延燒開來，把全身都燒到不留灰燼了。

山姆同時朝背後逼近而來的士兵開槍。敵人也朝著山姆一邊跑一邊連續射擊。雙方的子彈都沒有擊中目標，只有距離不斷拉近。大概是子彈用完的敵人拋掉步槍，高舉起軍用短刀。山姆於是瞄向對方敞開而毫無防備的胸口開槍，卻射偏了。那是山姆的最後一顆子彈。他躲開揮落的短刀，撲向對手懷中。雙方糾纏扭打而倒下的時候，敵人的頭盔掉落到石板路上。露出的頭蓋骨有一半以上早已破裂喪失。光是骸骨士兵會動就已經很異常了，沒想到它們即使壞得更嚴重也依然能夠行動，簡直教人毛骨悚然。明明收納大腦的容器壞了，卻還能表現得像活著一樣。把對手壓到地上的山姆因此出現破綻。

只有骨頭的手臂重擊山姆的背部。衝擊力道強烈得宛如被鋼鐵撞擊，劇痛讓山姆一時無法呼吸。由於力氣放鬆的緣故，被對手上下逆轉了。骷髏士兵騎到山姆身上，用一隻手掐住他的頸部。另一隻手握拳，準備攻擊山姆。驚險避開的同時，山姆用依然握在手中的手槍握把部分毆打對手胸口。肋骨斷裂，對手停止動作。再一次，使出渾身的力氣毆打。骨頭應聲粉碎，分解為粒子般的細小顆粒，如火花一樣綻放紅光，接著士兵的胸口便冒出火焰。

隨著難以想像是人類聲音的苦悶叫聲，被火焰包覆的士兵消失了。

山姆揮散落下的火花，站起身子。穿出小巷，走向教堂。教堂的鐘有如失控般陣陣敲響起來。

教堂內部一反外觀的印象，呈現一片悽慘的景象。拱形的天花板到處都是破洞，畫在上面的天堂圖也都損毀。花窗玻璃融化變形，為信徒們準備的長椅在燃燒之後幾乎都化為黑炭。空氣中充滿近乎敗壞的腐肉臭味，彷彿都會附著到全身上下。正面的祭壇上供著一隻腹部朝上的小型鯨魚。那就是惡臭的來源。

歐卓德克顯示那個男人就在這裡，始終固定為十字狀，動也不動。小路雖然沒有哭泣，但看起來似乎害怕得在發抖的樣子。

某個東西掉落到祭壇。被鯨魚腹部彈開後，滾落到山姆腳邊。是嬰兒娃娃。兩眼痙攣似地激烈開闔著眼皮。

——BB。

山姆轉朝聲音傳來的方向，看到那男人就站在那裡。

「把BB還來。」

話才剛講完，男人手中的槍便發出咆哮。子彈擦過山姆右肩，擊中背後的祭壇。山姆頓時失去平衡，背部用力撞在祭壇上。從制服的破洞處溢出鮮血。

山姆用雙臂抱著圓艙遮掩小路。肩膀的血液沿著手臂流下來，弄髒了圓艙。男人俯視著山姆全身靠著祭壇、難看地癱坐在地上的模樣。他的表情好像產生了些微的變化，浮現悲哀似的感情，但很快又消失。

「把BB還來。」

男人又講出同樣的一句話。緩緩舉起手，將手中的槍對準山姆。不知為何，從他身上感受不到剛剛現身時的那股殺氣。

「放開、他……」

對方似乎在回想什麼事情，語氣有些虛弱。山姆瞪著朝向自己的槍口，默默搖頭。我不能放開手，也沒有道理要把它還給你。小路才不是你的。男人抵在扳機上的手指漸漸用力。

山姆伸出一隻手，用手掌遮住槍口。就算要失去這隻手，也不能把小路交出去。

男人臉上又再度扭曲出悲傷的表情。他的眼睛注視的不是圓艙，而是山姆的手掌。不會錯，他正在嘗試回想起什麼事情。

這男人究竟是什麼存在？他並不屬於**這個**戰場。和戰場上那些有如亡靈般只會不斷互相廝殺的士兵們不一樣，他保有自己的意識。然而他是不是沒有辦法讓意識化為具體的形狀？

轟響傳來，原本緊閉的教堂大門被炸開了。

厚重的木製門板四分五裂，燃燒起來。男人見到那景象頓時大叫起來。叫聲有如野獸，混雜著憤怒與恐懼，朝著門口大聲嘶吼。

他是在生氣原本毫髮無傷的這棟尖塔遭到破壞嗎？還是對聖域受到玷汙的事情感到恐懼？可以確定的是，他正陷入混亂，山姆擠出力氣站起身子，朝男人撲了過去。但男人早一步轉回身子，阻止山姆。

手臂與手臂相撞，肩膀與肩膀擦碰。從男人的領口處迸出金屬片，和山姆的邱比連接器一樣是用鍊子掛在頸部。兩人碰撞造成的衝擊讓男人仰天倒下。

男人的金屬片火紅地燃燒著。山姆的邱比連接器也呼應似地發燙起來。

倒在地上的男人不知為何看起來早已喪失鬥志的樣子。

然而那眼神並不像放棄一切決心投降的人，只要現在給他最後一擊就能回到原本的世界。

山姆心中這樣的確信開始動搖。

這男人並不是像ＢＴ那樣的亡者，擊倒他並不等於送他回去。

男人尋求的是別種形式的葬送行為。

「ＢＢ……」

他依舊想要得到小路，但是不能把這孩子交給他。

如果這孩子還沒有誕生也還沒有死亡，就不能把它交到亡者手中。

山姆無論如何都希望讓小路誕生於生者的世界。

男人伸出手。搖晃著滿是傷口的身體站起來，朝山姆走過來。山姆左手舉槍，右手護著圓艙。但除此之外，他做不出進一步的行為。

既無法前進，也不能後退。

男人皺起眉間，感到耀眼似地看著山姆。

「ＢＢ，ＢＢ……是爸爸錯了。」

他想要把手放到圓艙上。

「對不起。我不該把你關進這種地方的。」

男人哭了。流著黑色的眼淚。

他手臂用力，拉扯圓艙。超乎想像的力道讓山姆差點往前倒下。

兩人糾結在一起，滾倒在教堂地板上。為了撥開對方的身體，山姆抓住男人的頸部，結果某個東西纏到他的手上。

時間極為緩慢地進行。

男人的瀏海搖盪，泥巴飛濺的細微動作，掛著金屬片的鍊條從男人的脖子上被扯下來，這些畫面甚至連細部都能清楚看見。山姆推開男人想要站起身子，仰望上方的男人把手伸向ＢＢ。

山姆與男人四目相交，頓時感覺自己要被吸進那對眼眸，沉入顏色比任何大海都要深邃的那眼睛裡。

彷彿要被扯入深海之中，再也無法浮出水面，只能被水壓擠扁。那樣恐怖的感覺，讓山姆忍不住閉上了眼睛。

★

／／山結市

溺在水中。

被生命之母的大海吞沒的山姆溺在水中。

爆炸讓宇宙誕生，爆炸讓地球誕生，接著生命便誕生了。孕育生命的，是讓發燙的這顆星球冷卻下來的海洋。生命不久後登陸，在名為陸地的邊境之地成為重力的奴隸，延續生命的連鎖。

然後生為母親的大海變成了報復女神，淹溺陸上的生命。

海灘即是讓女神達成報復的通路。

頭頂上遙遠之處隱約可以看到微弱的光芒。但即使朝著那個方向掙扎逃脫，也沒辦法逃出海中。不管怎麼游，都無法縮短與海面的距離。憋氣到了極限，意識逐漸模糊。要被大海殺了。正當這麼想的時候，山姆才明白了這是一場惡夢。

醒來後所在的地方，是建造在地下的私人間。

在這個背叛大海，又被大地拒絕的人類為了守護「私人」而建造的人工房間中，山姆睜開了眼睛。

銬在床鋪邊緣的銬環自動解除後，山姆坐起身子。擦掉眼淚，確認裝設在育兒箱上的BB圓艙。螢幕上顯示BB目前是可用的狀態。

山姆叫了一聲「小路」並解除圓艙的連結。抱著微微帶有溫度的圓艙，又叫了一次小路的名字。但小路沒有睜開眼睛，依然緊閉著嘴唇，全身縮成一團。難道是聽不見山姆的聲音嗎？小路始終沒有反應。

「小路。」

即便如此山姆還是繼續呼喚的聲音，讓小路張開眼睛了。小路，不對，布橋嬰用視力還不完全的嬰兒眼睛抬頭看向山姆。它還沒從漫長的沉眠中醒過來嗎？不，不是那樣。自己應該做好覺悟了，正視現實吧。至少小傢伙現在延長了生命。說到底，這就是山姆當初接下這個任務的理由之一。不讓這孩子無辜喪命。現在自己至少不需要放棄這份決心了。

「小路還好嗎？」

從背後傳來亡人的聲音。對了，我和他順利從那個戰場回來了不是嗎？現在應該為此高興才對的，可是怎麼也沒有那樣的心情。

「它還是沒有反應。」

山姆知道自己這樣很不乾脆，但依然抱著一縷希望，想要讓亡人診斷小路而遞出圓艙。可是圓艙卻穿透亡人的手臂。BB好像對全像投影的亡人做出了反應，好像看著他笑了。不過這或許也只是自己的幻覺。當山姆再次看向圓艙的時候，BB已經閉上了眼睛。

「多虧你的努力，讓我們回來了。我們倒在山結市的附近，是勒克妮那些人救了我們。不出所料，這邊的時間似乎連一分鐘都沒有經過的樣子。你和BB被搬進這房間，睡了將近二十四小時。我則是早一步先回到總部了。這次又受到翡若捷的關照啦。哦哦不過，經由冥灘移動果然不是什麼舒服的事情。總覺得那裡會不會連結上那個戰場，讓我超害怕的。」

山姆看到一枚小小的金屬片放在桌上。亡人大概是注意到山姆的視線，於是改變了話題：

「那個，你當時握在手上。是以前美國配給的兵籍牌。」

這是那個男人掛在脖子上的東西。山姆雖然記不太清楚，不過大概是自己把這東西從那戰場帶回來的吧。拿起兵籍牌翻到背面，上面刻有幾個數字與記號，以及名字。

「那牌子的持有者名叫克里夫．昂格，上面也刻有他的ＩＤ。我透過這個線索稍微查了一下資料庫。」

亡人操作銬環後，出現一名身穿戰鬥服裝的男性立體影像。

沒有錯，就是這個男人。

「這男人隸屬於美國陸軍特種部隊。參加過科索沃、伊拉克以及阿富汗的作戰。」

雖然這些都是山姆沒有聽過的地名，不過應該都是以前的戰場吧。

全像投影映出的那個男人看起來比在之前那個戰場上的他來得精悍，彷彿內心充滿非常單純的意志。沒有絲毫迷惘與猶豫的感覺，散發出年經野獸般強勁的氣息。完全感受不出之前在戰場上那個悲哀的表情。這個巨大的差異，跟小路有什麼樣的關聯性呢？

「我目前只能查到這樣。」

山姆對亡人點頭回應後，把兵籍牌放進自己的口袋。總覺得這是查明克里夫．昂格這個男人的重要線索，同時也是解開與ＢＢ之間關聯性的媒介。

克里夫的投影像消失後，房間陷入一片沉默。ＢＢ在空間的中心，兩人都凝視著圓艙思考要講的話。

「呃，我要向你道歉。」

首先開口的，是亡人。

「小路原來是你打算幫自己孩子取的名字，但他沒能活下來是吧。」

山姆頓時「唉」地嘆了一口氣。其實他並沒有把這件事情當成祕密，只是也沒有必要特地跟別人講而已。亡人針對布橋嬰、初期的布橋斯以及頑人等等進行調查的過程中，就算查到了那起事件也一點都不奇怪。

「我找到了一份資料。是十年前的紀錄。在中央結市近郊的一處小都市，有一名女性猝死了。那女性名叫露西，原本是一名心理諮商師。當時是布橋斯成員的丈夫雖然盡力趕赴現場，但還是來不及。虛爆發生，都市消滅。在爆炸形成的坑洞底部，只有那名丈夫殘存下來。對，那個男人是一名回歸者。」

亡人探頭窺視山姆的表情。

「那男人身為虛爆的唯一倖存者，因而受到了懷疑。為什麼沒能避免事件發生？另一半死亡的原因會不會就是那個男人？他該不會是分離主義激進派的間諜吧？布橋斯是不是沒能掌握到這點？揣測臆測互相交結，人們的議論因迴聲室效應而扭曲擴大，變得誰也無法阻止。那男人最後退出布橋斯，行蹤不明了。而露西當時懷有身孕。」

亡人說到這邊深深吐氣，讓山姆也忍不住跟著嘆了一口氣。

「兩人把肚子裡的孩子叫作小路。」
山姆依然緊閉雙脣，不發一語。
「我並不是只有看過資料而已。布莉姬也有告訴過我一些事。她那時候病情惡化，大概是領悟到自己死期將近了吧。所以她告訴了我資料上沒有記錄的東西。」
換句話說，那是布莉姬與亡人的主觀修飾過的故事。並不是真相。至少不是山姆所尋求的東西。
「露西自殺之前見過的人不是你，是別的人。布莉姬深信如此，也這麼告訴我。然而紀錄上露西最後見到的對象卻是你，山姆。
我不知道是布莉姬想要袒護你，還是你沒有說真話。布莉姬對於你離開的事情感到很懊悔。她說你並沒有必要斬斷所有的聯繫。」

★

//中央結市近郊

當初委託露西為山姆進行心理諮商的，是布莉姬。表示希望可以治療山姆的接觸恐懼症。最初的療程中給露西的印象是，山姆的症狀相當棘手。原因想必是來自他的童年陰影不會錯，然而還沒有辦法掌握引起他這個病症的究竟是什麼樣的經歷。
和其他許多布橋斯的核心成員一樣，山姆也是個異能者。但和其他人不一樣的是，他同時具有一種稱為「回歸者」的特殊體質。露西推測這點應該和他的接觸恐懼症有很深的關聯性。

山姆還是嬰兒時就失去了雙親，是由總統收養的。然而總統是在這大陸中最為繁忙、壓力最為沉重的人物。她想必無法給予年幼的山姆足夠的關愛。這也是山姆患病的原因之一。然而山姆很不願意講述關於自己的事情，總是把自己的心關在高牆之中。如果不能讓他稍微再敞開心房，就很難進行治療。露西與山姆的關係就這麼開始了。

雖然進度緩慢，不過山姆後來總算變得願意講講自己的事情了。然而露西分析認為，山姆童年時期的回憶相當混亂。他難以區分記憶是來自夢境，還是現實中發生的事情。他甚至宣稱自己曾經與沒有血緣關係的姐姐亞美利在冥灘見過好幾次面。露西判斷這應該是山姆主觀的記憶，而非客觀性的事實。

露西出生於死亡擱淺發生之前，和山姆之間有幾歲的年紀差距。而這短短幾年的差異，影響到這兩人對於冥灘的看法。

像露西這樣的舊世代——雖然她並不喜歡這種稱呼方式——的一般想法認為，所謂的冥灘實際上只存在於人的精神中，是幻想的產物。相對地，死亡擱淺發生之後出生的世代比較有自然接受冥灘存在的傾向。他們為了合理說明像山姆這種回歸者的存在或是ＢＴ出現的原因等等問題，而認為所謂的冥灘是實際存在的。

露西的假說認為，山姆自稱童年時期體驗過的冥灘記憶，或許是為了舒緩亞美利和布莉姬沒能經常陪在他身邊所造成的寂寞。這也是為什麼山姆即使已經長大成人，還是那麼依戀亞美利給他的捕夢網。那個捕夢網可以說是他的定心丸。因此如果能讓山姆在感情上與亞美利拉開距離，或許就能克服他的接觸恐懼症。露西打算在下一次的療程時向山姆提議這個方法。

山姆否認了露西關於他和亞美利的推測，也主張自己並沒有依賴亞美利或布莉姬。他甚至說露西身為心理諮商師的評估是錯的。然而露西則是認為，他這樣的反應正是心理依賴的證明。

露西並不是想要否定山姆的能力或冥灘的存在。她想做的不是辯論，而是治療。

因此露西決定先試著把注意力放到山姆對於自己身為布橋斯成員的想法。現在的布橋斯是以山姆這些異能者為核心成員的組織。在創立初期，布橋斯的主要目的是從美國崩壞的混亂之中保護總統的安全，然而隨著加入的異能者越來越多，後來組織的目的便擴展為重建美國了。當中尤其以身為回歸者的山姆是特別受到期待的成員，而他本人也對此也抱有自負——露西是這麼認為。

我會重建美國。這是山姆的口頭禪。然而露西懷疑那會不會是山姆為了逃避自身所處的現實，為了彌補自己的孤獨才會那麼想的。

為了進一步理解山姆，露西提出了與總統見面的要求。然而要是總統在接受心理治療的謠言傳到分離主義者耳中，狀況將會變得非常麻煩。因此這件事在程序上進行得相當慎重小心。雖然在官方紀錄上這次的會面只是訪談，但如果有必要，露西當然也很樂意為總統本人進行心理諮商。

當露西問起關於山姆的童年，總統竟相當教人驚訝地老實道歉了。對於自己沒能像一般的母親一樣擁抱山姆，長時間陪伴在他身邊的事情，總統有如面對山姆本人一樣對露西深深道歉。

這讓露西原本對於總統是個冰冷女性的印象完全被推翻，甚至對總統產生了好感。

據總統說，當年代替她照顧山姆的是她的親生女兒亞美利。雖然布莉姬並沒有說明得很詳細，不過她也表示身為異能者而擁有特殊能力的亞美利，確實曾經好幾次帶山姆到冥灘一起玩過。

這次會面讓露西深信總統是非常深愛山姆的。然而問題就在於那份感情是否有讓山姆感受到。

露西並沒有辦法像山姆或總統那樣接受冥灘的存在。照他們的講法，儼然冥灘是真實存在的地方，但露西猜想亞美利與山姆到冥灘遊玩會不會是一種精神旅行。會不會是將「冥灘」這種精神概念當成現實存在的想法，已經被深植於山姆的意識中？山姆之所以沒辦法按照自己的意思前往冥灘，會不會就是這樣的原因？

最後造成的結果會不會就是讓山姆在潛意識裡，將冥灘、亞美利與總統當成一種渴望或信仰的對象了？

總統和亞美利懷抱的感情，是沒有性慾望的泛性浪漫主義（Panromantic），因此能夠投入重建美國的大業之中。相對地，山姆則有只會對於極為親密的對象感受到性吸引的半性取向（demisexual）的傾向。當然，山姆並不會對身為家人的亞美利她們產生慾望，然而親密的對象同時也是信仰的對象。渴望得到，卻又禁止得到的矛盾。露西分析這可能就是讓山姆產生接觸恐懼症的原因。

「才不是那樣。」

山姆怒氣衝天。

「我是個回歸者。是個會逃過虛爆，讓靈魂從交界回到肉體的怪異人類！」

露西試著將自己的假說告訴了山姆。雖然她早有心理準備，不過山姆的憤怒還是非常強烈。這是山姆第一次表現出如此激烈的情緒反應。露西對那樣的山姆感到害怕的同時，也冷靜看待自己與患者之間拉近了距離的事情。不，她其實是很高興的。

或許是和山姆關係拉近的感覺讓露西變得比較大膽，忍不住用嚴厲的口吻叫山姆快點清醒，放下對冥灘的幻想。結果山姆頓時露出寂寞的表情，離開了房間。

搞不好他以後再也不會來露西的地方了。這時她的心中，湧起了感到寂寞的念頭。

山姆竟準時來赴約了。

他的表情看起來比平常更加冷靜，但這也許只是露西的一廂情願。

山姆表示他後來自己認真思考過。他說，如果所謂的冥灘以及異能者的能力真的就像妳說的是某種解釋瀕死經驗的方法，那該有多好？我知道妳是認真在思考我的問題，謝謝。

然而我的能力並不是如妳說的那樣。

我今天就來向妳證明這件事。山姆如此說道後，忽然拿出一支針筒刺進了自己的左胸。

露西根本來不及制止。轉眼間山姆的身體就開始抽搐，倒在地板上。露西趕緊跑過去搶走針筒，並試著為他進行心臟按摩。

但是山姆完全沒有反應了。

不知過了多久的時間，露西甚至連叫人過來的念頭都沒想到。一段時間後，山姆的身體又動了起來。

他的手臂上多了一個新的手印。是他以前說過亡者留下來的手印。

山姆醒來後說道：這樣妳還是無法明白嗎？

這就是回歸者。就算我的肉體死亡，我的靈魂也無法前往冥灘。只能到達介於人世與冥灘之間的「交界」，然後又回來這裡。或許這些事情妳也都會說是精神性的東西吧。

但這些對我來說都是現實。我就算自殺，也會被亡者的世界拒絕，只靠自己的力量哪兒也去不了。如果沒有亞美利幫忙，我就無法到冥灘。我沒辦法自己決定自己要前往的場所。

山姆說著，流下了眼淚。他的心中是無比孤獨的。露西也在不知不覺間哭了。她不自覺地握住山姆的手，而山姆的身體也沒有拒絕她。沒有出現接觸恐懼症的症狀。

露西由衷希望，能為山姆留下生者的手印。

山姆需要一個除了家人以外的親密對象。一個不是布莉姬也不是亞美利的對象。一個讓他能夠毫無保留地坦率一切、交付一切的對象。就讓我成為那個對象吧。露西如此期盼。山姆也點頭回應。兩人緊緊相擁了。

後來經過一段時日，露西辭去了心理諮商師的工作。因為她認為對患者產生反移情作用，陷入戀愛關係的自己已經沒有資格繼續從事這一行。今後自己再也不能幫助其他患者了。不過這樣也好。因為我拯救了名為山姆的一個人。他的接觸恐懼症可以說是完全治好了。露西深信今後除非發生什麼意外，否則山姆的症狀應該不會再復發了。

總統欣然接受了這兩人的關係，也接受了露西肚子中小小的新生命。

腹中的孩子成長得很順利。醫生說是個女孩子。名字叫路易絲，是山姆取的。只要摸摸肚子叫她小路，她就會回應。布莉姬對此事也非常高興，提議要拍一張全家福。雖然也很想讓亞美利一起拍照，但她不在這個都市。很可惜，但也是沒辦法的事情。布莉姬讓山姆與露西站在自己兩旁，面露微笑。

她還特地把照片印出來，害臊地說道：別笑我跟不上時代。然後在上面寫了一句「因愛而擱淺」，並簽上自己的名字。如此一來這張照片就是獨一無二了，不是單純的數位檔案，無法複製。它將會成為我們無可取代的回憶。

肚子裡的小路即將二十八週大了。醫生診斷母女倆皆無異狀。然而真的是那樣嗎？露西最近變得每天晚上都會做惡夢。

在夢中睜開眼睛，就會發現自己獨自一人在冥灘上。感到孤獨害怕的露西於是在冥灘四處徘徊，尋找其他人。最後她看到山姆與亞美利背對著她並肩站在水邊。鬆了一口氣的露西開口叫喚他們。亞美利亮麗的金髮相當耀眼，可是她轉回頭的臉卻是布莉姬。露出難受的表情，小聲呢喃。

——我在冥灘上等妳。

露西被自己的尖叫嚇醒了。

山姆，這到底是怎麼回事？

然而山姆並不回應露西的詢問。

露西只能被關進自問自答的牢籠中了。

我無法理解我自己的心理。連自己都不敢相信自己以前還是個優秀的心理諮商師。搞不懂自己為什麼會一再夢到那樣的夢境——露西一天變得比一天憔悴。就在這樣的時候，布莉姬來見她了。一看到露西的臉，布莉姬就馬上說道：

「那並不是夢。」

肚子裡的小路忽然反應了一下。

「對不起，我沒想到事情會變成這樣。小路繼承山姆的血，是個很特別的小孩。這孩子讓妳與冥灘相連了。但是不用害怕。妳治好了山姆，也多虧如此讓他有了小路這個必須守護的未來。山姆得以和生者的世界相連了。

山姆或許能夠把這個生與死呈現一片混亂的世界重新連結。他在這個接納了死亡的悲傷世界中，是個能夠創造明日讓我們活下去的人物。他是個特別的孩子。冥灘正如妳所想，會受到人的精神狀態影響。但它並非單純的精神性存在。就像妳理解了山姆一樣，我希望妳也能明白冥灘以及世界的事情。」

布莉姬說著，溫柔握起露西的手。

結果露西就來到了冥灘。

跟夢中是同樣的景象，但不是夢境。

肚子裡的小路發出笑聲，露西頓時理解了一切。

明白了山姆的出生、布莉姬她們的事情、死亡擱淺的事情。教人難以置信，也不願相信。但這些都是事實。

布莉姬只是希望把新的世界之理告訴懷了新生命的露西。

露西因為她的愛，擱淺在冥灘了。

小路輕輕踢一下肚子，讓露西醒了過來。

房間裡只有她一個人。意識還模模糊糊，眼睛看到的一切都缺乏現實感。這個紊亂的感覺。這個彷彿現實與夢境交錯糾纏的感覺。

山姆、布莉姬和亞美利是活在比這個更加混亂的生活中。活在生與死、現世與彼世交雜的現實中。

原本只能靠想像的現實，現在也擱淺在我的世界了。

山姆，救救我。

露西抓起放在旁邊的聰明藥，一口氣吞下。她古老的理性還想要抓著她出生時——死亡擱淺發生之前的古老世界。

沒有冥灘的世界。死者只會入土為安的世界。

即使如此，身體的顫抖還是停不下來。

只靠聰明藥不夠，需要更強的藥物。

露西把吸滿鎮靜劑的針筒刺在自己的手臂上。藥劑都注射完後，又抓起另一支針筒。一劑接著一劑。

★

//山結市/私人間

「山姆，抱歉。我無意要挖掘你的過去。我只是想要知道你們——知道你和小路之間的關係。」

亡人對山姆鞠躬低頭。這樣坦率的道歉，反而讓山姆不知所措了。生氣的自己簡直像個加害者一樣，又不知該如何勸誡這個心情。

是山姆自己把小路的幻影套在ＢＢ身上，自以為是為曾經沒能拯救的生命進行贖罪。亡人的好奇心雖然讓人無法接納，但也無從責備。

「我的全身上下有七成都是從屍體回收的器官。我是從法醫轉任到布橋斯的新人。我對亡者熟悉得很，但是沒辦法感受到冥灘。」

他彎下身子，看著又開始睡覺的ＢＢ。

「山姆，你聽過法蘭克斯坦的怪物嗎？」

山姆有稍微聽過故事內容。是以前露西告訴他的（**真的是那樣嗎？**）。人類之所以想要成為造物主，是因為對於自己是被造物的事情感到羞恥。為了忘卻那樣的羞恥，人們創造出神話。神話的原型就是理解神的存在並且成為神的方法。冥灘也是一樣。山姆記得這些都是露西講過的話。

「我是用多能幹細胞培育出來的人造人。發育不完整的器官只能從屍體移植過來。你懂嗎？我不像你們是從母親的子宮生出來的，所以我沒有冥灘。沒有和母親的聯繫。我沒有生日。沒有靈魂，是個只有肉體的亡人（Deadman）。」

原本低著頭聽話的山姆抬起頭，與又哭又笑的亡人對上視線。這些話實在難以相信。這傢伙明明有感情、有思考能力也有好奇心。

應該也有靈魂才對。

（**山姆你真笨。意識跟靈魂是不一樣的喔。**）

「所以我會如此執迷於研究冥灘。照顧ＢＢ也是為了這個目的。如果這孩子是裝備，那麼我就是人偶了。」

亡人走近圓艙伸出手，但他的手掌穿透了過去。

「在那個戰場的時候，很怪的是我並不感到孤單。我是第一次有那樣的感受。我和這小傢伙——和小路互相聯繫，也透過他跟你聯繫在一起。你絕對會為了這個孩子回來。就算目的不是為了我也沒關係。即便如此，我依然深信我與你之間的聯繫。」

亡人彷彿張望周圍似地轉著頭。

「山姆，我有時候會這麼想。既然冥灘是與個人相連結，會不會實際上根本不存在？開若爾網路也好，讓我瞬間移動的翡若捷的冥灘，會不會其實都只存在於我的妄想之中？不過妄想只要互相交疊，就會成為現實。我們稱之為『聯繫』的東西，其實是如此脆弱。如果真是這樣，我的心情該有多輕鬆啊。這樣我就不需要虛構出什麼法蘭克斯坦的怪物或是屍體器官之類的故事了。」

什麼意思？難道他剛才那些自白全部都是胡扯的嗎？山姆頓時有種類似暈眩的感覺。

「你別露出那麼可怕的表情。我沒有冥灘，不，我無法感受到冥灘是真的。我不是異能者。唯有這點我和普通人類是一樣的。但這件事讓我無法承受，我沒有活著的現實感。我好羨慕你們啊。」

你那麼想要這種能力，我巴不得全部給你。就是因為這個能力，害我失去了露西和小路。山姆心中湧起難以壓抑的衝動。要不是眼前的亡人是全像投影，他早就一拳揍下去了

（**明明有接觸恐懼症的說？**）。

——**你沒有必要斬斷所有聯繫**。

這時不經意聽到布莉姬的聲音，讓山姆頓時僵住。接著宛如被嚇怕的小狗般環顧四周，但只能看到亡人困惑的表情。

「布莉姬曾經這麼說過。」

原來是把亡人的聲音聽錯了嗎？還是兩人都產生了同樣的妄想？

「她這一點說對了。我也是那麼認為。」

「我才沒有斬斷聯繫，打從一開始就沒有聯繫了。」

山姆害怕再度聽到布莉姬的聲音，忍不住扯開嗓門。可是發出的聲音卻沙啞無比，讓他感到更加難堪了。

明明十年來毫無接觸，結果布莉姬死期將近、亞美利陷入困境的時候才又要求協助。那樣一幫人口中所謂的聯繫，根本只是一種欺瞞。

同時，對她們伸出來的手做出回應的自己，更是沒有責備她們的資格。一切的一切，都是我沒有好好清算過去就活到現在的自己不對。就跟當初沒能保護露西和小路的自己一樣，什麼都沒變。

然後藉由像這樣責怪自己的行為，又在逃避重要的事情。這點山姆也很清楚。所以他忍不住害怕看到亡人的臉，總覺得對方會不會把一切都看穿了。

對於這段漫長的沉默，亡人究竟是如何解讀？山姆無從知曉。

「連我都有建立起聯繫的說。」

亡人如此呢喃後，切斷無線通訊。全像投影消失。到剛剛還被他占據的空間現在顯得無比空蕩。

感覺就跟那時候一樣。把整座都市都消滅的虛爆痕跡，把大地刨開出現的坑洞。自己當時只能夠茫然站立在其中的記憶。

露西以及許許多多的人全部消失的衛星都市遺址。雖然被伊格託付ＢＢ，卻沒能拯救中央結市的懊悔感情。

看不見的亡者們從這個世界把人類一掃而空的想法，讓山姆一直被困在過去，裹足不前。

然而即使伸出手，也抓不著什麼東西。

就算抓到了，也沒有任何意義。

EPISODE Ⅸ 心人

山姆擦拭掉附著在眼罩上的雪，用銬環的地圖確認位置。只要爬下這個斜坡，應該就能看到心人的實驗室了。

從山結市出發後過了七天。途中翻過了兩座高峰，越過冰隙，在綿延不絕的斜坡爬上又爬下。幸好天氣相對比較安定，讓山姆在路上都沒遇到什麼大問題就來到了這裡。然而現在雲層變得越來越厚，有種風雪即將來臨的預感。山姆希望能在那之前抵達目的地。

這次絕對不可以被捲入暴風雪中，讓貨物被颳走。現在背在山姆背上的，可是獨一無二、無可取代的貨物。不，山姆也搞不清楚究竟該不該稱之為「貨物」。這是瑪瑪的遺體，被慎重包裹在屍袋裡。

當初與腹中的小孩一同喪命的時候，瑪瑪透過化為BT的小孩的靈魂為媒介，將自己的靈魂連結到自己的肉體上。不知道是不是因為這樣，她的肉體能夠像活人一樣行動。將連結她與小孩的臍帶切斷之後，她的肉體也沒有出現壞死或腐敗的跡象，至今依然保持著剛死亡時的狀態。

為什麼會發生這樣的事情？對這點感到好奇的心人提出了調查遺體的要求。他認為這或許可以成為重要的線索，了解靈魂（Ka）與肉體（Ha）、透過冥灘連結的生者與死者世界的關係性。關於身為回歸者的山姆這個特殊的體質，也可能找出某種程度的解釋。

因此無論如何都要把遺體送到目的地才行。這同時也是為瑪瑪的一種弔慰。至少山姆是這麼想的。

繞過一塊從斜坡山腰處突出的巨大岩石後，視野豁然開朗。在呈現研缽狀的地形底部可以看到一座結冰的湖泊。雖然因為飄雪與煙霧影響讓人看得不是很清楚，不過很奇妙的是那座湖讓人會聯想到愛心的形狀。像小孩子畫出來的心型。

心人就住在那座湖的近處。

感應器對山姆進行掃描後，通往入口玄關的大門便打開了。一進門立刻可以看到一臺配送終端機自動啟動，迎接山姆到來。山姆停下腳步準備告知自己抵達，結果機械的聲音就告訴他：

『請直接入內。』

門應聲打開，於是山姆走進一條明亮的走廊。相對於瑪瑪的實驗室，這地方整理得一絲不苟。看不到一點灰塵，但同時也缺乏真的有人在生活的感覺。屋內沒有任何聲音，只能聽到山姆自己的腳步聲與呼吸聲微微迴盪。無論地板或牆面似乎都是使用像緩衝素材般帶有些許彈性的材料建成的。

『請進。』

機械聲音再度傳來後，山姆穿過一道自動打開的門。一反走廊的景象，這房內充滿夜晚的黑暗，讓人沒辦法立刻確認內部的模樣。幸好山姆發現一旁有扶手，因此他抓著扶手等待自己的眼睛適應暗處。房內可以聽到些微的音樂，是陰暗而沉重的鋼琴聲。蕭邦的送葬進行曲。山姆把臉轉朝音樂傳來的方向，霎時嚇得停止呼吸。不應該出現在這裡的存在竟然就在眼前。

由大量的粒子聚集成的人形存在——BT飄浮在半空中。

山姆反射性地憋氣，停止動作。原來這實驗室中都感受不到有人的氣息是因為這樣啊。這裡該不會是由於什麼原因變成了擱淺地帶吧？可是BB和歐卓德克都沒有任何反應。亡人說過BB重設之後已經恢復功能，但該不會是跟我之間的微調失敗了？BB不但失去了記憶，甚至變得沒辦法跟我聯繫了嗎？由於從山結市到這裡的路上都沒有接近過擱淺地帶，讓我對於BB一路沒有反應的事情不以為意。但實際上原來是我和小路無法重新連結了嗎？

亡人的臉頓時浮現腦海。山姆心中湧起想要痛毆那個騙子的怒氣。

就在這時，小路笑了。

低頭看向圓艙，便與小路四目相交。小路似乎想要表達什麼事情。

山姆重新再看一次飄浮在眼前的BT，頓時對自己的蠢樣感到好笑起來。原來那只是製作得非常精細的模型罷了。

用手指彈開那玩意後，山姆走進房間深處。音樂依然繼續播放著，沒有停息。山姆在那聲音的誘導下緩緩前進。

一片昏暗之中，可以看到有個人影躺在放下椅背的活動躺椅上。戴著眼鏡、閉著眼睛的那張臉孔，正是至今透過無線通訊已經交談過好幾次的男人。

「心人嗎？」

山姆輕輕叫了他一聲。要說在睡覺，那樣子也不太對勁。胸口絲毫沒有起伏，可見他沒有在呼吸。山姆頓時有種不好的預感。難道這房間如此缺乏人的氣息就是因為這樣嗎？設置在躺椅旁的裝置看起來是測量生命徵象的東西。跟之前在布莉姬的辦公室看到的玩意很像。裝置螢幕上顯示的東西大概是心電圖吧。正常來講應該會顯示波動的畫面現在卻一點變化都沒有，保持筆直的線條。代表心跳停止了。

「心人？」

音樂這時停止，讓山姆有種對死者的弔祭結束的錯覺。小路則是用感到奇怪的表情看著躺在眼前的人物。歐卓德克沒有任何反應。

男人左胸上的一臺小裝置發出機械聲音：

『準備電擊。』

緊接著，男人的身體彈跳了一下。伴隨電子聲響，螢幕上的線畫出波形。男人深深吐一口氣後，坐起上半身。

他用一副剛睡醒的表情看向山姆，眼眶流出淚水。

就在山姆還搞不清楚狀況的時候，男人站起身子擦掉眼淚。重新戴好眼鏡後，對山姆伸出一隻手。即使山姆不回應握手，男人也不感到奇怪地開口說道：

「哦哦，山姆·布橋斯。抱歉，難得你來了卻讓你看到尷尬的場面。這是我的體質問題，我自己沒辦法控制。」

搞不清楚那究竟是什麼體質的山姆不知道如何回應是好，只能呆呆站在原地。

「啊，謝謝，請把她放到那裡。」

對方大概是以為山姆在困惑該怎麼處理瑪瑪的遺體，於是指向活動躺椅旁的一張擔架床如此說道。

「我還是找不到她們。」

他接著也不理會放下屍袋的山姆，獨自小聲呢喃。同時靈巧地操作起自己的銬環。

「你知道你的心跳停止了嗎？」

山姆為了讓他看向這邊而對他如此搭話。

「哦哦，你不用擔心。」男人指著自己胸前的裝置說道：「我的心跳每隔二十一分鐘就會停止一次，我到冥灘逛個三分鐘之後再回來。」

他的語氣輕鬆得像在打招呼一樣。

「我每天都會死而復生六十次。每次我都會到冥灘找我死去的家人。這就是我的生活，我的人生。」

山姆的腦袋越來越混亂了。然而那男人卻不以為意地繼續操作著銬環。在活動躺椅旁的小桌子上，有個玻璃製的沙漏。不知道為什麼，上層的沙子都不會落下去。高至天花板的書架上整齊排列有舊時代的書籍，以及影片和音樂的包裝盒。空隙處裝飾有一張照片，上面是一名露出開朗笑容的女性，以及表情有點害臊靦腆的少女。仔細一看，頭頂上還懸掛著一具應該是鯨魚的骨骼標本，巨大得幾乎遮住了天花板。

這個房間非常符合山姆事前對於心人的印象。當然眼前正在操作銬環的男人也符合之前見過的外觀。

占據整個牆面的螢幕上原本顯示的大量視窗一一被關閉，接著螢幕本身也消失後，出現巨大的觀景窗。整面牆都是窗戶。男人招招手，把感到刺眼而瞇起眼睛的山姆叫到窗戶邊。

窗外可以看到那座心型的湖。

「那就是我的心臟。」

山姆沒有聽錯，他確實是指著湖這麼說道。

「那是虛爆形成的坑洞湖。是我的分身，也是我的妻女。」

越聽越混亂了。這難道是什麼高層次的隱喻嗎？

「那就跟我心臟的形狀一模一樣。」

她左胸前的心臟電擊器（ＡＥＤ）在半空中投射出影像。宛如漫畫表現般的記號式心臟呈現立體影像，規律性地跳動著。

「醫生說這叫做心型心肌梗塞，是非常特殊的案例。這並不是天生的疾病。」

男人把手伸向沙發，請山姆坐下。而他自己也坐到活動躺椅上。

「我同時失去了妻子與女兒。不知如何是好的我，腦子裡只有一種想法。我深信冥灘是真實存在的。雖然有人認為那只是假說，也有人取笑那是共有一個特殊世界觀的集團宗教，但我知道它存在。所以我前往冥灘，人為性地進入假死狀態。三分鐘後藉由甦醒裝置把自己叫回這個世界。一次又一次反覆這樣的行為，在冥灘尋找那兩人。」

書架上那張照片中的兩人，想必就是他的妻女。原來這裡也有一個境遇和山姆類似的男人。

「為了什麼目的？你想跟她們告別嗎？」

「不，不是那樣。冥灘是與個人聯繫，因此每個人死後前往的世界也可能不一樣。當我想到這點，就覺得無比恐懼。所以我想要在冥灘找到她們，然後一起前往死後的世界。」

「你是說要跟她們一起死？」

對於山姆這個問題，對方露出微笑，豎起大拇指。

「是啊，如果死亡能讓我與家人重逢，我何樂不為？就這樣反覆讓心跳停止的行為，讓我的心臟變成了這個形狀。反覆來去於冥灘與人世，不知不覺間我就被大家稱作是冥灘科學家的心人了。」

對方從躺椅上起身，對山姆伸出手。

「我就是心人，請多指教。」

心人對於不回應握手的山姆點點頭後，走到擔架床旁邊。緩緩拉開屍袋上的拉鍊，讓瑪瑪的臉部露出來。她的臉色一點也不蒼白，更沒有出現屍斑或屍僵的跡象。看起來只像是安穩地沉睡著而已。

心人「哦？」地嘆了一口氣。

「不會壞死的屍體。既不會腐敗也不會壞死，之前還像活著一樣可以行動。」

又是這個眼神。山姆回想起初次見面時亡人的眼神。是科學家出自純粹的好奇心而閃閃發亮的眼神。

「簡直是完美的木乃伊。無懈可擊的屍體。」

心人說著，開始摸索瑪瑪的遺體。他的那份好奇心背後並不是為了他人或為了世界的正道大義，想必是有如小孩子拆解機械般的單純衝動。縱然如此，他毫不客氣地檢視瑪瑪身體的行為還是讓山姆看不下去。山姆雖然沒有大聲主張要對死者表示尊敬之類的意思，但這個肉體(Ha)的主人瑪瑪的靈魂(Ka)現在可是與勒克妮同在。心人大概是察覺山姆想要責備的態度而抬起頭。

「就是這個，你有確實幫我帶來啊。」

他從屍袋深處拿出一個小盒子給山姆看。但山姆完全不記得有這東西。心人接著從那盒子中拿出來的，是一個透明的圓柱狀容器。應該是用強化塑膠製成的那個容器中裝滿液體，以及一個像繩索般的物體。又是這套手法。

山姆回想起之前亡人和頑人在完全沒有告知下就讓他把小路送到焚化爐的事情。當時是跟著布莉姬的遺體，這次是跟著瑪瑪的遺體，混入了山姆不知道的貨物。對於彷彿把自己當成便利屋利用的布橋斯，山姆不禁感到火大。

或許是憤怒的感情寫到臉上了，心人就像在安撫山姆似地對他豎起食指輕輕晃了一下。

「這是臍帶吧？」

就算他這樣問，山姆也無從回應。聽他這麼說那確實很像臍帶，也像是某種特殊的生物遺骸。某種生存在生態系迴異的世界的生物。

「從粗細形狀看來應該是哺乳類，很像人類的臍帶。」

心人說著，亮出自己的銬環，對山姆投以若有深意的眼神。這是要山姆配合他演戲的意思。雖然山姆不清楚理由，但還是理解了這點。能夠想到的可能性，頂多就是像亡人對指揮官抱有懷疑的事情。

「但這看起來不像是活體的東西。雖然不仔細調查也不知道，但這並不是人類胎兒的東西。比較像BT的臍帶。」

他說著，露出「你看」的表情把容器拿到山姆眼前。仔細觀察可以看到有細微的粒子狀物體在臍帶的表面蠢動。但是真的有辦法採集到像這樣實體化的BT臍帶嗎？

「原來如此，是瑪瑪的嗎？」

當初切斷瑪瑪臍帶的確實是山姆，但他並沒有進行採集。心人接著深深點頭……

「也就是說，這臍帶和冥灘相連。不會壞死的屍體，加上一條與冥灘相連的臍帶。山姆，你為我送來了非常不得了的東西呢。」

山姆為了躲開彷彿隨時要抱過來的心人而往後退下。心人頓時露出感到抱歉的表情，將裝有臍帶的容器放到擔架床上，並拉上屍袋的拉鍊。

「你看看這個。」

心人說著，啟動牆面上的螢幕。

畫面中映出的是一隻倒在雪地上的巨大四腳動物——長毛象。大概是在這附近被挖掘出來的吧。山姆搞不懂心人的意圖，只能注視著螢幕。

「你仔細看，有看到嗎？」

心人擴大顯示長毛象的腹部。那部分有個奇怪的東西。從長毛象的腹部竟伸出一條臍帶。

「沒錯，這隻長毛象有臍帶。死亡擱淺之前的紀錄偶然保存了下來。另外還有這個。」

照片切換。這次映出的是長有臍帶的菊石。從螺旋狀的外殼中心伸出了一條繩索狀的器官。

「目前只有找到這兩張照片，而且可以確定它們都不是偽造的。除了長有臍帶之外，更奇妙的是這隻長毛象與這個菊石都並非以化石或冰封的狀態被發現的。無論長毛象或菊石都已經絕種，現代並不存在。可是就照片上看起來，牠們彷彿到剛剛還活著。這不就跟瑪瑪的遺體一樣嗎？我的見解是，應該還存在有其他和這些同樣的物種。在庇護所進行現場研究的科學家夥伴們也在尋找那樣的線索。只要你幫忙啟動開若爾網路，或許就能讓過去的記錄復活了。」

山姆雖然心中覺得這也未免太荒謬，但視線卻怎麼也無法從螢幕上移開。從那菊石伸出來的器官，真的和冥灘相聯繫嗎？這背後隱藏了什麼樣的意義？

『剩下五分鐘。』

ＡＥＤ發出聲音。心人關掉螢幕，露出窗外的風景。是那座心型的湖。如果說虛爆挖開大地形成的那座湖是心人的分身，那麼他的心臟就是他的傷疤了。扎根於那座湖旁每天眺望著它，用異常的作息循環過日子的這個人，同樣是活在過去。像瑪瑪也是，亡人也是，明明自稱布橋斯，想要搭建的卻是通往過去的橋梁。

「冥灘隨人而異。就好像胎兒透過臍帶連接獨一的母親一樣，每個人都有自己的冥灘。不過我的冥灘比較特別，會與其他人的冥灘相連。打個比喻，就像是做了冠狀動脈搭橋手術的心臟。也許就是因為這顆變形的心臟讓這種事化為可能的。真是一刻也不得閒。抱歉，我要再去一趟冥灘了。去她們應該存在的冥灘。」

心人說著，躺到躺椅上。

「你或許會覺得奇怪。就算我的冥灘再怎麼特殊，已經過世的她們的靈魂也不可能一直都留在冥灘，是吧？對，不只冥灘，甚至跟死後的世界都相連的這個世界，充滿各種讓人不明白的事情。

從肉體分離出來的靈魂在前往亡者的世界之前，會先抵達位於生死之間的冥灘。通常在壞死之前四十八小時內把遺體焚燒掉，讓靈魂明白已經沒有可以回歸的肉體，靈魂就會往彼世移動。會放下對現世的留戀與執著。然而要是遺體壞死，靈魂就會被束縛於現世。可是又因為實際上沒有肉體的緣故，而變成了ＢＴ。

不管怎麼說，總之靈魂是不會長期逗留於冥灘的。然而這也有例外，就是並非以普通的方式死去的靈魂。如果既不是壞死，也不是焚燒，肉體在一瞬間就消失殆盡，那麼也應該不會化為ＢＴ才對。然後由於對現世的留戀，讓靈魂止步於冥灘。

對，這都是我的假說。不，甚至要嘲笑那是妄想也可以。畢竟我已經去冥灘徘徊了那麼多次，卻依然沒能找到她們。」

『剩下四分鐘。』

AED告知剩餘時間。

「但是，這個體質並沒有恢復。於是我就賭在這點上了。這之中想必具有某種意義才對。那個把你困住的戰場——對，就叫它無盡戰場吧。上百年前世界大戰的士兵們不斷遊蕩的時空。連那樣的東西都存在了。世界大戰是最為不講理的戰爭。是大規模毀滅武器量產死者的戰爭。死者們被換算為數字，每個人死亡的個別意義遭到剝奪。連自己為什麼會死都不明白的士兵們、人民們。那就跟在虛爆中喪命的人們是一樣的。

如果是對現世的強烈留戀，希望與現世聯繫的強烈意念創造出了那個戰場，或許就能佐證我的假說了。」

『剩下三分鐘。』

「我有聽亡人說過，那個名叫克里夫・昂格的男人過去隸屬於美國陸軍的特種部隊。他肯定是個戰場有如日常的男人。或許可以這樣想：他的痛苦與仇恨在某種契機之下，藉由你的BB為媒介，將無盡戰場帶到了這個世界。例如說，那個能夠叫出BT的男人喚醒了克里夫的憎恨。」

「席格斯叫出了那個男人？」

山姆不自覺緊握起口袋中那個男人——克里夫的兵籍牌。難道是席格斯為了阻撓變得能夠擊退BT的山姆，所以把克里夫從那個戰場召喚過來的？

『剩下兩分鐘。心跳即將停止。』

「這點我就不知道了。不過是席格斯把那些人帶來的可能性很高。」

牆面窗戶變成遮光模式，看不見心型湖了。房內燈光也漸漸暗下來。

「山姆，雖然話才講到一半，但我差不多要離開一下才行了。所以我想拜託你一件事。」

『剩下一分鐘。啟動保全。』

「冥灘雖然沒有時間，不過讓靈魂分離，再回到肉體復甦，總計需要三分鐘。可以稱之為往返冥灘的路程時間。你可以稍微等我一下嗎？」

心人閉上眼睛。與活動躺椅設置在房間對角線的留聲機啟動，播放起音樂。是剛才那首送葬進行曲。

「那麼山姆，等會見。我稍微死一趟就回來。」

AED發出微弱的電子聲響，儀器上的心電圖變成了一條直線。

在只有送葬進行曲靜靜播放的實驗室中，山姆不知該做什麼才好。瑪瑪的遺體、暫時死亡的心人、圓艙中安安靜靜睡覺的BB以及身為回歸者的自己。這房間中既沒有一個正常的活人，也沒有一個正常的死者。甚至連定義生死的標準都變得模糊。

山姆只能坐到沙發上，默默等待心人甦醒。

自己的手還緊握著克里夫的兵籍牌。傷痕累累的金屬片上刻有克里夫的名字、兵籍、信仰宗教等等屬性。然而就算再怎麼盯著那個牌子看，也無法知道關於克里夫的事情。無論他與小路的關係，或是他本身的生涯經歷。如果席格斯利用克里夫的怨念遺憾叫出那個戰場是為了阻撓山姆的遠征，總覺得這手法也未免太拐彎抹角了。應該還有其他更直接速效的方法才對。

既然誇口要讓滅絕提早，不管用核彈也好、虛爆恐怖攻擊也好，只要把都市一座座破壞，順便將開若爾網路的轉接點也消滅掉就好了。就算知道了回歸者的血液或體液對ＢＴ有效，那些東西到頭來還是只能靠山姆這個身體生產。不可能把所有ＢＴ全數擊退的。

據說席格斯過去是一名正經的送貨員。翡若捷的發言以及布橋斯的資料也都能佐證這個講法。他當初和翡若捷合作的時候也是本著為他人奉獻的動機在行動。但是他後來卻變節，背叛翡若捷與另一個搭檔合作了。那麼自然會想到那個搭檔掌握著一切的關鍵。可是無論翡若捷或布橋斯至今都還不曉得那個對象究竟是什麼人。就像席格斯過去利用翡若捷的能力與組織一樣，對於他的目的來講能夠更有好處的存在究竟在何處？而且席格斯恐怕還另有真正的目的。他自稱是上帝粒子，那樣堪稱傲慢的態度隱約讓人有那樣的感受。

『準備電擊。』

這聲音讓山姆回過神來。送葬進行曲的樂聲逐漸轉小。

「還是沒發現。」

心人坐起上半身，擦掉眼淚。將放在一旁桌上的沙漏輕輕敲了一下後，積在下面的沙子便開始逆流。無聲無息地從下往上升的奇妙沙漏，彷彿映照出心人希望回到過去的心境。

「抱歉，話才講到一半。你是不是覺得這樣的生活循環很辛苦？但我已經習慣了。生活中大部分的事情都能在二十一分鐘內解決。唯有睡眠上比較麻煩就是了。」

他說著笑了一下。

「死三分鐘，活二十一分鐘。就像你們以二十四小時的循環在過生活一樣，我是以二十四分鐘為生活的單位。不過當我死了到冥灘的期間，我的主觀感覺上時間是無限的。畢竟冥灘沒有所謂的時間。跟做夢的時間很像，但這對我來說是現實的循環。沒有時間的冥灘，讓時間進行的時間雨，想要從過去回來這個世界的亡者（BT）。這些都會擾亂我們的時間概念。

你覺得現在的人類為什麼可以進化到這種地步？

我認為這要歸功於時間概念。也可以說是能夠想像自己死後世界的感覺。研究顯示尼安德塔人會埋葬死者並供花。這是想像明日、想像未來的能力。像是『永恆』或『死後世界』等等都是只有人類才擁有的概念。

然而死亡擱淺所帶來的現象卻搞亂了我們的時間概念。想要在冥灘上找到家人，並一起在亡者的世界生活。之所以會誕生出懷抱這種奇怪願望的男人，也是由於這個原因。

對我來說，在這裡的二十一分鐘是等待的時間。是死亡的時間。只是我等著回去冥灘尋找她們的時間。我的身體雖然在這裡，但我的靈魂在冥灘。對，我其實早就死了。」

這也許是心人為了自己創造出來的故事。為了解釋自己的存在並且與他人共享的一種說法。如果孤零零地只對自己一個人講述故事，會讓人的精神漸漸瘋狂。在一個國民都不存在的王國中成為一名孤獨的狂王，逐步自我封閉。因此需要願意傾聽自己故事的他人。所謂的聯繫，也許就是這麼一回事（**心人也好，瑪瑪與勒克妮也好，亡人也好，大家或許都在努力掙扎著希望在「這個世界」創造自己的容身之處吧**）。

布莉姬的重建美國，會不會也是那樣的故事之一？山姆想到這邊，頓時覺得靠在右手腕上的銬環變得沉重起來。想要逃避那個重量的念頭，讓他不小心說溜嘴了：

「我也一樣失去了家人。」

講出口後才想到，這裡所講的「家人」究竟是指誰？連山姆自己也搞不懂了。是小路嗎？布莉姬嗎？亞美利嗎？還是丟失的那張照片？又或者是自己根本沒見過面的生父生母？

「我真沒料到你會願意對我提起這件事。」

心人把沙漏倒過來。不知是基於什麼原理，原本逆流的沙子這下又變得會從上往下掉落了。然而積在上部的沙子一點都沒有減少，沙子卻越積越多。

「我也是和你一樣。」

★

／／山結市近郊／衛星都市

「沒有問題。請放心交給我。」

即使閉著眼睛，從正上方照下來的光還是很刺眼。我被戴上麻醉用的口罩，恍惚地想著自己應該很快就會失去意識了。醫生說手術應該會花到半天以上的時間，不過當我下次睜開眼睛的時候想必一切都結束了。客觀時間雖然是十幾個小時，不過對我的主觀來說卻只是一瞬間。當我的意識轉移到稱為「冥灘」的相位時，也會發生同樣的現象。我向別人描述自己在冥灘的體驗時，感覺非常酷似所謂的瀕死體驗。故事結構或題材上大家共通的這點也是一樣。俯視著橫躺在床上的自己。準備度過一條河卻被人叫住而回過神，結果就活過來了。與應該已經過世的家人或朋友重逢。或者是穿過一道發光的通道。只要仔細調查過去瀕死體驗的紀錄，就能發現這類的共通點。而在死亡擱淺發生以後，這些體驗就被冥灘替換了。海岸與大海。所有瀕死體驗都變成了同樣的故事。

同時，亡者變得會從冥灘回到這個世界，能夠感受到亡者世界的異能者誕生，能夠利用冥灘進行移動的超級異能者也出現了。能夠從與冥灘之間的交界處強制回到人世，等於實際上就是個不死之身的存在——回歸者也出現了。甚至把冥灘當成網路線路的理論都被提出來。冥灘變成了物質性存在的概念。儘管不存在於這個次元，也是能夠在物理世界產生作用的位相、實際的存在。

「麻醉即將起效。手術很快就會結束。」

執刀醫生的聲音已經聽起來好遙遠了。

我俯瞰著沉睡的自己被剖開胸口的模樣。

怎麼會這樣？難不成我現在是瀕死狀態嗎？但儀器上的心電圖並沒有顯示異常，其他生命徵象似乎也很正常的樣子。我在做夢嗎？明明我現在被麻醉的說？

醫生們依然用冷靜而毫無多餘的動作進行著手術。有如一群工程師們修理著名為生命的柔軟機械。

我的心臟是在幾年前發現異常的。心跳在睡眠中停止了，但我沒有自覺。畢竟我自己在睡覺。太太懷疑我是睡眠呼吸中止症，然而我並不以為意。哎呀，這種事情也沒什麼好奇怪的。反正不會死，而且我現在連去看醫生的時間都覺得浪費。於是我不顧太太的擔心，繼續過著成天工作的日子。這時期的我剛被布橋斯挖角，正與大量滅絕的資料搏鬥著。

就在這段期間，我變得會反覆夢到同樣的夢境。後來我知道了那被稱為滅絕夢，是異能者共通的現象。當時的我並沒有身為異能者的自覺。雖然知道自己是個天才，但怎麼也沒料到自己是那樣的存在。我那時候也不相信關於冥灘的事情。我以為布橋斯是看上我的天才能力，不過原來他們也看出了我身為異能者的素質。是布莉姬當面向我說明的。

面對死亡擱淺這樣前所未有的現象，人們拚命想要給它一個合理的解釋。想要為它取一個名字。湮滅現象被稱為虛爆，從別的世界來到這裡的存在被稱為擱淺體（BT），會經由冥灘從亡者的世界前來這個世界。而這個現象則被取名為死亡擱淺。因為如此一來，它就會成為能夠進行觀察、討論的對象了。

最初發生的死亡擱淺並不是人類與亡者之間的虛爆，而是物質與反物質相碰所發生的名副其實的物質湮滅現象。而在不知不覺間，亡者變成了擱淺體，變得會引發虛爆了。在這個地球上的生命中，為什麼偏偏只有人類如此？

只有人類會去思考關於死亡與死後世界的事情。因此人類的認知能力感知到冥灘，把BT帶來了。將滅絕的悲劇替換為被神選上的榮譽，可說是一種地球規模的選民思想。唯有克服了這個悲劇的人才能抵達應許之地。那是一種傲慢。因此我不相信冥灘。我們以為自己還在進化階梯的途中，但其實早已來到了平臺處，有別的存在從另一側的階梯爬了上來。如果那是BT呢？我們只要從這個場所走下階梯就行了。我之所以答應布橋斯的招攬，就是為了證明這點。根本不是為了拯救人類甚至重建美國之類的理由。

為了證明這個滅絕現象就宇宙觀來講的正確性，我埋頭於研究大量滅絕相關的事情。參加第一遠征隊也是為了來到這塊殘留有滅絕記憶的土地。我與曾經是布橋斯員工的妻子以及年紀還小的女兒一起來到了這裡。以家族單位參加遠征隊的成員只有我們，因此我們備受注目與稱讚，說我們一家是聯繫的象徵。然而我的滅絕夢以及心臟不適卻越來越嚴重了。

我之所以會夢到滅絕夢肯定是因為心臟的毛病所害。那單純是由於身體不適而產生的惡夢。我為了證明這點，於是決定接受手術。但我當成研究據點的衛星都市並沒有能夠動手術的設施，因此我被轉送到山結市的加護病房進行手術了。

手術順利結束。雖然術後的幾天我必須依靠人工心臟，不過這也都在預定範圍內。太太與女兒也為我感到放心，說我很快就能回去了。我也回答她們：是啊，我很快就會回去了。

可是這個約定最終卻沒能實現。

我們住在山結市的衛星都市，而在那裡發生了一起利用虛爆的恐怖攻擊。當時回家的太太與女兒也都被捲入事件中。

這是透過我的主觀架構的故事，因此你不相信我也沒關係。在爆炸發生之前，我正在睡覺。不知是夢境還是現實，我當時看到了連續兩次的閃光，耀眼到從我的視野中奪去了所有的色彩。我的病房也感受到震動與轟響。世界雖然接著恢復色彩，但病房中的光卻消失了。是停電。病房中除了我沒有其他人，走廊也感受不到有人的氣息。我雖然想求救，但發不出聲音。胸口緊縮，無法呼吸，痛得有如被銳利的刀刃刺傷。我拚命按下緊急呼叫按鈕，但畢竟醫院的系統本身就斷電，所以根本沒用。

人工心臟也停止了功能。

我又再一次俯瞰躺在床上的自己。在一片黑暗的病房中奄奄一息的男人。

當我起身時，發現自己在一片海灘上。

是沙灘。海浪一波接著一波打來的海岸邊。鯨魚、海豚以及各種我不曉得叫什麼的海棲生物屍體擱淺在海灘上。這景象就跟瀕死體驗者們描述的一模一樣。過於直接而缺乏創意的印象。我不禁感到失望，原來自己的想像力也只有這點程度而已。

但如果這不是我的想像力太貧乏，那麼這片海灘景象就不是我的主觀，而是客觀存在的場所了。然而要是承認這點，就等於是否定自己一直以來的想法。

我接著注意到，有好幾道足跡通往大海的方向——這時候我依然想要解讀是自己的主觀讓這些足跡出現的。然而當我沿著那些足跡移動視線，就看到好多人正走向大海。是我的視線產生了他們的影子。

那是在虛爆中喪命的人們的靈魂（Ka）。一群我不認識的人背對著我，不發一語地默默走向大海。如果我知道那些人是誰，那就不是單純的背影，而是有名字的個人的背影了。

我站起來環顧人群。有個人拖著腳經過我身邊。是個身材嬌小的老婆婆。我沒見過這個人，也不曉得她的名字。她抬起頭看向我，但焦點沒有對到我身上。我甚至沒把握她究竟有沒有認知到我的存在。

她停下腳步，彷彿叫我「安靜」似地把手指豎在嘴前。我還來不及明白那個意思，她接著就用指尖戳向我的左胸。遺忘的疼痛又如雷擊般閃過。就在這時，我在那群人中看到了她們的背影。是我的太太和女兒。她們也在虛爆中成為了犧牲者。

我想出聲叫住她們，左胸的劇痛卻不讓我這麼做。她們的背影彷彿被人潮沖走似的，離我越來越遠。

我朝她們伸出手。又是一陣劇痛閃過。這份痛不是幻覺，也許是我還活著的證據。當我明白這點，頓時陷入絕望之中。

等等我！不要丟下我一個人！

我總算發出的聲音，卻沒能傳到她們耳中。胸口又一陣劇痛。間隔變得越來越短，越來越規律。是我的心臟開始復甦了。我躺在病房的肉體想要把我帶回去。我已經發不出聲音，腳也無法動彈。明明想追上她們，卻沒辦法繼續往大海的方向前進。

那些素不相識的人們都可以不受阻撓地行進，我自己的雙腳卻不知道為什麼釘在沙灘上動也不動。彷彿在說這裡不是你該來的地方。你的容身之處只在這個世界的外面。

「救回來了！」

醫生的這句話，我至今依然難以忘記。因為那就是我與家人別離的宣告。

停電二十一分鐘後，病房大樓的緊急電源總算開始運作。人工心臟動起來，ＡＥＤ讓我的心臟恢復跳動。

這顆心臟害我和家人分散了。無處宣洩的悲傷後來轉變為憤怒。因為憤怒有對象可以發洩。那個對象不是恐怖攻擊行為，而是將我們拆散的這顆該死的心臟，以及冥灘。我的思想從此轉變。

我承認了冥灘的存在，並且把自己的憤怒都發洩於研究冥灘的機制。這份怒氣讓我的心臟變形，也讓我可以和其他人共通冥灘。活二十一分鐘死三分鐘的生活循環也是從這時候固定下來的。

到冥灘尋找妻女的足跡，然後回到這裡繼續研究冥灘。這過程中讓我明白了一件事情。當我夢到滅絕夢的時候，其實我的靈魂（Ka）早就已經到冥灘去過了。不承認冥灘存在的主觀意識讓我將那夢境解釋成了不同的東西。但我後來開始認為，我所夢到的其實應該是五大滅絕的夢。我以夢境的形式回溯體驗了過去的滅絕情境。我並不是在那次的意外事故時第一次前往冥灘。如果往回追溯計算，我訪問過冥灘的次數實際上非常不得了。我的研究方向變成將研究滅絕與研究冥灘融合起來。只要在這方面徹底鑽研，我總有一天肯定可以在什麼地方與她們重逢才對。

『五分鐘後心跳停止。』

心人漫長的自白被ＡＥＤ的聲音打斷了。

他深深吐了一口氣後，擦拭掉眼淚。山姆很確定，那淚水不是因為對開若爾物質的過敏反應所造成的。既然心人還沒有放棄尋找自己的家人，那麼我是不是也能夠尋找露西？這樣的念頭隱約湧上腦海，但自己並沒有像心人那樣的執著心（**那真的是你的想法嗎？**）。

如果當初沒有放棄露西和小路，自己搞不好其實可以藉助於亞美利的力量到冥灘尋找她們的。但是自己卻選擇放棄（**這種事情你連想都沒想過嗎？**），甚至選擇逃離布橋斯。而既然逃跑，會被追趕也是必然的事情。

「所以說，我有件事情想拜託你。」

心人操作銬環，讓牆上的巨大螢幕顯示出一張地圖。地圖上有山結市，在心型湖旁邊的心人實驗室，還有以此為起點呈現蜘蛛網狀展開的幾處庇護所位置。其中一處就是山姆之前在暴風雪蹂躪下前往過的地質學家的地方。還記得當時對方說過自己發現了冥灘的化石。

到這邊都還沒什麼奇怪的地方，但問題就在於緣結市東側的一條黑色的帶狀地形。那條黑帶南北縱貫大陸，把山姆一路連結過來的區域與緣結市切割開來了。

「我以前應該也有跟你提過，這個區域隱藏有過去滅絕的記憶。白堊紀晚期遭遇滅絕的最後恐龍也只有在這一帶發現化石。地質學家發現的冥灘化石看來是真的。多虧開若爾網路把他的庇護所和我這裡連接起來的關係，讓我們能夠共享更詳細的資料了。再加上總部復原的過去資料，以及在那場恐怖攻擊中喪失的我的研究資料也是。」

不知是不是錯覺，總覺得心人的表情看起來有點興奮。剛才追憶妻女時的凝重神情消失，現在表現出的是一如往常的純粹好奇心。

『剩下四分鐘。』

「吵死了。」心人咂一下舌頭，操作起AED。在小視窗上顯示的倒數計時數字消失了。喂，沒關係嗎？山姆不禁如此疑惑，但心人卻對他豎起大拇指。

「過去有很多布橋斯的員工們駐紮在庇護所，挖掘並研究過去的物質。然而由於虛爆恐怖攻擊以及局部地區的破壞行為，讓人數大為減少了。不過到了最近，引人注目的發現一件接著一件被提出來。然後諷刺的是，焦油帶也彷彿與這些發現同步似地開始快速擴張侵蝕了。」

心人說著，指向地圖上的黑帶。

「雖然說是為了方便，所以我們從外觀特徵上稱之為焦油。但那東西無論組成成分或性質都與實際的焦油不同。」

山姆丟沉核爆的時候也親眼看過。那個有如把炸彈釋放的能量全部吸收的景象，依然讓人難以忘記。

「在焦油湧現之前，這裡曾經有很多的研究用庇護所以及布橋斯的配送用設施。還有開若爾網路的中繼設備。」

地圖上根據時間發展顯示出變化。可以看出大約一年前還是像個小點一樣的東西在短期間內就擴展為一條帶狀了。亞美利他們的遠征隊抵達這裡的時候，或許那焦油還只是能夠繞道迴避的程度吧。但是就在她抵達緣結市之後，焦油立刻變得快速湧現，擴張侵蝕範圍。那現象簡直就像是故意安排的。恐怕和亞美利遭到軟禁的時機是一樣的吧。能夠辦到這種事情的人物，山姆只能想到席格斯。

「照這樣下去，就沒辦法把網路往西擴展了。」

那要怎麼做才好？心人彷彿早已料到山姆這樣的疑問，又再次對他豎起大拇指。

「我們緊急準備了一套代用的設備。雖然沒能準備像結市那麼大規模的裝置，不過只要並用多個庇護所，應該會有辦法。如果進行順利，成功讓開若爾網路運作，你就能前往亞美利的地方。然後我也能更專注於研究——」

霎時，心人的身體倒了下去。宛如牽線木偶的線一口氣被剪斷似地倒向地板。

「喂！」山姆大叫一聲，伸出雙手，但還是來不及。在他動作之前，地板就做出了反應。地板膨脹起來，為倒下的心人減緩衝擊並接住了他。他胸前的ＡＥＤ開始進行復甦前的倒數計時。難道又要這樣等他三分鐘了嗎？就在山姆不禁嘆一口氣準備坐到沙發上的時候，他的銬環發出震動，通知無線通訊。

是頑人打來的。可是平常應該會顯示指揮官臉部的畫面卻沒有東西，看來是通訊被切換成聲音模式了。山姆不記得自己有做過這樣的設定。這時他忽然回想起心人在拿出那個臍帶的時候對山姆使了個眼色的表情。山姆確認一下銬環，發現通訊是經由這間實驗室的防火牆連進來。心人不想讓指揮官看到那個臍帶。然後他之所以安排祕密運送那東西，想必也是基於類似的理由。

『山姆，我把接下來的計畫書送到你的銬環了。你要用邱比連接器啟動布橋斯員工們駐點的庇護所以及設置在焦油地帶附近的網路替代設施，然後前往緣結市。藉由將各個庇護所連結起來，將能期待獲得他們的研究成果以及讓被埋藏起來的過去資料重新復活。如此一來肯定能夠讓我們在解析死亡擱淺之謎上往前踏出一大步。而且救出亞美利並重建UCA的行動也能進展到成功近在眼前的階段。

然而這個過程中也有一項沉重的任務，必須要你運送替代設施用的零件。這項任務相當困難，但是也只能拜託你了。席格斯目前還沒有什麼動靜，但我不認為他會保持靜觀。所以你要小心。』

由於心人保密的行為以及亡人講過的話，讓山姆在意得連指揮官講話的口氣都聽起來有點疏遠。布橋斯這個組織跟自己還在的十年前相比果然已經徹底變了一個樣。如今山姆又湧起了這樣的感想。無論亡人、瑪瑪或心人都是山姆離開之後才加入的成員。布莉姬死後，知道從前美國的人想必剩下不多了。知道初期布橋斯是什麼狀況的人，恐怕現在只有頑人吧。那是山姆出生之前的事情，因此就連山姆也不清楚。

布橋斯並不是一條粗繩子，而是將各自抱有不同目的的細線綁束在一起而成的組織。山姆想必也是其中的一條細線。

山姆走下實驗室外積雪的階梯，又忍不住轉回頭。把瀕死狀態的心人就那樣放著不管的事情讓他感到很在意。或許對心人來說那只是生活慣例，但那依然等於是棄置一具心跳停止的遺體。萬一AED沒有正常作用，他的肉體會不會壞死？山姆不禁如此擔心。

不過現在山姆必須完成的是自己的生活慣例。為了不讓自己對頑人和布橋斯的懷疑被人發現，必須裝作什麼也沒發生似地專心於自己的任務。山姆如此說服自己，並開始爬上山坡。啟動他在心人的實驗室裝上的活動骨架。這是藉由裝備在雙腳上可以增加腳力與安定性的裝置。身體變得好輕盈。稍微爬上斜坡，就能看到心型湖了。

在雪地上每踏一步，背架的肩帶就沉入肉中。明明氣溫是零下，卻必須一次又一次擦拭額頭流下來的汗水。從心人的實驗室出發後經過整整一天。只要再爬越一個山峰，剩下的路應該就會比較平坦了。雖然說有活動骨架輔助，但骨架也撐不到背部。貨物的重量讓山姆忍不住想要呻吟。不過，就只剩最後一點路了。只要讓這個區域的開若爾網路啟動，然後前往緣結市，就能放下一切重擔。完成UCA的建設，救出亞美利，讓小路獲得自由。對抗沒能拯救露西與小路的自己，清算過去的一切。而且開若爾網路全面開通後，心人或許就能得到解開冥灘與滅絕之謎的線索。只要理解了冥灘的機制，被冥灘束縛的小路以及被交界束縛的自己也有可能得到解放。將這個世界糾結的生與死解開來，我們或許就能獲得自由了。

山姆不自覺地輕撫圓艙，但小路並沒有做出他所期待的反應。在亡人的地方維修結束後已經過了十天以上，可是山姆與小路之間依然沒有辦法建立起像以前一樣的交流互動。小路一整天幾乎都在睡覺。畢竟一路上都沒有接近過擱淺地帶，也沒遇上開若爾濃度異常上升的現象，所以要說當然或許也是當然的。嬰兒本來就是大部分的時間都在睡覺。更何況這孩子根本還沒有生出來。硬是把它叫醒只是一種任性的行為。當初自己不是抱著就算小路的記憶被重設也要從頭開始建立關係的覺悟嗎？再說，叫這孩子小路的事情本身就只是一種自我中心的想法。當這孩子還在母親懷裡的時候，搞不好是被叫成別的名字。是後來才連上關係的自己把意念投影在這孩子身上，為了這孩子的反應一喜一憂。簡直就跟把亞美利託付給我的布莉姬一樣。

——這是只有你才能辦到的事情。

吵死了！布莉姬，妳已經不是什麼總統了！

那間偽裝的病房，只是用全像投影裝飾的偽造總統辦公室。總覺得當時布莉姬倒在山姆身上的重量好像又追加到現在的背上了。上一代託付重擔交給下一代背負。不管那是負債也好，財富也好，上一代都會不由分說地託給自己的下一代。教育說這是生命的交棒，歷史的繼承。同時也期許下一代能夠背負起當上一代過世時弔祭、葬送的工作（**所以你才會幫忙運送布莉姬的遺體嗎？**）。可是，小孩比自己還要早離開人世的父母又應該背負起什麼樣的工作才對？

強風迎面毆打山姆，伴隨野獸咆哮般的聲音呼嘯而過。大量白雪被吹揚起來，讓視野呈現一片白色。一時不小心絆到腳，讓山姆為了穩住姿勢而跪下了膝蓋。劇痛讓他忍不住叫出聲音。在那片戰場上被士兵的流彈擊中的傷口還沒有痊癒。

從圓艙傳出微弱的哭泣聲。是小路對山姆的疼痛做出了反應。就算那是會錯意也好，是傲慢的一廂情願也沒關係。山姆頓時有種自己跟小路重新聯繫起來的感覺，而輕輕撫摸圓艙。然後深深吐一口氣，站起身子。強風只有剛才那短短一瞬間，接著雪花便緩緩飄落，周圍恢復原本的平靜。除了一項明顯的變化之外。

前方有光芒閃了一下。

於是山姆再次跪下疼痛的膝蓋，壓低身子。解開繩帶，放下貨物。把歐卓德克拆下來，插在雪地上啟動。巨大的貨物轉眼間變成白雪覆蓋的岩石。是歐卓德克照出的全像投影把貨物隱藏起來了。這是在山結市獲得升級的功能之一。

山姆自己也躲到那個投影岩石後面。除非是自己看錯，否則剛才的閃光應該是人工物質反射的光線。前方接著又發出閃光，證實了山姆這項推測。而且那物體還在移動。是謬爾驢人的集團嗎？全像投影不只能騙過他們的視覺，應該也能讓他們的感應器失效才對。只要安靜等他們離開，謬爾驢人已經不再是什麼威脅了。

然而這終究只是山姆的樂觀想法。那集團很明顯地改變方向，朝這裡直行而來。

或許是被山姆的緊張情緒傳染，小路也緊緊握起小小的拳頭。那集團一路朝這個方向接近，看得見的範圍內有五個人。他們接著各自往不同方向散開，感覺像是要把山姆包圍起來。一點一滴地逼近。身上穿著從頭頂包覆全身、看起來像深灰色斗篷的衣服。每個人手中都握著槍械。

那不是謬爾驢人，是武裝集團。

他們的目的想必是這個網路中繼裝置吧。不知道他們究竟是從什麼管道取得了配送計畫書，算出了配送路徑。山姆一邊組裝從背包中拿出來的絆索槍，一邊掌握那五個人的動向。如果對手是謬爾驢人，或許可以用偽裝貨物誘導，但這次的狀況就沒辦法那麼做了。因為對方的目的是破壞貨物。而且有可能這五人只是先鋒，搞不好在他們背後還有席格斯。根據狀況甚至要跟ＢＴ進行戰鬥。

首先必須保護裝置才行。於是山姆決定相信全像投影的偽裝效果，把自己當誘餌了。現在右側是他剛才從山峰走下來的斜坡，左側則是一片空曠，不過不遠處應該有幾道冰隙才對。

山姆壓低身子，緩緩後退。對手的反應相當快，一起開始往山姆的左側移動，目的是把山姆逼向斜坡方向。

他們手上的槍械裝的想必是具有殺傷力的子彈。相對地，山姆手上的武器則是將兩端有墜子的繩索發射出去綁住對手使其無法動彈的絆索槍，沒有殺傷力。武器射程也是敵方比較長。山姆把身體靠在一塊積雪的岩石上，將它當成盾牌。與此同時，敵人也逐漸縮小包圍網。

山姆突然感到有如內臟揪住似的難受疼痛，彷彿有人把手插進自己腹部胡亂攪和，胃酸當場逆流。小路害怕起來。

大概嚇得連哭都哭不出來的小路緊緊閉著眼睛，就像死了一樣全身僵硬。並不是山姆的感情傳染給這孩子，恰恰相反。是小路的恐懼在侵蝕山姆的身體。之前就算被捲入克里夫的戰場，小路也沒有過如此激烈的反應。在擱淺地帶的時候也沒有過這種現象。

唯有感情如洪流般襲來。因為難以化為言語，所以山姆的內臟才會如此暴動。小路的恐懼在山姆的身體內側激烈沸騰。想必小路自己也是一樣。由於沒有講話的能力，所以ＢＢ只能藉由臍帶直接相連，也需要歐卓德克當成傳達介面。正因為沒有透過語言分割世界，所以能夠感受到亡者的世界。

山姆閉起眼睛，把手放到圓艙上。小路對步步逼近的武裝集團表現出極為異常的恐懼。這時，一發子彈劃破空氣，飛過山姆身旁近處。

冷不防的襲擊。山姆從岩石後面觀察狀況。不知是何時現身的多名武裝男子把山姆包圍了起來。光是視野內能看到的就有五個人，外型和謬爾驢人一模一樣。然而他們身上散發出來的是明確的殺氣。難道小路就是在害怕這個殺氣嗎？

槍聲再度傳來，當成盾牌的岩石被子彈刨開。

有人發出聲音。跟謬爾驢人一樣用的是山姆聽不懂的語言。只有同伴之間才通用、有如暗號般的簡短叫聲。距離相當接近，要是繼續躲在這裡就完蛋了。於是山姆握著絆索槍從岩石後面跳了出去。

連續槍聲追殺而來。活動骨架輔助著山姆的跳躍能力。為了達到煙霧彈的效果，山姆擲出一顆血液手榴彈。雖然把自己寶貴的血液淋在恐怖分子身上實在很不划算，但自己帶在身上的武器幾乎都是抗ＢＴ武器，這也是沒辦法的事情。而且要是在這裡製造出屍體，又必須花時間處理才行。

趁著鮮血造成的煙霧遮住那群人的視野，山姆在雪地上全速衝刺。

左膝蓋的疼痛消失，是他麻痺得連那感覺都沒有了。然而活動骨架根本不會在意那樣的身體狀態，繼續動著山姆的腳。

一把電磁槍忽然插到雪地上。跟謬爾驢人使用的是一樣的東西。那群人果然原本也是謬爾驢人。送貨依賴症候群的惡化讓他們成為了格式塔人，變得只會按照什麼人的指示行動。山姆躲進眼睛看到最近的一塊岩石後面，調整呼吸。那群人張望著周圍，逐漸接近。接著又發出聲音。只有那個發出聲音的人身上的裝備跟其他人不一樣。左肩有歐卓德克，胸前有Ｂ

B圓艙。恐怕那就是他們的領隊。只要能夠制伏那傢伙，或許就能撐過這場危機。

山姆的下腹部又很不舒服地痛了起來。是小路在恐懼。山姆用一隻手按著圓艙，並看向那個推測是領隊的男人。連接的臍帶有如著火般發燙。小路是在害怕那個男人。

緊接著，那男人的歐卓德克忽然發瘋似地開始旋轉。小路同時也哭叫起來。

男人的歐卓德克變形成十字，指向山姆的方向。簡直就像把山姆他們當成BT一樣。小路在圓艙裡又踢又踹地亂動起來。難道那群人的目的是小路？男人胸前的BB圓艙發出紅黑色的光芒。對方也有BB。是BB之間產生了共鳴嗎？

男人發出難以言喻的叫喚聲，拔腿衝刺。其他四個人也追隨在後，濺起白雪朝山姆的方向衝來。山姆也暫時拋下對小路的擔心，開槍射出絆索。兩端有砝碼狀墜子的繩索劃破空氣，纏到領頭男人的雙腳上。當場倒下的男人想必接著被繩索發出的電擊給電暈了。

山姆把裝在腳部的活動骨架調整為最大輸出力，再度從岩石後面奔出來。反覆跳躍與衝刺，朝冰隙直驅而去。身體彷彿不屬於自己，腳部完全沒有感覺。搞不好已經壞掉了，但現在無論如何都不能停下來。活動骨架的電量所剩不多。必須在電池耗盡之前盡可能和那群人拉開距離才行。

前方看到一片岩石地帶。林立一根根外觀像尖塔一樣、高度跟山姆的身高差不多的岩石。那群武裝集團也暫緩追擊了。雖然從遠處可以看到影子，但已經沒有在奔跑。或許是沒有把山姆追丟的從容態度，他們用甚至可說是悠哉的速度緩緩朝山姆的方向走來。他們果然是把小路當成標記，掌握著山姆的位置嗎？

就在山姆準備再度踏出腳步時，活動骨架發出警告聲。是電池用完了。活動骨架解除機能後，直到剛才都遺忘的自身重量頓時壓到山姆的雙腿上。山姆拚命撐住差點跪下的膝蓋。自己彷彿身處重力是地球好幾倍的行星上。

與剛才相同的一步現在卻沉重無比，好不容易拉開的距離又一點一滴被拉進。山姆只能告訴自己別慌別急，並拖著沉重的身體繼續前進。

就近一看，每座岩石都像被巨人擰過似地扭曲成螺旋狀，甚至讓人不禁疑惑這些會不會是表皮像岩石一樣的樹木。這地方可說是一座岩石的森林。

山姆忽然感受到某種氣息，於是背靠著一座岩石放低身子，把繩帶握在手中。這是能夠綑綁貨物也能拿來綑綁敵人的繩索。遇到近身戰鬥的時候，這玩意比起投射武器來得好用。

把所有注意力都集中在耳朵，等待敵人。視野不佳而感到不安的條件對方也是一樣。就像是反映出這點的猶豫腳步緩緩接近。山姆起身移動，從岩石後面繞到敵人背後，將抓在雙手上的繩帶套到敵人頸部，控制力道壓迫頸動脈。於是對手連抵抗都辦不到就失去了意識。

小路雖然還是很害怕的樣子，不過看起來似乎比剛才安穩多了。但對手不可能就這樣放過他們，而且山姆也很擔心剛才丟下的中繼裝置。敵人搞不好會放棄擊敗山姆，轉而選擇去破壞裝置。因此山姆心中做出了覺悟。

在前方幾公尺處，裝備歐卓德克的領隊男子與同伴們三人一組互相背對著背，朝山姆的方向接近。山姆從岩石後面走出來，故意現身。結果敵人立刻解除隊形，朝他展開攻勢。山姆躲開飛來的子彈，擊發絆索槍。繩索穿過岩石間的縫隙飛去。雖然沒能綑綁到目標，不過繩索前端的墜子擊中了敵人的心窩。

剩下兩人。子彈擦過山姆的身體。山姆又擲出一顆血液手榴彈。目的不是血液的效果，而是擲向外型怪異的岩石，期待手榴彈爆炸造成的威力。岩石尖端當場綻放一朵鮮紅色的巨花，被炸開的岩石碎塊伴隨血雨落下，砸向敵人的頭頂。被血淋到的兩人發出野獸般的咆哮，抓著手槍胡亂發射起來。山姆則是躲到岩石後面擊發絆索槍，順利用繩索絆倒敵人。

剩下一個人。裝備歐卓德克的男人丟下手中的槍，朝山姆衝刺。手中握著電擊長槍，發出難以想像是人類的吼叫聲。長槍銳利的前端放出亮白色的電流，直朝山姆刺來。山姆則是閃開攻擊，逼近對手懷中。

雙方肩膀激烈碰撞。從肩頭到手腕頓時產生感到麻痺的劇痛。對手想必也是一樣，讓長槍掉落到地上。但男人立刻退下半步，朝山姆的右膝蓋狠狠一踹。山姆痛得停止呼吸，失去平衡快要倒下。於是他趕緊伸手，但什麼也沒抓著，結果從背部重重摔在地面上。肺部的空氣瞬間被擠出，連呻吟都發不出來。男人接著踢向山姆的側腹，並騎到他身上。一隻手掐住山姆的頸部，另一隻手握住一把短刀。山姆無法動彈。小路嚎啕大哭起來。

男人裝備的ＢＢ圓艙近在山姆眼前。

對方的力氣超乎山姆的想像。兩腳就像虎鉗般夾住山姆的腋下，讓肋骨發出恐怖的聲響。再這樣下去骨頭會被夾斷的。掐住頸部的手也越來越用力，讓山姆難以呼吸。腦袋開始漸漸發麻，要是不想想辦法肯定會心肺停止，不然就是肋骨碎裂。小路依然持續哭泣。

山姆把手臂繞到男人背後，好不容易把銬環的一邊解開。

接著用左手抓住男人掐著自己頸部的手，可是男人的手臂絲毫不動。反而是男人對山姆的抵抗感到憤怒，讓力氣又更強了。山姆的意識逐漸模糊，擠出最後的力氣把銬環彈出的刀刃刺進男人背部。

男人掐住山姆頸部的手一瞬間放鬆。山姆趁這機會用刀刃切傷對手背部。

男人當場全身虛脫，倒在山姆身上。這應該不到致命傷的程度才對。山姆推開男人的身體站了起來，輕輕拍一拍BB圓艙後，朝演化生物學家的庇護所出發了。

★

／／大陸中西部／演化生物學家的庇護所

螢幕上映著救世主的肖像。將頭髮綁到後面，留著一嘴鬍子的送貨員。山姆・波特・布橋斯。單獨一人的第二遠征隊。在這間研究兼起居用的狹小昏暗房間中，螢幕的光芒顯得莫名耀眼。

那個人就快要來到這座庇護所，將這個只有點的場所連結到廣大的別次元世界。女性由衷期盼著這一刻的到來。

兩天前女性接到來自心人的聯絡，說山姆朝這座庇護所出發了。從他的實驗室與這地方的距離估算起來，應該差不多要抵達才對。在那之前，另一位研究夥伴也有傳訊息來告知山姆去過他的地方。身為地質學家的那位夥伴，在訊息中滔滔稱讚著開若爾網路讓埋藏於過去的資料、數據與論文等等重新復活是多麼美好的一件事情。從字裡行間就能看出他無比興奮。

他表示自己駐點於這塊土地後一直勤於研究地層，發現過去的大量滅絕與這次的死亡擱淺之間具有某種共通性，並說那是冥灘的化石。不只如此，甚至關於五大滅絕的既定說法都搞不好會被新的發現推翻。如果開若爾網路把範圍擴展到整塊大陸，肯定能夠讓人探索到更加饒富趣味的知識。ＥＶ，但願山姆也能快點抵達妳的地方。

那個山姆現在就快來到這裡了。女性巴不得快點與心人以及其他研究夥伴們分享並檢證自己的假說和疑點。另外，她也有件事情想要問身為送貨員的山姆。關於以前曾經好幾次運送物資到這個庇護所的某位送貨員的事情。當然，山姆不知道的可能性非常高。即使明白這點，女性還是禁不住想問，那位送貨員現在究竟如何了。

★

妳知道最近西邊似乎湧出了奇怪的東西嗎？

收納著貨物的送貨員用異於平常的認真表情問道：ＥＶ，妳應該會知道什麼消息吧？

「ＥＶ」是這名送貨員稱呼這位女性時的暱稱。他說女性的北歐系名字太難記，於是用她的專研領域——演化發育生物學的縮寫如此稱呼她了。雖然女性覺得那演化發育生物學簡稱是evo-devo，就算要叫也應該叫ＥＤ才對就是了。

別計較那種小事嘛。男子即使被糾正錯誤，依然將錯就錯地說道：「ＥＶ」念起來很像伊芙不是嗎？

自從女性與心人以及其他夥伴們跟隨第一遠征隊來到這塊土地後，一直都是由這位男送貨員幫忙運送包裹到她的地方。雖然布橋斯也有自己的送貨員，但礙於人手不足，因此決定藉助於當地的義工配送組織。而這名男性是翡若捷快遞的送貨員。

和這名男性認識後，一路來發生過許許多多的事情。之前同是遠征隊成員的瑪瑪遭遇到恐怖攻擊。中結市被核彈毀滅。這地區周邊的恐怖分子也變得頻繁行動起來。遠征隊來到這裡宣揚重建美國之後，分離主義者們便大聲主張布橋斯才是把自己的意識形態強押到別人身上的恐怖分子。因此他們不惜訴諸武力，也要阻止假重建美國之名進行的暴力統合行動。不過到目前為止，這名送貨員還是會定期來到ＥＶ的庇護所。

而他口中詢問的「奇怪東西」就是指從地底湧出來的焦油。正確來講應該是外觀像焦油的某種東西。正如送貨員所說，ＥＶ對這件事情相當關注。畢竟這是死亡擱淺以來發生的奇怪現象之一。雖然那東西的組成成分、性質與由來都是未知數，不過ＥＶ聽過一個假說，認為那東西可能是湧現自與冥灘相連的某個場所。如果能針對那東西調查，或許就能朝解析死亡擱淺的發生原因邁進一步。然而即使想要前往那東西湧出的西邊進行現場調查，恐怖分子的存在也讓人害怕。

既然這樣，我幫妳拿來吧。送貨員如此說道。

怎麼可能讓你做那種事情？那玩意搞不好與冥灘相連喔？要前往也必須配戴正式裝備，

而且具有某種程度的技術才行，否則會很危險的。因此讓布橋斯的成員前往會比較好。

送貨員的提議可能只是半開玩笑的吧。ＥＶ在心中如此下結論後，目送他離開了。

後來過了將近三個月，送貨員再度來到ＥＶ的庇護所，還帶來了裝有焦油的貨箱。他全身散發的氛圍與儀容打扮都變得異於從前。如果說之前的他是經驗老到的勤奮工作者，現在的他儼然是一刻也不放鬆戒備的士兵。ＥＶ之所以明明沒有見過實際的士兵也忍不住做此聯想，是因為裝備在那送貨員肩上的棒狀裝置。在他左胸前還有一個外觀圓滑的容器。

「這是叫作布橋嬰的裝置，能夠連結冥灘。」

送貨員慈愛地輕撫胸前的裝置。

「都要多虧我獲准使用這玩意，才能採收這東西來給妳啊。」

他遞出貨箱。些許嘶啞的聲音流露出疲勞的感覺。

貨箱中裝有五根強化玻璃製的圓筒。每一根圓筒中都盛滿黑色的液體。

「或許跟身為學者的妳講這種話會被笑，不過這個世界其實並不是完全如眼前看到的樣子呢。該怎麼說，我們靠肉眼能夠看到的，只是一小部分而已。世界其實就像圖層般好幾層交疊在一起。只要裝備上這玩意，就能看到人類的眼睛所看不見的圖層。我去取焦油的時候真的超驚訝的，因為到處都是洞。不只地面，就連什麼都沒有的空間也有洞。妳看，像那裡也是。」

他說著指向頭頂上，讓ＥＶ忍不住縮起脖子。

「別怕。那個洞小得如果不仔細觀察根本看不出來。不過焦油湧出的那一帶就有更大的洞，大到一個人可以通過的程度。我猜那些洞應該就是通往冥灘吧。」

ＥＶ腦中不禁浮現以前在卡通中看過坑坑洞洞的乳酪。那些洞也許就是靠人類的感官或思考無法觸及的次元痕跡。但萬萬沒想到居然有裝置能夠讓人看到那些東西。

「我就是靠這個避開那些洞，採集焦油回來的。」

講到這邊，他第一次笑了。然而那表情看起來也只像是臉頰在抽動而已。

正當ＥＶ準備道謝的時候，卻被他制止了。

「用不著道謝。不過相對地，可以告訴我妳的看法嗎？這玩意究竟是什麼東西？」

那當然。ＥＶ露出微笑如此回應，但送貨員的表情卻無比嚴肅，甚至到教人害怕的程度。

焦油是死亡擱淺之後出現的物質。這點你應該知道吧？就跟時間雨、冥灘、隱生蟲與ＢＴ一樣。還有開若爾物質也是。這些對於人類來說都不是好東西，會阻礙現在人類的生存。

當生命剛誕生於地球的時候，大氣中充滿甲烷與碳，跟現在的環境完全相反。後來一種稱為藍綠菌的新生命誕生，那是會進行光合作用的藻類，於是將大氣成分轉換為氧氣了。對於在那之前誕生的生物來說，氧氣就跟毒氣一樣。結果沒能適應新環境的生物就滅絕了。

對，這個焦油以及時間雨都是死亡擱淺之後誕生的新環境。所有生物都有一種稱為「強化子」的遺傳因子，會調節基因的作用。而這種因子促進了生命的進化。相反地，或許也有某種因子會導致生命走向滅絕。這樣的假說在死亡擱淺爆發之後便開始出現，並且將那因子稱為「滅絕因子」。

有人說那就是人類正邁向滅絕的證據，但我認為並不是那樣。也有人說異能者會夢到滅絕夢的原因就是滅絕因子，所以將他們稱為異能者（DOOMS），象徵毀滅與最終審判的意思。

但即便如此，也並不代表異能者就會導致人類滅絕。能夠感知到滅絕也就同時具有能夠迴避滅絕的可能性。所謂的滅絕因子是在生物學、心理學甚至社會學等等領域都會使用到的廣泛概念。正因為如此，那搞不好其實暗示著人類逐漸適應了這場環境變化的可能性。

是進化還是滅絕？在不斷變化的環境中，生命想必一直都在進行著某種選擇。過去如此，今後也是如此。

不過相對地，還有另外的說法假定出一種稱為「滅絕體」的存在。冥灘連結亡者與生者的世界。ＢＴ經由冥灘來到這個世界，然後與生者接觸，引發將一切都化為烏有的虛爆。換句話說，ＢＴ是為了讓人類滅絕而存在。雖然也有人否定這樣的說法，不過我認為ＢＴ可能就是所謂的滅絕體。

「滅絕體。那樣的東西真的存在嗎？」

一直嚴肅聽著ＥＶ說明的送貨員臉色驟變。

「原來真是如此。滅絕果然是無可逃避的命運。明明那是必定發生的事情，我們卻依然在掙扎反抗。像這樣難看地趴在地上死撐著，為了苟延殘喘而運送著貨物。」

他的態度變化劇烈到讓人懷疑是不是人格改變的程度。ＥＶ忍不住把視線從他身上別開。感覺就像是被某種存在附身，代為講話一樣。

「這個世界不可能一直由同樣的物種掌握霸權。不可能只有人類能夠特別迴避滅絕的命運。無論菊石或恐龍，牠們難道有反抗過滅絕嗎？沒有吧。牠們都很乾脆果斷地接受了那個命運。這不是因為牠們沒有知性。人類會記錄過去並傳承給後代，這樣的行為也成為了想像未來的能力。因此就算是命運也能夠改寫，也能克服這場死亡擱淺。這些話全都是狗屁。這個世界已經不需要我們了。為了迎接下一個物種，我們必須退場。我們越是努力掙扎，越是反抗命運，世界就會變得越髒汙。妳或許不曉得，外面的世界是多麼美麗，同時多麼嚴峻。世界並不是為了人類而改變，而是為了即將誕生的新生命而在變化啊。」

送貨員說得口沫橫飛。EV無從反駁。不對，才沒有那種事。我不是一直深信著人類能夠從這個死胡同的狀況中脫逃出去嗎？所以才特地來到這種地方，獨自進行著研究不是嗎？

雖然被送貨員否定過，但我也看過外面的世界。像是進行實地調查的時候，或是跟隨遠征隊來到這裡的路途上，我好幾度看過也體驗過外面的世界。對，正因為如此我才無從反駁的。我自己也不知想過多少次，這個世界美麗得有如新生。然後建造在世界角落的都市是如何醜陋。

「乾脆滅絕不就好了嗎？我們沒有資格也沒有能力反抗滅絕。既然如此，至少按照我們自己的意思選擇滅亡吧。這是恐龍和菊石都沒能辦到的事情不是嗎？這樣不識好歹守住了人類的尊嚴嗎？

我有聽說過，所謂的滅絕體是生出BT、將BT與這個世界相連的存在。自從得到這個裝置後，我堅信了那樣的存在。」

送貨員說著，指向自己胸前的裝置。

「這是連結現世與彼世的橋梁。是我們的老大把這東西給我的。我們現在該做的事情已經不是運送貨物，而是從彼世運送『滅絕』到這裡來。然後將這個世界空出來給下一個存在。」

ＥＶ依然什麼也無法回應。因為她感到害怕。眼前的送貨員已經不是自己認識的那個人了。他簡直像個被邪教思想洗腦的信徒，被困於極端的思想、將滅絕視為首要正義的激進想法。他胸前的難道是洗腦裝置嗎？但即便那是洗腦的結果，他提出ＢＴ不是滅絕體，位於比ＢＴ更高次元的存在才是滅絕體的主張，會不會才是正確的？就是因為也有別人提出那樣的假說，讓ＥＶ什麼也答不上來了。

就算過程並不正確，如果最後得出的主張是真理，又該如何面對才好？

送貨員的哽咽聲讓ＥＶ回過神來。他忽然哭得像個小孩子一樣。

「我變得好奇怪。變得每天晚上做夢，做滅絕的夢。夢境恐怖得要命。我孤獨一個人站在海灘上，不管怎麼呼喚都沒有人回應。不管走到哪裡，景色都一成不變。即使知道是夢境，但彷彿沒有止境的時間還是讓我喘不過氣。在夢中，我嘗試自殺。一次又一次。可是無論怎麼做都無法成功。取而代之地，似乎有什麼東西從大海的另一頭到來。想看也看不見，想逃也逃不了。就算害怕得想要結束自己的生命卻又辦不到。那感覺無比恐怖，等著被根本不知道是什麼東西的存在殺死的感覺。」

送貨員擤著鼻子，抬起頭。總覺得他似乎恢復了平常的表情。現在這才是真正的他。至少ＥＶ希望是如此。

「這玩意、這傢伙不斷向我呢喃。就是因為看不見所以恐怖。我就讓你看見，告訴你滅絕的真面目吧。這樣一來就沒什麼好害怕的了。變得就算被殺、就算滅絕也不會感到恐懼了。」

ＥＶ點頭回應。死亡擱淺現象之所以恐怖，就是因為不知道真相是什麼。ＢＴ也好，冥灘也好，時間雨或焦油也好，都因為不知道為何會出現，所以人們會感到恐懼，而把自己關了起來。因此我們才會針對那些東西一直進行研究。

然而送貨員卻對ＥＶ這段話無力搖頭。

「可是你們還沒有給出一個答案。就連我帶來給妳的這些焦油也是，即使花上漫長的時間進行調查，最後肯定還是什麼都搞不懂。」

送貨員站起身子。ＥＶ也為了追上去而站了起來。

「ＥＶ，如果妳調查這些焦油知道了什麼事情，拜託妳告訴我吧。」

等等。好，我絕對會找出迴避滅絕的手段線索給你看。ＥＶ雖然想這麼說，卻沒能如願。在她開口之前，送貨員就忽然消失。

是送貨員把通話用的全像投影裝置關掉了，他應該還在原地。ＥＶ匆忙奔向位於地表庇護所入口。爬上地面層打開門，外頭的光頓時包覆ＥＶ，耀眼得讓她瞇起眼睛。她大叫了一聲「等等！」可是送貨員早已走出了她的庇護所，只看得到遠處的背影。ＥＶ又叫了一聲「等等！」可是對方始終沒有再回頭了。

幾天後，山結市近郊的一處聚居地發生了恐怖攻擊事件。心人的妻女被捲入其中，心人本身也陷入生死垂危的狀況。是一場利用虛爆進行的恐怖攻擊。

那天以來，ＥＶ一直進行著研究。雖然兩年過去，她依然沒能實現與送貨員的約定。不是因為沒能重逢，而是她遲遲沒能得出成果。本來她的工作應該不只是分析焦油而已，但不知不覺間，她變得滿腦子都在思考那些漆黑的物質了。

ＥＶ聽說自從山姆．波特連結開若爾網路後，東側的過去資料開始一點一滴復活，於是要求那些人將可能與滅絕體或焦油相關的資料傳送給她。但ＥＶ自己的地方還沒有連上開若爾網路，只能靠目前緩慢的網路系統進行資料的傳收，這令她相當焦急。影片資料就不用說了，連檔案較大的圖片都無法下載。只能經由好幾處的中繼點請對方傳送文字資料，而且有幾次好不容易收到資料卻發現檔案損毀或遺漏。

更加糟糕的是，西側的焦油湧出現象變得更加激烈了。原因不明。說到底，畢竟焦油是從什麼地方冒出來的都還搞不清楚，因此根本束手無策。以前只是零零星星的湧現地點變得越來越多，規模也越來越大，形成了縱貫南北的一條線。湧出的場所變得像是一條大河，於是大家開始稱之為焦油帶。而且範圍持續擴大，把設置於附近的開若爾網路通訊設備都吞沒了。由於湧出現象難以預測，因此連靠近都辦不到。

對ＥＶ來說，山姆．波特可說是幫忙恢復中繼點並連結開若爾網路的救世主。而他很快就要抵達這裡了。

然後，這天終於到來。

仔細想想，這地方已經好久沒有人來訪了。因為後來發現那個送貨員隸屬的翡若捷快遞受到席格斯實質支配，使得配送工作只能依靠布橋斯或個體戶的送貨員了。像這樣有人來訪，果然是一件教人愉快的事情。更重要的是，山姆會把邱比連接器帶到這裡來。ＥＶ怎麼也難以壓抑興奮的心情。

★

山姆踏入庇護所後，配送終端機便立刻啟動，照出全像投影。

身材纖細的女性——是大家稱為ＥＶ的女性科學家。她一見到山姆，表情頓時變得僵硬。這也無可厚非，畢竟山姆現在的臉實在不堪入目。即使沒有照鏡子也知道，自己臉上肯定沾滿了血跡、泥巴與汗水。山姆並沒有向對方打招呼或進行說明的意思。反正對方應該有收到通知說山姆會來，而且這裡雖然是庇護所，但好歹是布橋斯的管轄設施。現在只是同為布橋斯的夥伴到訪而已。設施的保全也讓山姆進來了，然而ＥＶ的表情卻依然保持僵硬。

沿著她的視線一看，原來她注視的是小路的圓艙。

「山姆，你來了。」

ＥＶ的聲音顫抖。總覺得她是在害怕ＢＢ圓艙的樣子。

「我是山姆·波特·布橋斯，按照心人與布橋斯的指示到這裡來了。我希望開通這裡的開若爾網路。有什麼問題嗎？」

ＥＶ搖頭回應，但表情依舊很僵硬，視線也始終沒有從小路的圓艙上移開。山姆雖然感到奇怪，不過還是拿出邱比連接器給對方看。見到連接器後，ＥＶ才總算第一次放鬆表情。

「麻煩你了，山姆。我等待這一刻好久了。快點讓這裡連上網路吧。」

ＥＶ向山姆道謝。她的庇護所連結上ＵＣＡ了。

「山姆，我想問你一件事。你胸前的那個裝置是為了什麼帶在身上的？」

聽到這樣唐突的提問，山姆霎時感到退縮。因為聽在他耳中，這感覺並不是在問實用性的事情，而是一種概念性的問題。說這是能夠感測到ＢＴ的偵測器當然就可以了，然而對山姆來說，這回答並不充分。可是自己有必要把那種事情告訴一個才剛認識的科學家嗎？

見到山姆猶豫不答的樣子，ＥＶ卻看起來像是明白了什麼事情。又或是感到放棄了。或者她其實打從一開始就預測到這個問題根本沒有答案。

「以前有個送貨員裝了跟那個一樣的東西。」

山姆感受到自己的臉繃緊起來。因為他想起了來到這裡的途中遇上的那個恐怖分子集團。

「他說過只要裝上那玩意，就能看見各種東西。然後還告訴我，人類應該要滅絕才是正確的選擇。山姆，你也一樣嗎？」

「沒有那種事。這個小傢伙是我的搭檔，會告訴我什麼地方有危險。要是沒有這小傢伙，我不可能獨自一個人抵達這地方。」

如果ＥＶ說的是真的，那麼那個送貨員裝備的想必不是ＢＢ，而是類似ＢＢ的其他玩意。這時山姆忽然想到，席格斯或恐怖分子們所裝備的搞不好其實不是ＢＢ，至少應該不是小路的同類。當遇上恐怖分子集團的時候，小路之所以那麼害怕，會不會就是因為這樣？

「那個送貨員哭著跟我說，他很害怕。他說他夢到滅絕的夢，變得無法反抗滅絕。他向我如此極力主張後，就再也沒有來到這裡了。」

小路哭了出來。不是因為害怕，而是一種悲傷的感情。這種事情還是頭一遭。圓艙裡的小路抬起眼睛看向山姆。但即使注視著小路的眼眸，也無法明白那悲傷情緒究竟是來自哪裡。

山姆接著抬起頭，發現EV的全像投影消失了。是因為山姆遲遲不回答，所以放棄了嗎？還是因為連上開若爾網路已經讓她感到滿足了？不管怎麼說，總之這裡的任務已經完成。EV究竟在想什麼並不重要。山姆擔心著還在哭泣的BB，轉身準備離開。總覺得這地方淤積著某種教人搞不清楚的東西。

就在這時，刺耳的雜音忽然響起。山姆趕緊回頭，看到剛才映出EV全像投影的空間現在站著一名陌生的男性。由於對方將兜帽深蓋到眼睛處，讓人看不清楚他的長相。身高不算很高，全身毫無贅肉，是日復一日的勞動所鍛鍊出來的肉體。穿到已經褪色的衣服，是翡若捷快遞的制服。然而左肩上卻裝有歐卓德克，胸前裝有BB圓艙。細節部分和山姆身上的裝備有些差異。無論歐卓德克或BB圓艙，都跟之前遇到的恐怖分子所使用的是同樣的東西。難道有恐怖分子潛藏於地下室？自己落入陷阱了？

山姆反射性地抓起掛在腰上的繩帶。現在他唯一可以當成武器的東西只有這個。

「就此結束了。」男性開口說道。

「我的身體已經不是屬於我的東西。所以沒有什麼值得害怕了。」

男人的歐卓德克開始旋轉起來，可是小路卻毫無反應。那是預先錄影起來的影像，大概是要送給EV的訊息吧。難道他就是EV所說的送貨員？

「滅絕無從迴避。滅絕是命運。滅絕是打開新世界的大門。所以我現在就去消滅都市。」

他在說什麼？這傢伙居然在宣告恐怖攻擊行動。隔著全像投影的另一側忽然有人的氣息。通往地下樓層的門打開了。是EV。她臉色蒼白地奔上樓梯，朝山姆的方向接近。

「EV，妳在做的事情，我認為是很值得尊敬的。」

全像投影中的恐怖分子毫不介意地繼續說著。

「從過去學習，並連接到未來。當我還是個送貨員的時候，我也有過那樣的想法。我出生時早已沒有什麼美國。我幾乎沒有什麼童年的記憶，連父母長什麼樣子都不知道。我只記得翡若捷她老爹的長相。」

在山姆身邊，EV抬頭看著男子的影像。

「老爹當年收養我，也告訴了我關於以前美國的事情。他說美國在崩壞之前是個自由的國度。雖然抱有許多問題，不算什麼值得拿來誇耀的國家，但是起初創立美國的祖先們留下來的精神始終沒有消失。因此他說，美國崩壞其實是一種機會，可以再一次靠我們的雙手創建美國。後來老爹過世，翡若捷繼承組織之後，這點也沒有改變過。」

送貨員忽然沉默，仰起頭似乎在尋找什麼東西。山姆與EV都只能靜靜等待他的下一句話。

「可是，不管過了多久，美國都沒有重生。布橋斯的開若爾網路是用看不見的高牆把美國圍起來。那是虛假的美國。席格斯是這麼說的。」

聽到席格斯這個名字，山姆不禁臉頰抽動了一下。

「無論如何掙扎，只要我們是人類，就不可能實現什麼理想的國度。就算主張多偉大的理念，生出來的都只是虛偽的國家。席格斯告訴了我，如果真的希望實現理想，人類就必須放棄身為人類才行。因此要引導大家走向滅絕。」

狗屁不通。那是為了將恐怖攻擊行為合理化的歪理。理性雖然這麼反駁，但山姆沒有辦法否定眼前表情激動的送貨員。

「EV，永別了。我要去消滅山結市旁邊的聚居地。別擔心，生者不會感到痛苦的。因為虛爆一瞬間就會讓他們消失。讓他們前往亡者的國度，就能放棄身為人類了。這是滅絕體賜予我們的教導。」

全像投影頓時靜止。就像時間被奪走般，送貨員停止了動作。EV無力地搖頭看向山姆。那是在向他求救的眼神，然而山姆沒有辦法為她做任何事情。

兩人之間的沉默被小路的哭泣聲打破。不是像剛才那樣的悲傷，而是傳來某種強烈的感情。交雜恐懼與憤怒，哭泣表現激動到彷彿圓艙都要壞了。靜止的全像投影畫面有如對那哭泣聲產生反應似地開始片片崩落，分解為細小的粒子。

然而很快地，擴散的粒子又再度凝聚。被某種看不見的力量聚集起來，重新化為影像。蓋住整個頭部的兜帽，反射出黯淡光芒的黃金面具，肩上有歐卓德克，胸前有BB圓艙。是席格斯。雖然看不見面具底下的雙眼，不過他的視線筆直看向山姆。活生生得讓人難以相信是全像投影的影像。那確定不是錄影畫面，而是即時生成的影像。

「山姆，謝謝你連結的開若爾網路。」

席格斯用誇大的動作對山姆鞠躬。

「這玩意真是太棒了。我能理解你們為什麼會那麼拚命地想要完成這個東西。就連過去的記憶都能浮現出來啊。

我真是太驚訝了，居然連那樣的東西都能重現。開若爾網路是經由冥灘聯繫，而冥灘連結亡者的世界，也就是說連結到過去世界遺失的紀錄。實在了不起。我本來以為它頂多只能把留有紀錄的數位資料整合並復活而已呢。」

誇張而做作的語氣和動作，很明顯是在挑釁山姆。山姆只能緊咬牙根，壓抑自己的衝動。小路似乎感受到那情緒，頓時停止哭泣並縮起身子。

「山姆，你今後就繼續連結網路吧。我雖然還是無法認同UCA的重建，不過這玩意倒是好東西。只要有了這個，我不需要特地從冥灘跳躍移動就能像這樣跟你見面啦。」

席格斯的手臂伸來，直刺向山姆的心臟。山姆反射性地把身體往後一縮。但席格斯的手臂還是穿過圓艙，透過小路，直達山姆的胸口深處。身體頓時僵硬得無法動彈。席格斯冷酷一笑。

「放心，這是全像投影。是虛像。但是你就連實像都無法碰觸。開若爾網路可說是對你再適合不過的系統了。所以你繼續加油吧。」

席格斯把手收回去。他的指尖似乎有什麼東西綻放光芒。即使理性告訴山姆那是透過全像投影的詐術，他還是難以壓抑心中激烈動搖。

席格斯將那東西掛到自己脖子上。金色的項鍊。是亞美利的奇普。

山姆的心臟感受到有如被捏碎似的劇痛，讓他連聲音都叫不出來。眼前一陣暈眩，不禁當場跪下。

「我在冥灘等你。」

席格斯留下這句話，消失了。

跪在地上的山姆抬頭仰望的空間空無一物。胸口的疼痛也像騙人似地消失了。EV表情發青地探頭看向山姆的臉。

「你還好嗎？」

我沒事。山姆如此點頭回應，總算站起身子。

「我才要問妳還好嗎？這裡似乎跟席格斯連結上了。」

「沒關係，雖然有點可怕。好不容易連上的開若爾網路雖然帶來了恐怖的東西，但肯定不是只有那樣。至少知道能夠讓沒有記錄在媒體上的過去記憶重生。」

她是指剛才送貨員的影像。

「我雖然早就知道他跟恐怖分子有扯上關係，可是像這樣聽到本人親口證實，還是讓人很難受呢。山姆，老實說，我沒有辦法否定他的主張。可是我也認為絕對是被席格斯洗腦的沒錯。我想做的不是否定他，而是跨越、克服他。連同席格斯一起。為了這個目的，必須擴大開若爾網路，把關於滅絕體的事情搞清楚才行。所以我不怕。雖然可怕，但我不能害怕。」

我知道了。山姆說著，制止EV繼續說下去。席格斯主張的滅絕理論，是信奉滅絕體的教義。然而布橋斯口中的美國，終究不也是教義的一種罷了嗎？如果要脫離這個框架，就必須放棄身為人類才行。無論滅絕或延命，都只是同一枚硬幣的正反面而已。

『雖然可怕，但我不能害怕。』

EV說的話在山姆耳邊迴盪。因此在那聲音消去之前，山姆決定離開這裡了。要是受到什麼雜訊干擾，EV的決心或山姆自己的確信都會當場消散的。

於是山姆重新背起貨物，一語不發地走出了庇護所。

之後過了三天左右。

險峻的地形與山區多變的氣候雖然教人苦惱，不過除此以外就沒有什麼阻礙，讓山姆得以順利按照計畫行進。連接了三處的庇護所，最後只剩下在焦油帶的地方設置轉接點的工作。途中也有收到EV寄來的訊息。

她在訊息中提到有幾件關於從前大量滅絕的研究報告復活了。當中特別引起山姆注意的是，有資料顯示之前心人在實驗室給山姆看過長有臍帶的滅絕種，其實除了菊石與長毛象之外還有其他存在。像恐龍或三葉蟲等等的滅絕種，似乎也有發現個體身上長有酷似臍帶的器官。另外也有認為那樣的個體就是滅絕體的考察資料。

收到來自EV的訊息後過了一段時間，就在山姆來到距離中繼站設置地點只剩一小段路的時候，這次又接到來自心人的聯絡。

『山姆！聽得見嗎？我想你應該快要抵達焦油帶了。很幸運的是，多虧你的努力，交給你的貨物似乎也沒有受到什麼損傷的樣子。接下來只要你到設置現場實地檢驗一下就行了，應該不會有問題。

你仔細聽我說。剩下的時間比預期的還要少。』

山姆不曉得那是指心人的等待時間，還是指滅絕前剩下的時間。

『之前也有告訴過你，你現在前往的地方是本來計畫設置中繼站的候補地點。』

之前心人確實告訴過山姆這件事。原本計畫要在那裡設置中繼站，但最後卻放棄了。

『因為當時有人指出了那個地點在安全性上的疑慮。而這次的任務就是將那地點修復，再一次當成中繼站使用。這世界上有所謂比較容易與冥灘連結的場所，像是成為信仰對象的場所、聖地或是俗稱的能量點。

如金字塔或巨石陣等等所謂的巨石遺跡(megalith)也可說是從前的人類嘗試與冥灘連結的痕跡。冥灘雖然因人而異，不過容易吸引人聚集的場所確實存在。信仰或精神層面的東西與冥灘是緊密相連的。

換句話說，那樣的地點就是能夠當成開若爾網路轉接點的場所。但是與冥灘太過接近也有危險性。第一遠征隊就是顧慮到這點，最後決定在別的地點建設中繼站，也就是後來被焦油吞沒的設施。然而現在這個狀況下，我們也只能使用之前被放棄的設置地點了。還好當初建設的基礎系統還留在現場。等你抵達之後，我要拜託你確認一下BB的狀態。

不是什麼複雜的事情。你只要確認ＢＢ是否有什麼反應就行。哭了，笑了，或者可能生氣了。總之，如果ＢＢ產生與平常不同的反應，那個地點應該就是與冥灘的連結點了。

哦哦，山姆，你的直覺真敏銳！你現在肯定想到了結市的事情吧？』

不，那種事情山姆根本連想都沒想到。可是心人始終講個不停。這時從通話中傳來『剩下五分鐘』的倒數計時聲。

『結市是建設在不會下時間雨的地點。換言之，在原理上那應該是冥灘距離最遠的場所才對。為什麼那樣的地點會成為網路通訊的大規模轉接點？

沒錯！大量人群聚集的地點，就是會成為信仰對象的聖地。是大量的人，也就是大量的冥灘存在的場所。然而同時也是接近世俗的場所。為了消解那樣的矛盾，第一遠征隊準備了一套很特別的系統。

但是山姆！那個系統是最高層級的機密，連我都不知道。甚至連祕密本身的存在都沒什麼人曉得。我是聽亡人說才知道的。據說他是在獨自調查ＢＢ實驗的過程中發現了這件事。』

『剩下兩分鐘。』機械性的聲音如此告知。

『你聽好！這段對話是通過舊有的無線通訊跟你聯絡的，也沒有中繼到總部。關於ＢＢ以及你的小路，似乎存在只有總部才知道的祕密。那個祕密與開若爾網路以及ＵＣＡ重建計畫的根本部分相關的可能性很高。亡人相當害怕讓我們正在進行調查的事情被指揮官知道。』

『剩下一分鐘。』

『山姆，總之現在如果不試著連結看看也沒辦法繼續往前進。拜託你相信我，相信身為冥灘研究家的心人吧！』

接著，心人便陷入三分鐘的斷命了。

★

／／焦油帶沿岸

默示錄的世界就是指眼前這片景象嗎？

山姆來到了人類迎接滅亡的世界。

或者這裡可能就是世界的盡頭也說不定。西方是一整片的焦油大海。就算聽說這片焦油海的另一頭是緣結市，也讓人一時難以置信。岸邊只見地上有大量的尖銳岩石塊，絲毫沒有生命的氣息。就連貼附於地上的青苔或是生存於沙地的微生物，都不存在於這裡。太陽被滿布天空的開若爾雲遮蔽，搞不清楚在什麼方向。既非黑夜，也非薄暮，朦朧的光芒籠罩世界。這地方不會有任何起始，也不會誕生任何生命。唯有這樣的預感湧上心頭。

末日之地的岸邊，有一座為巨人準備的十字架倒在地上。粗獷的黑色鐵塊，行刑用的工具。

然而背負罰刑、贖償罪惡的究竟是誰？在這個只有罪與罰，既不見罪人也沒有救世主的世界，只有十字架被丟棄在岸邊。那就是被遺棄的開若爾網路中繼站。不是什麼神聖的東西，也不是什麼不祥的存在。唯一清楚的，是腦中實在不想接近它的直覺。不知不覺間眼眶盈滿淚水。根本沒有必要確認小路的反應。全身可以感受到與擱淺地帶又是不同類型的一種接近冥灘的感覺。世上居然會有感受如此明顯的場所嗎？

或許這跟忽然變得激烈的焦油湧出現象也有關係。山姆看著十字架另一側的遼闊焦油帶，腦中浮現這樣的想法。

這地方肯定可以成為網路中繼點吧。山姆如此確信。小路的情緒也變得激動起來。雖然那可能只是被山姆的情緒傳染的結果就是了。

就在山姆準備啟動邱比連接器的接收裝置時，設施的電源裝置起動，讓終端機升出地面。於是山姆放下背上的大貨物，依循終端機的指示進行安裝。零件一一接上十字架後，被收納到內部。山姆這時才總算理解，這座十字架本身就是網路通訊裝置了。接著按照終端機要求啟動網路的指示，將六枚金屬片放到接收裝置上。

伴隨刺激鼻腔深處的氣味，視野頓時扭曲，身體飄浮起來。淚水也同時溢出眼眶。一如往常的啟動過程之後，這地方也被納入開若爾網路的運作區域內了。

問題就在下一步。面對眼前遼闊的焦油帶，山姆不禁嘆息。自己究竟該如何前往緣結市才好？

「山姆，你真了不起。多虧你的努力，中繼設施順利復活了。強度與安全性目前都沒有問題。我也會請勒克妮隨時監控，你可以放心。」

是心人，利用設施終端機的通訊功能映出全像投影了。

「我剛剛回來，還有足足二十一分鐘的時間。你仔細聽我說。」

霎時，全像投影消失。或許是因為網路不安定，果然臨時趕造的設施還是會有問題。不管山姆如何呼叫，終端機依舊保持沉默。
一段時間後，鍔環啟動，顯示收到來自心人的聯絡。對方要求只有聲音的通話。於是山姆操作鍔環，接上通話。
『雖然開若爾網路連上了，不過我要使用舊系統。我有設定不讓總部聽到我們的對話。』
帶有雜訊的心人聲音中流露出些許的緊張。接著，他說出了一件令人難以置信的調查結果。
『我調查了一下你送來的瑪瑪遺體與臍帶。由於連上開若爾網路的關係，從前的資料也復活了。因此我也參考那些資料，嘗試建立了一套假說。你當初與瑪瑪見面的時候，應該出現了很強烈的抗原抗體反應。』
山姆回想起最初到訪瑪瑪實驗室的時候，確實有種跟接近擱淺地帶時同樣的感覺。小路的反應也是一樣。但現在回想起來，山姆認為那也是理所當然的事情。
「畢竟那裡有她變成BT的女兒。」
『對，你說得確實沒錯。但也有別的原因。我在瑪瑪的身上發現了開若爾物質。不是一般沾附在皮膚或衣服表面的那種，而是從組成她身體的各種部位細胞中都發現了開若爾物質。而且那些細胞的活動都停止了。』
在那間低溫的實驗室中，只有瑪瑪吐出的氣息沒有形成白霧。她總是把鍔環的一邊解開，不讓鍔環偵測自己的生命徵象。這些都是她其實已經死亡的證據。她是藉由與成為BT

的女兒相連，像個牽線木偶一樣讓身體行動。這是當初的解釋，但現在看來似乎不只如此的樣子。

『你在那裡遇到的BT很特殊。那是她的孩子，同時也可以說是她的靈魂。因此她的肉體與靈魂並沒有像一般人那樣分離，而是透過那條臍帶相連著。』

換言之，瑪瑪當時處於既是亡者也是生者的狀態嗎？肉體與靈魂都在生與死的中間地帶嗎？那個女兒和小路很像。也就是說，和小路相連的我，是不是也類似瑪瑪的狀況？山姆不禁如此自問，但並沒有講出口的意思。心人或許是將山姆的沉默解讀為表示肯定的意思，於是繼續說了下去：

『亡人有一段訊息要給你，他說「很抱歉，我又瞞著你偷偷讓你運送東西了。但我有必要瞞過指揮官，並且不留下任何紀錄運送包裹才行。」這樣。從主結市一路到這裡，他想必下了很多功夫才把那個臍帶送到我這裡來的。』

「那不是瑪瑪的臍帶嗎？」

「不，那是布莉姬的臍帶。似乎是布莉姬生前拜託亡人偷偷切下來的。你聽好，可別太驚訝。那條臍帶並不是與胎兒相連的東西。不是在體內，而是伸向身體外側的臍帶。據說布莉姬認為這或許可以成為解開死亡擱淺之謎的關鍵，而託付給亡人了。

布莉姬的臍帶與瑪瑪的遺體有很多共通點。兩者都不會腐爛，不會壞死，時間完全靜止。至少可以說是排除於這個世界的時間洪流之外。而且從那條臍帶中就跟瑪瑪的身體一樣發現了開若爾物質。這也就是說，總統的那條臍帶可能與冥灘相連。』

心人的這段假說很大膽，然而更讓山姆感到衝擊的是布莉姬原來長有臍帶的事實。亞美利誕生於冥灘的事情與布莉姬的臍帶之間想必存在密切的相關性。

『過去地球上曾經發生過包含五大滅絕在內大大小小各式各樣的滅絕衝擊。在那些滅絕現象留下的痕跡所存在的地層中，都可以發現開若爾物質，以及冥灘化石。從這點可以推測，冥灘應該也有出現於過去的滅絕期。

聽好。死亡擱淺現象在以前也曾發生過好幾次。

而現在的死亡擱淺可以說是第六次的大量滅絕期。』

果然如此。然後這次的滅絕對象是人類。這點應該不會錯了。

『多虧開若爾網路開通，讓除了有臍帶的菊石之外，過去也有發現其他類似生物的紀錄復活了。例如長毛象、冰人、三葉蟲或恐龍等等從前滅絕的生物也有臍帶。那些生物很可能是透過臍帶與冥灘相連。然後如果把這點與ＥＶ他們研究的滅絕體假說相對照，就能推測長有臍帶的生物或許就是滅絕體了。滅絕體藉由臍帶與冥灘連結，帶來了死亡擱淺現象。』

一氣呵成的論述讓山姆光是跟上理解就很吃力了。

「所以你想說布莉姬也是滅絕體嗎？」——這樣的疑問脫口而出。

『不，這點還不能下定論。畢竟總統的遺體已經被你燒掉了。』

雖然還有更大的問題，但山姆無法化為言語講出口。那就是席格斯以前說過亞美利是滅絕體。

『山姆，我們就假設布莉姬是滅絕體好了。那麼繼承了她基因的亞美利也有可能是滅絕體。

體。』

心人有如看穿山姆心中的想法似的，不以為意如此說道。

「那麼席格斯是打算利用身為滅絕體的她，一口氣引發大量滅絕嗎？」

『很難講。我不認為在整個物種中只是單一個體的滅絕體會擁有那麼強大的力量。而且亞美利——還有布莉姬也是——都還不能確定就是滅絕體。但可以肯定的是，席格斯試圖要利用亞美利的能力。』

沒錯，不管關於亞美利的真相究竟如何，唯一確定的就是必須把她從席格斯手中救回來。

『還剩一分鐘。』

倒數計時的聲音傳來。

『抱歉，山姆，這次就到此為止。總之現在只能拜託你到西邊去，把亞美利救回來了。』

無線通話被切斷，剩下山姆孤零零地站在猶如荒野的岸邊。想要前往的緣結市在更西方的位置。可是現在山姆眼前只有一片望無邊際的焦油大海。

從焦油帶的彼方吹來帶有腥味的風，迎面打在山姆臉上。將臨時中繼點——巨大十字架型的網路終端機啟動的任務雖然成功，但如何度過焦油帶的方法卻怎麼也想不出來，只有時間不斷流逝。山姆沿著岸邊走，尋找是否有能夠徒步穿過焦油帶的地方，然而一切都徒勞無功。

布橋斯難道完全沒有掌握到這樣的狀況嗎？

難不成他們樂觀認為身為回歸者的山姆總會有辦法？
根本沒有什麼辦法。
什麼法子都想不出來。
明明好不容易把網路連接到這裡來，明明離亞美利的地方只差一步了，卻束手無策。
——倫敦鐵橋垮下來，垮下來，垮下來。
這是年幼時，亞美利好幾次在冥灘唱給山姆聽過的歌謠。山姆趕緊環顧四周，卻什麼人影也沒看到。這裡只有山姆。橋垮下來，已經無計可施了嗎？已經無法連上焦油大海另一頭的亞美利了。
——山姆，不是那樣。
風變得更強。隨著風傳來的，是另一個聲音。
——你還搞不懂嗎？不，是你不想搞懂嗎？
焦油隆起，形成一個人的形狀。席格斯現身了。
「亞美利就是滅絕體。呈現人類的外觀，同時與亡者的世界相連，將世上所有的生者連上死亡的存在。心人說得沒錯。從前發生過的滅絕現象，全部都是滅絕體引起的。這是誰也無法否定的宇宙真理。宇宙因爆炸而誕生，爆炸的星球碎塊又創造出新的星球。名為『滅絕』的爆炸也會創造出新的生命。聽好了，山姆。我們並不是要滅亡，而是要創造出下一個生命啊。」
歪理。全都是為了肯定滅絕，為了肯定破壞慾望的歪理。強烈的憤怒讓山姆全身發燙，緊握的拳頭不斷顫動。

「那玩意，是人類要背負的十字架。」

席格斯指著網路中繼點笑道：「看來布橋斯之中似乎也有明達事理的傢伙。我會與亞美利相連，將她釘到那個十字架上，引導滅絕。」

席格斯！山姆忍不住如此大喊，衝向焦油帶。

「哦？山姆，你想跟我比賽？好啊。」

席格斯嘲笑似地豎起手指。焦油纏到山姆的雙腳上，彷彿擁有自己的意識般繞住山姆的腿，把他往下拖。不知不覺間，焦油已經淹到腰部的高度了。

「山姆，你加油吧。我在冥灘等你。」

丟下這句話後，席格斯消失了。

焦油同時激起巨浪，從頭上撲向山姆。什麼也看不見，什麼也聽不到。

在黏膩的漆黑洪流翻弄中，山姆被沖向地底。朝著地球的中心無止盡地掉落——

山姆在昏暗的迴廊中迷路了。

耳朵只能聽到自己的呼吸聲、溼黏而教人不舒服的腳步聲以及規律的心跳。這些聲音在周圍迴盪，包覆山姆。

自己發出的聲音震盪自己的鼓膜，回饋至大腦。無止盡的循環，教人幾乎抓狂。有如一直走在某種巨大生物的內臟中，既不被消化，也不被排泄。只能摸索著連在哪裡都不曉得的出口繼續移動。回過神才發現，小路不見了。肩上的歐卓德克也是。不只如此，自己身上根本是一絲不掛。全裸的山姆被關在一處陌生的場所了。

他不禁癱坐下來垂頭喪氣。

可以聽到心臟的聲音。一拍接著一拍，規則脈動著。山姆這才發現，心跳聲是從外面傳來的。

應當在自己胸口深處的心臟沉默得有如石頭，相對地不知是誰的心臟在跳動著。

原來如此。這裡是我的身體內。

原來我是被困在自己的肉體迷宮中，無止盡地亂走著。無法與自己達成和解，因而在自己內部迷路了。

只要將這個身體破壞，我是不是就能得到解放？還是會隨著肉體一起死亡？

那就是徘徊於這個地球上的人類的姿態。自以為世界是為了養活自己而存在。明明那一切只不過是偶然，明明只要世界被破壞自己就難逃一死，卻還以為自己是世界之王。

在一片黑暗的內臟迷宮中迴盪起席格斯的聲音，把山姆帶回現實。

是席格斯的引導讓山姆醒過來了。

刺耳的聲音陣陣鳴響。睜開眼睛看見的世界歪斜扭曲。強烈的嘔吐感頓時湧起。腹中有如被塞進了岩塊。

山姆再也忍不住地趴到地上嘔吐。

汙泥般漆黑的液體大量吐出，多到讓人驚訝的程度。彷彿混雜鮮血與生肉的臭味竄入鼻腔。

有種自己的身體從內側腐敗的感覺。

搞不清楚這裡是什麼地方。眼睛還無法對焦的山姆轉回頭，看見背後是一片焦油帶。難道自己度過了那片焦油大海嗎？

「歡迎你，山姆·布橋斯。」

是席格斯。懸浮在焦油上方幾公分處。

面對大叫他的名字並全身彈起來的山姆，他用誇張的驚訝動作回應。

「別那麼大聲，她會被嚇跑的。你想見到她吧？難得我好心帶著你越過焦油帶，把你送到這裡來了。你可要好好感謝送貨員席格斯，給我安分一點。」

或許是山姆說不出話的反應讓席格斯感到愉悅起來，他的態度變得更加做作，舉起手指向山姆的背後。於是山姆轉回頭，看到了都市的輪廓。是緣結市。最後的目的地，亞美利應該所在的地方。

席格斯接著彈了一下手指。都市上空霎時出現倒掛的彩虹，隨後湧出濃密到甚至把彩虹都遮掩的烏雲。好幾道閃電劈過，雷聲作響。其中幾道雷落在都市，爆出耀眼的光芒。雲層中下起時間雨，轉眼間轉成豪雨，化為籠罩都市的一層面紗。

「就在那裡，我聞得到她的氣味。多虧你幫忙連結網路，讓我可以確定她的位置了。」

山姆重新把頭轉朝聲音傳來的方向，卻發現那裡已經沒有人。只有黃金面具飄浮在半空中。

「就讓我跟你道個謝吧。」

耳邊傳來的呢喃聲，讓山姆嚇得跳開。席格斯的臉近得甚至可以感受到呼吸。

對方態度強勢的發言使山姆回過神來，轉向背後。然而席格斯已經不在那裡。只有黃金面具飄浮在他原本所在的位置。

「謝謝你。」

又是從背後傳來的呢喃聲。是浮在半空中的黃金面具發出的聲音。對方很明顯是在捉弄山姆取樂。山姆雖然知道不能讓對方挑釁成功，但還是難忍沸騰的怒氣。他伸手想要抓住席格斯的防毒面罩，卻什麼也沒碰著。席格斯又消失了。山姆的手臂撲空，全身失去平衡倒了下去。撐到地面的手變得無法動彈。從地底滲出焦油，有如外型不定的生物般覆蓋山姆的手背，纏住他的手腕，將他固定在地面上了。

席格斯接近過來。雙手放在地上、抬著頭的山姆看在他眼中，肯定像個在求饒的罪人吧。羞恥與屈辱讓山姆的視野變得一片紅。席格斯蹲下身子把臉靠近山姆，並一把抓住他的頭髮。接著用另一隻手拿下自己的防毒面罩。從底下露出的臉一點都沒有像破壞者般的粗暴感覺，反而帶有哲學家似的細膩感。或者那搞不好是源自沉迷於滅絕教義的求道者心理。

「山姆·布橋斯。」

妖豔的紅唇間伸出像蛇似的舌頭，舔了一下山姆的臉頰。感受不到體溫，只像個死人一樣冰冷。山姆的腦袋越來越發燙了。

「戴著面具的不只有我一個。」

山姆甩開抓住自己頭髮的手，微微轉頭，看見黃金面具出現在那裡。

「還有你的老闆跟那個女人，然後你也是一樣。」

話還沒說完，面具就撞在山姆臉上。面具毫無縫隙地貼在臉頰，彷彿是為山姆特別訂做的一樣。有如被貼上另一層皮膚，將山姆原本的皮膚溶解，互相融合在一起。遮住眼睛，塞住鼻子，摀住嘴巴。無法呼吸了。

難受與憤怒幾乎快讓腦袋爆炸。然而緊貼在皮膚上的面具內側就跟席格斯的舌頭一樣，冰冷得有如死屍。被焦油固定在地面上的雙手頓時恢復自由。山姆為了剝下面具不停地抓，可是面具表面卻硬得像礦石。不管如何掙扎，面具都沒有剝離的跡象。反而是山姆的雙手指甲剝落，變得滿手鮮血。

「怎樣？戴著面具也不輕鬆吧？」

也許是眼睛被遮住，什麼也看不見的緣故，席格斯的聲音宛如直接在腦中響起。渴求氧氣的身體開始痙攣起來。

「無論你還是我，都差不多該卸下面具了。」

山姆頓時感受到彷彿臉上的皮膚整片被剝掉似的劇痛。拿掉面具的力道讓他順勢又趴到地面上。席格斯毫不留情地抓住山姆的頭髮，揪起他的臉。另一隻手伸到山姆眼前。

握在他手上的，是亞美利的奇普。

「這是亞美利給我的。」

少鬼扯。山姆用力搖頭。那是我送給亞美利的東西，她不可能交給你這種傢伙。

「我知道她躲在這附近的冥灘。聽好，在面臨滅絕的時候，無論是誰都會變得真誠。比賽從現在開始。我和你，看誰可以先得到滅絕。只要獲得滅絕，我們就能從面具底下獲得解放。」

席格斯說著，戴上面具。

「但是，你肯定無法接受滅絕的真面目吧。要認輸就趁現在。」

丟下這句話後，席格斯消失了。從緣結市的方向傳來特別響亮的一道雷聲。轉為豪雨的時間雨不停地下，看起來就像是為了提早讓都市面臨末日。

即使席格斯消失後，烏雲依然盤踞在緣結市上空。越接近都市，雨勢就越強越大。據說死亡擱淺的大災害發生以前，這一帶曾經是廣大的沙漠地帶。北美大陸的海岸線本來其實在現在的緣結市更西側，但由於死亡擱淺初期的大爆炸，讓那條海岸線被大幅削去。結果美利堅合眾國時代建設於一片沙漠之中的人工都市現在成了大陸的最西端。那就是緣結市的原型。都市原本的名字，叫「聖瑪麗亞」。

沙漠來不及吸收下個不停的豪雨，溢出的雨水化為河流。山姆深戴兜帽，想盡可能遮住時間雨，但效果終究有限。只能用雙手遮著小路的圓艙，默默趕路了。被淋溼的送貨員制服逐漸變得破爛。

快要抵達都市的外圍部分了。緣結市與其他的結市不同，構造上稍微比較複雜。

——這是反映出他們意識形態對立的結果。

山姆回想起指揮官在行前簡報時講過的話。已經好一段時間都沒有跟他交談，現在山姆甚至不太記得自己是什麼時候聽取那段簡報的了。雖然說在聽過亡人與心人對指揮官的懷疑之後，現在自己也不會想積極跟他對話就是了。

通常結市是被外牆包圍起來的。那道圍牆除了防禦功能之外，也能發揮明確區分內外的指標效果，以實際可見的方式保障內部的自治、獨立與安全。因此布橋斯管轄的配送中心都是沿著外牆建設在都市的外側。

然而緣結市的狀況就不一樣了。

美國西岸在歷史上注重自由與獨立，而繼承了那項精神的人們在對應死亡擱淺造成的混亂時也發揮了那樣的精神。成為分離獨立派源流的也是西側各都市。他們有獨自的都市再生計畫，獨自的能源與糧食對策，獨自的運輸系統。而緣結市自己有自己的配送系統與設備。

布橋斯要借用那個設備沒問題，要運送物資也沒關係。那就跟舊時代的交易是一樣的。但是他們不允許布橋斯建設獨自的新配送中心。因為那樣的行為被視為來自美國的占領、殖民。

結果就是在這塊土地並沒有布橋斯占有的配送設備。

話雖如此，不過緣結市中也並非所有人都是分離獨立派。同意美國重建的市民聲音也不小。站在兩極對立的中間層，也就是支持所謂中庸主義的人民也有一定人數。簡單講，這地方就是從前美國的縮小版。圍繞都市的外牆歪歪曲曲，有些地方甚至蓋起內外兩層牆壁。這可說是將合眾國剛崩壞時的混亂狀況原封不動保留下來的景象。

布橋斯只被允許在東側的角落建造一座小規模的設施，而且據說那也是緣結市中重建派的發言權比現在強的時代建造起來的。

「緣結市」這個名稱也終究只是布橋斯內部的稱呼，多半的市民依然稱這個地方是聖瑪麗亞。

亞美利便是闖進了這樣的場所。

本來的程序應該是身為特使的亞美利進行外交性的溝通交涉，在雙方同意之下讓緣結市加盟UCA。可是聖瑪麗亞的人卻把亞美利軟禁起來了。而布橋斯的行動方針就是以救出亞美利為藉口，靠強硬手段連結開若爾網路。但那種行為根本與侵略無異。

儘管聖瑪麗亞早已經崩壞，將這地方納入開若爾網路運作區域的行為也是一種侵略。

如果相信亞美利的訊息，這裡應該變成了BT的巢穴。

就算事實如此，山姆還是感到有些懷疑。即便現在面臨席格斯嘗試得到亞美利——也就是得到滅絕體，企圖實現不只美國甚至全人類滅絕的重大危機，山姆也無法接受布橋斯的行為是正義的說法。但是如果不繼續往前進，就什麼也不會開始，什麼也不會改變。

我們無法從這裡——從這塊大陸脫逃出去。只有在這地方活下去的選項。世上除了這個地方以外，不存在其他場所。祖先們為了探求、為了逃亡而來到的新天地早已不在。從東方脫逃出來的祖先們最後的死亡終點，就是這座緣結市。這裡是個死胡同，是世界的盡頭。山姆的心中深處湧起了一股有別於面對席格斯的另一種憤怒。

狗屁。

這句怒罵忍不住脫口而出。那恐怕是山姆對於所謂的「命運」進行的一種咒罵。

山姆雖然抵達了都市的入口附近，卻看不到像是布橋斯設施的建築物。可能是因為開若爾雲籠罩天空的緣故，或者是這塊土地特有的磁場所影響，銙環的指南針變得完全派不上用場。不過小路很安靜，所以應該不是附近有什麼擱淺地帶所致。

為了暫時避雨，山姆進入近處的一棟建築物中。

建築物內是從腐朽的外觀根本無法想像的寬敞大廳，讓山姆一時感到困惑。人造大理石鋪成的地板與牆壁，挑高的天花板上掛著大概是翼龍的骨骼標本。螺旋階梯描繪出優雅的曲線，支柱上印有黑體字型的模板字樣，寫著「美國紀念博物館」的文字。

大廳的暗處擺設有巨大的玻璃展示櫃。山姆走近看到幾乎所有玻璃都已破碎，櫃子裡什麼東西都沒有。從樓上似乎聽到有人的聲音，於是山姆屏氣凝神，卻什麼也聽不到了。

山姆盡量不發出聲音，小心翼翼地爬上螺旋階梯。

來到二樓首先看到的，是一輛車體莫名長的車子。在那後面有一臺跟心人房間的東西很像的留聲機翻倒在地上。另外還有攝影機、放映機以及裡面可能裝有舊時代電影膠捲的圓形收納盒雜亂堆疊著。

那些東西旁邊則是堆積如山的大本書籍，崩塌後散亂一地。沿著牆壁擺設的展示櫃上放滿大大小小搞不清楚是什麼東西的骨骼與動物毛皮。一旁陳列的是看起來像螢幕、可是厚度莫名厚的玩意，附加的牌子上說明那叫「收訊電視機」。再旁邊是一臺上面有寫著0到9數字的圓盤以及用一條繩子接著漏斗狀機器的裝置。山姆隨意讀過牌子上說明那是初期的電話，並繼續往建築物深處走去。

在重現美國原住民生活的展示之後，旁邊又是圖解說明阿波羅計畫概要的展示牌。標明是「月球上的石頭」的展示櫃中空無一物。

另外還有說明哥倫布發現美洲，以及成為「美利堅」這個名稱來源的人物亞美利哥．維斯普奇生前功績的展示。甚至也有展示區的牆上雜亂張貼著只畫有紅白色調湯品罐頭的海報、山峰岩石上雕刻有四名總統頭像的照片、穿著大概是模仿老鼠和鴨子的布偶裝的人與某個滿臉笑容的家族一起合照的照片、報導總統遭人暗殺的印刷媒體等等東西。

在這地方的東西，都是從前美國之夢的殘渣。山姆小時候聽布莉姬教過的美國歷史，現在四分五裂、雜亂無章地散落在眼前。用一條具有意義的線把它們重新縫合起來，就能讓布莉姬夢想中的美利堅合眾國重生了嗎？很遺憾，山姆並不這麼認為。如果說緣結市是死亡擱淺剛發生後的北美大陸縮圖，那麼這棟博物館就是在隱喻更早之前曾經存在過的美國了。

這時山姆又聽到聲音。是什麼人在呢喃，似乎是從隔壁房間傳來的。於是他走出房間，穿過走廊，踏進隔壁房間。

房內是排成一排的士兵們舉槍迎接山姆，讓他反射性地把手伸向腰上的繩帶。然而那些其實只是真人大小的士兵模型。山姆鬆一口氣後，環顧房內。這裡到處擺設有真人大小的假人，簡直是一片假人森林。仔細觀察可以發現，士兵假人們身上的裝備各自不同，可見是在展示不同時代的東西。其中也有士兵身上穿著跟克里夫一樣的裝備。

不只士兵而已，另外也有穿西裝打領帶的男人，頭戴一頂大帽子的牛仔，以及看起來像電影或漫畫中描述的虛構英雄的假人。身穿紅藍相間緊身衣的人物胸口上畫有蜘蛛的圖案，另一個身穿黑色緊身衣的男人頭上則是長了一對尖尖的耳朵。胸前畫有星形圖案，手持圓盾牌的男人用面罩遮住了一半的臉。從前美國的英雄們難道都戴著面罩嗎？

從假人森林深處傳來聲音。於是山姆在英雄與牛仔們的目送之中，走進房間深處。

——**山姆，你看得見我嗎？**

聲音傳來的同時，假人們一起往左右兩側退開，讓出一條路徑。

眼前已經沒有任何東西阻擋山姆。身穿紅衣服的女性就站在另一側。

——**山姆，聽得見嗎？**

亞美利，妳為什麼會在這裡？山姆明明應該如此開口詢問了，卻連自己都沒聽到。宛如身處水中，聽不見聲音。正當山姆這麼想的瞬間，身體忽然變得沉重。

——**山姆，我看到你了。你來了。**

她雖然說「看到你了」但視線卻彷彿沒有放到山姆身上。明明她的身體與雙眼都朝著山姆，卻像個沒有靈魂的假人般感受不到意志。

——**山姆，我在冥灘。我誕生的冥灘。只屬於你和我的冥灘。席格斯無法連上的冥灘。所以你放心。**

相對於這段話的內容，亞美利的樣子倒是看起來很不安定。山姆無法理解她究竟是怎麼從冥灘連結到這裡來的。或者難道她是在操作山姆的意識，對著夢境的領域講話嗎？如果她說的是真的，那麼應該根本就不需要害怕席格斯才對。

既然如此，這果然是我的願望讓自己看到的白日夢吧。快醒來。做這種夢一點意義都沒有。

——**我一直以來都在撒謊**。

如果是夢就快給我醒來。山姆再次如此祈禱。假人們排列成一個圈子，圍住山姆與亞美利。大家臉上都戴著同樣的面具。是席格斯的黃金面具。

——**我在你面前一直都戴著面具。席格斯說的都是真的**。

所有假人臉上的面具同時剝落。

——**我能夠毀滅人類。我就是滅絕的本質。我就是滅絕體**。

每個假人的臉上都是一片平坦，既沒有眼睛也沒有口鼻。戴面罩的英雄們也是一樣。黃金面具剝落後，底下露出來的真面目什麼也沒有。應該守護美國的英雄們也是，被奪去了各自的長相。

——**不，我並沒有期望滅絕。我只希望跟這個世界、跟所有人連結在一起**。

假人們陸續倒下。有如骨牌般，互相重疊，倒在地上。

——**所以山姆，來拯救我。不要讓我滅絕**。

亞美利的身體從腳底開始逐漸消失。就像ＢＴ消失一樣，漸漸分解為細小的粒子。

——**我在冥灘上**——

話還沒講完，亞美利就消失無蹤了。在沒有靈魂的假人塞滿周圍的房間中，在堆積著美國殘骸的博物館內，只剩下山姆孤零零的一個人了。

離開博物館之後的記憶模模糊糊。也不記得亞美利消失後，自己究竟呆呆站在那個房間裡過了多久的時間。簡直就像夢遊，回過神時發現自己站在建築物外面。時間雨依然跟剛才進入屋內之前一樣繼續下著。

山姆甚至覺得，這棟博物館搞不好類似克里大的戰場，是冥灘的一種。或許是不知名的某個人心中的留戀連結到現世，結果誕生出這棟幻想的博物館了。

彷彿在佐證這個想法似的，美國紀念博物館變得大門深鎖，再也沒辦法進入裡面。

剛才來的時候明明沒有看到，可是山姆卻發現原本在找的布橋斯設施竟然就在博物館的對面。

★

銬環與繩帶完成辨識後，大門打開。在屋內迎接山姆的是灰塵與鐵鏽的氣味。這裡簡直有如洞窟，於是山姆提高警覺。在金屬形成的人造洞窟中沒有任何人的氣息。過去應該也有布橋斯的人員常駐於這裡才對，現在卻連一點痕跡都感受不到。原本在這裡的工作人員大概也跟與亞美利同行的遠征隊一樣慘遭虐殺了吧。

在無人的房間中，山姆操作銬環，讓埋在地板下的終端機升了上來。這已經是反覆過好幾次的例行動作。辨識邱比連接器的接收器告知準備工作已經完成，接下來只要山姆把六枚金屬片放到那上面，啟動開若爾網路就可以了。

這裡就是最後的網路轉接點。這下北美大陸就透過開若爾網路全部連接起來了。從見證布莉姬的死並且獨自一個人將她的遺體送去火葬以來，一路背負的重擔總算可以放下來了。

布莉姬奉獻一生的美國將要重建。在這間除了山姆以外沒有其他人的空虛房間中，美國重建之夢將要實現。既沒有祝福的喝采，也沒有開心的歡呼。搞不好期望美國重建的人其實根本就不存在。

山姆從胸口掏出邱比連接器，金屬片輕飄飄地飄浮著。這也是最後一次進行這項儀式了，山姆巴不得快點結束。將邱比連接器放到接收零件上，身體頓時出現一如往常的強烈開若爾過敏反應。

結束了。布莉姬，我完成約定了。就在山姆心中如此呢喃的瞬間，他全身僵住。眼前看到的是教人難以置信的景象。

也許是遠征隊人手不足的關係，或是他們一抵達這地方，亞美利就被抓走的緣故。受命在這棟設施裝設通訊裝置的作業小組大概只能優先考慮讓這地方正常運作，而沒有餘力顧及外觀或安全性之類的問題吧。本來應該有外殼包覆的裝置內部竟然全部裸露出來了。

在那裝置之中，竟有個設備和山姆裝在胸前的玩意一樣。

他不可能看錯。那是自己將近一年來都抱在胸前的ＢＢ圓艙。

為什麼那東西會被裝在通訊裝置中？那個圓艙裡裝的又是什麼？山姆想要進一步確認，但裝置卻已經收回地板下了。

那裝置把BB圓艙吞進地底深處，將北美大陸從東往西一路連結過來。

我到底幹了什麼好事？指尖不斷顫抖，停也停不下來。而且沿著手臂竄到肩膀，讓臉頰也跟著顫動，搖晃腦髓，從背部擴散到腰部、膝蓋，讓全身都開始痙攣。

那到底是什麼東西？當人面臨自己無法理解、思考不及、難以想像的事態時，湧上心頭的感情就跟恐懼非常相似。不明不白，是一件恐怖的事情。

山姆一屁股癱坐下來，雙手撐在地上。全身使不出力氣，顫抖遲遲無法止息。甚至有種整棟建築物、整個世界都在震盪的錯覺。

但是我不能一直縮在這裡。我必須在這裡解開這個詛咒。剛才看到的那個BB圓艙肯定也是新增加的詛咒之一沒錯。我要把這些混亂糾纏的絲線全部斬斷才行。山姆如此告訴自己，鼓舞自己。

一方面也為了讓顫抖停息，山姆奮力站起身了。敞開大門，來到屋外。

外頭依舊下著滂沱的時間雨。雨量比山姆剛到達這裡時還要多，讓大地都化為了一片海洋。然而，那是將所有顏色全數吸收而呈現漆黑的焦油大海。

歐卓德克頓時啟動，變形為十字，朝著前方動也不動。小路沒有在哭泣。山姆看了一下圓艙，發現小路緊握著拳頭縮起身體。不是因為恐懼，而是對逐漸接近的威脅懷抱敵意。是決意對抗的表現。

於是山姆也學小路，瞪向前方。

時間雨形成的簾幕讓人看不到逼近而來的威脅，唯有聲音明顯地越來越大。焦油大海激起波浪，從冥灘運來過去的遺物。陳列在博物館的古早別克汽車與翼龍的骨骼標本在海面上載浮載沉。另外還有小型的鯨魚和海豚屍體擱淺到岸上。

接著，時間雨的簾幕被劃破，席格斯現身了。

「滅絕的準備工作都備齊了。」

被雨淋溼的黃金面具有如爬蟲類的皮膚般綻放出光澤，教人感到毛骨悚然。

「恭喜你，山姆。就讓我第一個為美國重建獻上祝賀吧。無論布莉姬、亞美利甚至那位指揮官都沒有給你一句感謝，也沒有一句慰勞。明明你那麼辛苦地完成任務，這場建國典禮也未免太寂寞了。所以我來為你祝賀。」

霎時，雷聲作響。席格斯用手指每打一次暗號，天空就忠實地打雷，有如為美國重建發射祝賀禮炮，震撼山姆的鼓膜。

「橫跨這塊大陸，所有結點(Knot)都連結起來了。」

席格斯誇張地張開雙臂，仰望天空。一道雷劃破天際，照亮雲層。

「至於滅絕的種子，我已經準備妥當。」

他說著，指向天空。在他所指的遠處，旋繞的雲層之中，看起來好像綻放著一朵小小的紅花。那是雙臂被拉成一直線，全身固定成十字形的人。雖然一頭金色的長髮蓋著臉讓人看不清楚長相，但身穿那套深紅色衣服的人物，山姆只想得到一個人。

「亞美利？」

山姆如此呢喃，卻被席格斯用手指堵住嘴巴。對方一瞬間就移動到山姆眼前了。黃金面具與底下的防毒面罩都被摘掉，露出他真正的臉。從他的雙眼流出黑色的淚水。

「別著急，她哪兒也不會去。」

席格斯將一隻手伸向天空，結果亞美利緩緩降落下來。

「你聽好，至今發生過的五次大滅絕，全部都是由滅絕體引起的。然後第六次的大滅絕即將爆發。這次可不是單純的種族霸權交替或是至今發生過的那種滅絕程度。物質與反物質互相接觸，讓一切都消失殆盡。是真正的、最後的一場大滅絕。」

山姆甩開席格斯壓住自己嘴脣的手指。席格斯嘲笑著憤慨的山姆，並舉起拿在手中的黃金面具，彷彿在警告他要是不安分點，又會像之前一樣用那玩意蓋住他的臉。

「多虧你們幫忙把結點(Knot)都連結起來，讓滅絕的準備工作完成。滅絕體總算登場了。」

「亞美利！」

降落到席格斯身旁的亞美利緩緩睜開眼睛。有如剛睡醒般模糊的雙眼看向山姆，兩人的視線相交。她的臉頰紅潤，眼眸中帶有光芒。那是山姆熟悉的雙眼，亞美利就在那裡。山姆忍不住對亞美利伸出手臂，卻被席格斯狠狠拍掉。

山姆因劇痛而皺起臉的同時，席格斯把亞美利抱到身邊，為她戴上黃金面具。她的臉被蓋住了。

「山姆，聽我說。我是和滅絕之間的結點。你們努力連結起來的結點（Knot），以及每個人不同的大量冥灘。我會將它們都結合為一。如此一來，就會引發地球上自從生命誕生以來最大且最後的一次大滅絕。」

隔著面具傳來的聲音確實是亞美利沒錯。可是山姆搞不清楚這些話是否真的出自亞美利本身的意志。

「這和過去的死亡擱淺是完全不同等級。足以把全人類，不，把全世界一瞬間消滅的大規模最終擱淺（Last Stranding）即將發生。那就是身為滅絕體的我存在的意義。」

她是明知如此之下讓山姆連結起開若爾網路的嗎？為了讓人類與世界結束？所謂的重建美國只不過是為了達成這個目的的藉口？

這些疑問都被席格斯回答了。

「山姆，你想想看我們是生自哪裡的吧。我們這些異能者都是誕生於她的交界。我們夢見的滅絕夢，那是無可避免、確確實實的未來景象。那就是我們夢寐以求的『世界末日』。滅絕無從阻止，這是已經決定下來的事情。人類只能選擇讓它加快速度或者拖延些許時間而已。」

雲層裂開縫隙，從天空垂下好幾條臍帶。看起來有如巨大生物觸手的臍帶纏到席格斯身上，並綁住亞美利。山姆拆開銬環的一側，讓血液注入刀刃後，準備撲向那些臍帶。但是他的雙腳卻無法動彈。焦油抓著他的腳踝不放。席格斯看著山姆那個模樣，發出嘲笑。

「亞美利！」

席格斯抱著亞美利，被臍帶拉向天空。

「你什麼也辦不到。不過也許至少能允許你親眼見證滅絕吧。如果你想，就到冥灘來。山姆，我在亞美利的冥灘等你。」

他留下這段挑釁後，便帶著亞美利消失了。

山姆很清楚，只是抬頭仰望著烏雲也沒有意義。說到底，亞美利和席格斯根本不是物理性地升到雲層另一側去的。

只靠山姆本身的能力等級，既無法看到也無法認知通往冥灘的入口。即便如此，他還是抱著祈禱的心情繼續仰望天空。

「你還記得約定嗎？」

一把傘蓋到山姆頭上。穿著黑色制服、身材纖細的送貨員忽然出現在眼前。是翡若捷。

「你在等我對吧？我看到仰望著雲朵的你，所以我來了。因為我是瑪麗·包萍（Mary Poppins）呀。」

翡若捷轉動著傘，唱歌似地如此說道。但山姆完全聽不懂她在講什麼，只知道對現在的自己來說，她毫無疑問是個救星。

「整塊大陸都連結在一起了。或許是因為這樣，可以感覺到冥灘變得好近。所以我才隱約找到了你的位置。」

她彷彿在炫耀「很厲害吧？」似地抽動一下鼻子。

「帶我到亞美利的冥灘去。」

面對態度激動的山姆，翡若捷也露出嚴肅的表情重新看向他。

「好，那肯定可以辦到。因為你去過她的冥灘好幾次對吧？」

但那已經是好幾年前，當山姆還是小孩時的事情。

自從露西的事件發生之後，山姆離開布橋斯，別說是前往冥灘了，甚至跟亞美利都沒有再見過面。

要不是布莉姬過世把山姆捲入這次的計畫，他搞不好都不會再見到亞美利了。因此山姆實在沒有自信現在是否還有連結。

「只要你遵守約定，我就幫你。你要活捉席格斯。說好了，他的小命由我親手了結。」

沒錯，這就是翡若捷的目的。如果那樣做可以讓她實現報復，也能拯救亞美利，山姆沒有不答應的理由。於是他點點頭後，翡若捷微笑回應：

「可是靠我的能力沒辦法跟你一起去。所以我先把你送過去，接著我隨後就到。總要有人去接你回來吧？」

「妳也能到亞美利的冥灘嗎？」

「是不行。因為我跟她之間沒有聯繫。但只要循著我和你之間的聯繫，肯定能夠抵達。」

翡若捷看向山姆的手腕。那裡套著一條已經皺巴巴的信物手環。這是參雜有翡若捷的血液形成生物識別資訊的通行證，可說是屬於她的一部分。從山姆自湖結市出發後，這東西伴隨他走遍了這塊大陸一半以上的路程。在這段期間也染上了山姆的記憶。

「當然，你和亞美利之間有那個東西做為連結。」

山姆點點頭，抓起自己的捕夢網。仔細想想，這是他和亞美利相連的唯一存在。

「這孩子呢？」

山姆指的是小路。想必沒辦法帶小路一起過去吧。不，應該說不能帶小路過去。畢竟無法保證是否能夠再回來，也無法確定是否能擊敗席格斯。話雖如此，當山姆與翡若捷都前往冥灘的這段期間，又該由誰來照顧小路？

翡若捷露出思考的表情。

「有個不錯的保母，叫亡人。網路已經連結到這裡來了，所以我可以送過去。」

就算現實中的距離不是問題，但這表示翡若捷必須先經由冥灘瞬間移動到主結市的意思。這點對她身體上的負擔讓人有點擔心。

「要吃嗎？」

咀嚼著隱生蟲的翡若捷又將那玩意拿到山姆面前。於是山姆露出苦笑，接過隱生蟲。

「來吧。我必須碰觸你，所以你忍耐一下。」

翡若捷笑著抓起山姆手臂，但她的手微微顫抖。

她也跟山姆一樣恐懼席格斯的力量，然而山姆假裝沒有注意到這點，並將她的手拉近，疊在自己握著捕夢網的手上。

「閉上眼睛。」

山姆把手繞到翡若捷肩膀上，將額頭相碰。

「想像亞美利和她的冥灘。」

閉起眼睛的山姆腦中浮現的景象，不知為何是亞美利站在海岸邊的背影。

「你喜歡她，喜歡亞美利對吧？」

翡若捷在耳邊呢喃。「沒錯。」——山姆的嘴巴擅自動了起來，可是這句話還來不及傳到翡若捷耳中，山姆就消失了。

//她的冥灘

★

一切都將在這裡結束，在這裡終了。這塊冥灘的力量、滅絕體的力量，將會使人類完結。苟延殘喘的掙扎與對命運的抵抗，全都會結束得一乾二淨。將上個世代扔下不管、搞得一團糟的世界進行修復的愚蠢行為也將告終。

戴著席格斯・莫納罕的面具過日子的生活也將落幕。接下來只要等山姆來到這裡就行了。了結他的生命，斷絕他與亞美利之間的聯繫。如此一來，亞美利就能發揮出身為滅絕體真正的價值。

曾幾何時，我日日盼望著這一天的到來。總覺得，或許從我第一次幫人送貨的那一天開始，我就一直在等待了。

★

那個末日準備者的男性是什麼時候死的，我已經不記得了。太過遙遠的過去，讓我的記憶不是很清楚。

那男人本來就身體不太好，容易生病。當我一如往常地去送藥給他的時候，才發現一切都太遲了。他的遺體甚至已經開始出現壞死的徵兆，沒時間讓我把他送去焚化爐。因此我只能背著他的遺體，送到擱淺地帶。雖然不是最好的方法，但我也沒轍。我判斷這樣總好過放著他形成另一個新的擱淺地帶。而且距離那地方最近的是我自己住的庇護所。我這麼做至少可以將受害規模控制在最小限度。

就在我把那個幾乎要壞死的遺體丟棄的時候，我感受到了某種東西。是ＢＴ對遺體產生反應的氣息。同時，我看見了冥灘。這並不是我第一次有這樣的感覺。

以前有一次，當我同樣在處理遺體的時候也有過這個經驗。只是這次的感覺變得稍微比較強。上天賜予了我能夠感受到那些傢伙的能力。在戴起面具之前、以席格斯自稱之前的男人心中有了這樣的確信。那男人的名字本來叫彼得・盎格勒。

彼得能夠感應ＢＴ的能力傳到了在大陸西側進行活動的配送組織耳中。那是個規模僅次於翡若捷快遞的組織。

他們邀請彼得加入自己的團隊。他們原本是在布橋斯沒能顧及的區域進行配送的組織，表示希望能和彼得攜手擴大營業規模。

彼得一開始之所以幫人送貨，是因為他身為一個末日準備者的小孩子需要獨自生活。原本是為了養活自己而開始的送貨工作，卻逐漸變成了養活他人的工作。附近一帶的末日準備者們都變得要是沒有彼得幫忙送貨就活不下去了。我受到大家的需要。本來孤獨生活的我，變得與夥伴們一起把人與人連結起來。死掉的爸如果看到現在的我，不知會說些什麼。總是告訴我外面的世界很危險，告訴我人只能待在自己的庇護所終老一生的爸，不知會做何感想。

有個夥伴死了。死在橫越山岳地帶送貨的途中。

我們是兩人一組送貨，但他或許遇到濃霧而迷失了方向。當我接到他打來求救的無線通訊時，全部都消失了。我猜他當時已經進入了擱淺地帶。從我的地方也看到了虛爆的光芒。

這已經不知是第幾個人了。夥伴人數越來越少。沒有罹患送貨依賴症候群變成謬爾驢人，能夠保持理性「清醒」送貨的人沒剩幾個。組織中既沒有能夠感應ＢＴ的夥伴，也沒有完整的裝備。更糟的是，彼得自己的能力也越來越弱。必須想想辦法，必須獲得比現在更強的力量。彼得打從心底如此期望。

人類是由肉體（Ha）與靈魂（Ka）所組成。當兩者分離，在現世的人就會死。不過靈魂只要有能夠回歸的肉體就能復活。因此為了永久保存肉體，人們創造出了戴有面具的人型棺材。

不久前找到的一本叫《古埃及的智慧》的古老圖鑑中記述有關於死亡以及克服死亡的線索。據說法老王的黃金面具為了展示生前的權力與威信，上面畫有符咒性的裝飾。冥灘的出現肯定證明了古埃及的生死觀是正確的。

既然如此，我就讓自己成為一個活棺材吧。活著將靈魂（Ka）奉獻給世界。在自己的臉上畫上法老王的面具裝飾。這樣或許可以把我微不足道的力量提升為王的力量。我從今天開始要丟棄自己的臉。如此下定決心的彼得捨棄了自己本來的名字，開始以「席格斯」自稱了。

//她的冥灘

★

「亞美利！」

呼喚的聲音傳來。

山姆正走向這裡。那是拚命垂死掙扎的人類難看的模樣，醜陋得教人看不下去。

席格斯把手中的面具戴到亞美利臉上。亞美利完全沒有要抵抗的意思。

「在滅絕好戲上演前，讓我們先做出了結吧。」

席格斯雙手舉向天空，把亞美利懸掛在什麼也沒有的虛空中。山姆變得凶暴的表情激起席格斯的拚鬥心。散落在沙灘上的岩石瓦礫無視於重力飄浮起來，將亞美利層層包圍。一切物體都能按照席格斯的意思移動。從亞美利的腹部伸出了好幾條臍帶，交結形成蜘蛛網。躺在中心的亞美利活像個獵物，也像捕食者的蜘蛛。那模樣正如席格斯腦中所想的景象。

「我的使命是保護並輔佐滅絕體。不管是我們這些異能者還是她，都是為了這個目的而在**這裡**互相連結的。」

山姆不知又在大呼小叫什麼。對一個白痴不管說什麼，他都聽不懂。就算把世界連結起來，他終究只是個運送貨物的勞動者，不是達成什麼偉業的人才。為了讓他閉嘴，我就告訴他這裡究竟是什麼樣的地方吧。

沙灘頓時隆起，出現好幾隻鯨魚。伴隨嗚叫聲躍出水面，將巨大的身軀撞在沙灘上。一隻接著一隻陸續擱淺。無法生自大海也無法回歸大海的鯨魚屍體逐漸擠滿海灘。

「看吧。我們也是死亡擱淺的一部分。」

不管自己再怎麼說明，山姆肯定也聽不懂。只要那傢伙心中還想得到亞美利，便永遠看不見真相。就好像從前的我自己。

「如你所見，這裡是冥灘。管你是什麼回歸者，只要死在這裡，你就能如願前往彼岸。沒有必要再為了無聊的生死問題苦惱。來吧，首先是棍子對繩索的戰鬥。」

山姆帶在身上的只有繩帶。結局連猜都不用猜。席格斯舉起突擊步槍，扣下扳機。槍聲宣告滅絕的儀式就此開始了。

★

決定與翡若捷快遞合作，是彼得剛開始自稱席格斯後不久的事情。

畢竟雖然以上帝粒子之名自稱，並戴上模仿法老王的面具，他依然自覺現在本身的能力並不足夠。至於對方組織，不但領導人翡若捷是個出類拔萃的異能者，而且組織力量也凌駕於席格斯的組織之上。

由於標榜重建美國的布橋斯遠征隊正式出發，讓狂人和恐怖分子們的活動都激進起來了。現在不只ＢＴ或謬爾驢人，連激進化的恐怖攻擊行為也成了席格斯他們工作上的障礙。

既然如此，送貨員們最好團結起來。總有一天，肯定可以讓組織活躍於整塊大陸。在這樣的商議下，席格斯與翡若捷合併為一個組織了。

翡若捷的能力比傳聞中描述的還要厲害，不只是能感應冥灘或BT的程度而已，她甚至可以利用冥灘。相較起來，席格斯自己的能力根本微不足道。畢竟這個能力終究是從壞死成為BT的人類遺體身上分來的力量。自己現在已經不需要那種力量了，只要把翡若捷給予的力量使用在送貨上就行。不是像布橋斯那樣重建過去的美利堅合眾國，而是在這塊大陸上創造一個讓人人都能在自由與意志獲得保護之下生活的新世界。席格斯當時沉醉於這樣的願景中。

然而，他後來明白了那是多麼脆弱不堪的夢話。

★

／／她的冥灘

伴隨叫罵聲，揮落步槍捶打對手。子彈用盡的槍，就跟鋼鐵製的棍棒沒有兩樣。雖然還有備用彈匣，但席格斯湧不起裝彈的念頭了。對付眼前這傢伙，果然還是應該靠肢體搏鬥才行。

流著大量鮮血、氣喘吁吁的山姆依然毫不隱藏鬥志地瞪著席格斯。相對地，席格斯的身體幾乎毫髮無傷。

「山姆，你還是什麼都沒搞懂。你以為像那樣垂死掙扎就能創造出什麼是吧？那個翡若捷也是一樣，付出自己寶貴的時光為代價，去保護遲早會壞滅的都市。住在那裡的傢伙們也是，大家很快就會死了，不是嗎？可是她卻為了什麼那群人的未來之類的狗屁，落得必須用醜陋的身體度過一生的下場。聽好，山姆，早已沒有什麼未來了。你們滿心期待的明天根本就不會來。與其那樣難看地等待明日，何不乾脆果斷地接受滅絕？那才是這個世界真正期望的事情。所以你現在馬上給我俯首稱臣，那樣你就會被表彰為賢者。如果不想，你就殺了我。」

席格斯撂下這句話後，亮出短刀劃向山姆的喉頭。

即使腳步不穩，山姆還是躲開了這刀。席格斯咂了一下舌頭，又往對手逼進一步。但山姆的繩帶抓到了席格斯握刀的手臂。山姆拉扯的力量與席格斯抵抗的力量相抗衡，讓繩帶緊繃到彷彿快斷了。明明山姆喘得上氣不接下氣，卻絲毫沒有放鬆力氣的跡象。

狀況上明明擁有壓倒性的優勢卻遲遲無法如願發展的戰鬥，讓席格斯感到煩躁起來。即使內心不斷對沉眠於蜘蛛網上的亞美利吶喊著「再給我更多力量」，她依然沒有醒來。為什麼會這樣？

總覺得山姆滿目瘡痍的身體看起來好像越來越大了。

★

和翡若捷快遞的合作剛開始很順利，但席格斯很快就碰上了瓶頸。即便翡若捷的能力再怎麼優秀，也沒有辦法把這個世界改變得讓人類容易生存。即使再怎麼運送貨物，將人與人之間連結起來，人們依然沒有辦法像從前那樣在外面的世界走動。

下著時間雨，冒出ＢＴ，由於開若爾雲的關係，從宇宙遭到隔離的這個世界依然沒有改變。不，應該說無法改變。

布橋斯的重建計畫啟動，讓恐怖攻擊行為變得更加激烈，導致死者增加，化為ＢＴ，到處引起虛爆。要是他們安分點，不要輕舉妄動，就不會造成這種慘狀。人人抱著不同的想法各自為政，結果把自己的脖子掐得更緊。這就是人類的極限了。

然而，我邂逅了能夠跨越那個極限的存在。

莎曼珊·亞美利堅·斯特蘭。如果是這位女性，肯定能夠實現理想的世界。當我見到亞美利的瞬間，心中便如此深信了。亞美利表示會把讓世界復活的力量借給我，而力量的象徵就是呈現嬰兒外型的ＢＴ感應裝置——布橋嬰。那不是真的嬰兒。據亞美利說，那是在連接現世與彼世的冥灘上誕生的孩子。只要將這東西裝備起來，它也能隨時把我跟亞美利連結在一起。亞美利告訴我，ＢＢ是誕生於這個時代的新生兒。

我並不只是普通的送貨員。我是新世界的創造者。

已經不再需要藉助於翡若捷的力量了。席格斯又再一次獲得了實現夢想的機會。

ＢＢ是呈現嬰兒外型的娃娃。但它不是單純的娃娃。既沒有活著，也沒有死去。是彷彿介於人類與娃娃中間的存在。

就好像肉體中只有乾癟心臟的埃及木乃伊一樣，介於生與死之間。席格斯深信，ＢＢ是人類的象徵。

死亡擱淺是地球生命面臨的第六次大滅絕。席格斯看清了一切。他解讀自己看到這些景象，應該是因為與BB相連的緣故。也就是說，這是亞美利讓他看到的景象。

有一天全世界忽然同時發生虛爆，亡者化為BT與人類引起湮滅，這些全都是為了讓人類滅絕的現象。這是早已決定的宿命。因此冒著危險重建美國根本一點意義都沒有。讓活在此刻的人犧牲自己的人生去延續未來的行為完全沒有意義。

席格斯向亞美利詢問死亡擱淺的真相，可是她什麼也沒回答。無論自己知道的事情，不知道的事情，她都閉口不講。然而這樣已經足夠讓席格斯明白了一切。亞美利很清楚，這場滅絕是無從迴避的。

即便如此，她卻依然試圖重建美國。那究竟是一種垂死掙扎，還是一種迷惘。席格斯搞不懂亞美利到底在想什麼。

如果真是那樣，就讓我破除她的迷惘吧。我要消滅這個世界上所有的人類。為了這個目的，我需要得到更強大的力量。

讓核彈爆炸的行動就是源自那樣的衝動。把中結市炸得一乾二淨了。而且運送炸彈的是翡若捷。

她什麼也不知情，就把毀滅送到了結市。多虧有聯繫，讓中結市爆炸了。聯繫會帶來毀滅，這點從幾百年前就是一樣。

由於人類在大陸之間移動，使得新的病疫流行起來。

有時候也釀成了一半以上的人口死亡的大災難，人類遲早會滅絕。然後配送體制會被利用在滅絕上。我和翡若捷合作擴大了配送網，就是為了這個目的。

所有事情打從一開始就決定好了。

同時期，我得知了山姆·波特這號人物。

既是異能者，也是世上稀有的回歸者。

當我知道他是跟亞美利沒有血緣關係的弟弟時，嫉妒心讓我差點瘋掉。他本身是個獨行俠，靠著連結人與人的行為勉強得出自己活著的意義。那感覺就像看到過去的自己，更進一步刺激了我的破壞衝動。

在調查山姆的過程中，我知道了一件事。亞美利相當受到山姆的存在所束縛。她似乎相信山姆真的能夠重建美國。

為了讓亞美利發揮出她真正的力量，必須要斬斷她與山姆之間的連結才行。

當我知道山姆在中央結市附近，就在都市內部放了一具屍體，策劃一場虛爆恐怖攻擊。當我得知那個屍體被人發現後，就叫來一票ＢＴ，讓它們吃掉屍體焚化小組的男人。結果一如我的期望，中央結市消滅了。

伴隨那座自稱是美國首都的都市，布橋斯總部與第二遠征隊也被消滅殆盡。重建美國的計畫自然跟著泡湯了。

然而，唯獨山姆竟然活了下來。

連虛爆也沒有辦法殺死回歸者，真是個教人討厭的傢伙。而且他還獨自一個人組成第二遠征隊出發了。得知這件事情讓我心中的怒意更甚，決意要把已經決定下來的結局進一步提早了。ＤＯＯＭＳ的能力根本微不足道。我是ＳＯＤＯＭ。我要靠這個力量把世界變成被烈火與硫磺燒盡的都市所多瑪。

★

／／她的冥灘

我是運送毀滅的橋梁。席格斯如此大叫的同時，放鬆拉扯繩帶的力量。山姆因此往後跌落到泥沼中。席格斯趁機衝向山姆。將滅絕體與世界連結，帶來滅絕，就是我的使命。就在山姆雙腳被焦油纏住，變得動作遲鈍的時候，席格斯抓住他的腰部，順勢將他推倒。接著對半身沉入焦油中的山姆抓起頭髮，揍向他的臉。山姆的臉沾滿鮮血與焦油，看起來已經完全不像人了。我可是發現了死亡擱淺的真相，知道了就連你甚至亞美利本身都不曉得的第六次大滅絕的意義與恐怖。

席格斯對試圖甩開他手臂的山姆又揍了一拳，接著彷彿要捏碎頭蓋骨般一把抓住山姆的頭部，將他沉到焦油的更深處。即便是什麼回歸者，只要在這地方窒息也就無法復活了。在世界滅絕之前，你先早一步去死吧。給我去亡者的世界好好欣賞這個世界的毀滅吧。

你甭想架起什麼回去的橋梁，給我乖乖當個旁觀者見證滅絕吧。

席格斯如此一句接著一句叫囂著，更用力把山姆的頭沉入焦油中。

忽然一隻漆黑的手抓住了他的手臂。

是山姆從焦油中伸出來的手。他擺脫了焦油的束縛。真不知他究竟從哪裡還能擠出那麼大的力氣。被抓得骨骼都軋軋作響的席格斯忍不住一瞬間放鬆力氣。

山姆趁機把席格斯拖進焦油中。

視野頓時一片漆黑，黏質的液體毫不留情地灌入口中。本來應該能隨心所欲操控的焦油，現在卻完全不聽席格斯的命令。怎麼可能有這種事！這個疑惑把席格斯逼到了絕境。

形勢逆轉，換成山姆騎到席格斯身上了。他抓住席格斯的胸口，一拳接一拳地痛毆臉部。

席格斯的意識越來越模糊。滅絕是既定的宿命。山姆先消失，然後由我來行使亞美利身為滅絕體的力量。

這是不可撼動的事實，所以現在發生的這個狀況終究只是沒有意義的繞遠路。

對不對，亞美利？

然而，亞美利卻沒有回應。

滅絕的宿命無法被推翻。亞美利，妳的出現就是為了這個宿命不是嗎？

亞美利不回應，取而代之的是山姆的拳頭。

席格斯感覺到自己的鼻梁被折斷。血液倒灌，讓鐵鏽似的味道擴散到喉嚨深處。

要窒息的人其實是我嗎？

不可能有那種事。席格斯被抓住胸口，激烈搖晃。

他當場吐出一團血液與焦油混雜的東西，總算能夠呼吸。過了好一段時間後他才注意到，因此感到安心的自己是多麼矛盾。信奉滅絕的自己，居然會因為保住小命而感到鬆一口氣。就在這時，傳來了亞美利的聲音。

「山姆！」

為什麼不是叫我的名字？沮喪與疑問讓席格斯喪失了鬥志。他看到戴著黃金面具的亞美利從蜘蛛網的束縛中獲得解放，降落到沙灘上。明明現在還不是那種時候啊。亞美利的姿態背叛了席格斯心中的形象。

「這場遊戲算你贏了。可是，滅絕依然不會停止。來吧，你要下手就快下手。」

被山姆拖到焦油灘邊緣的席格斯仰天說道。這句話同時也是為了說服自己。只要放棄了祈禱，就永遠無法實現。

即使沒有了我，通往滅絕的路也不會被封閉。

低頭看著席格斯的山姆默默搖頭。

似乎有什麼人踏著沙子走過來了。不是亞美利的腳步聲。山姆從席格斯的視野中消失，取而代之地出現另一張臉。

「翡若捷？」

為什麼妳會在這裡？席格斯還來不及如此詢問……

「唉呦？你還記得我呀？」

過去的工作夥伴露出甚至教人感到害怕的微笑，把臉湊近過來。

「我是翡若捷(Fragile)，我運送易碎品(Fragile)，不會破壞任何東西。」

那是她處理核彈的時候，嘴上曾經唸過的話語。

「不過今天，我是來破壞你的。」

「這很難講。妳有辦法破壞我們嗎？」

席格斯很清楚這只是垂死掙扎，但總覺得如果不這麼講就真的會被破壞，於是忍不住說出口了，接著再度看向亞美利。她全身癱軟地靠在山姆身上，似乎還沒有恢復意識的樣子。面具也還戴在她臉上。既然如此，我還不會結束。

「給我力量！」

亞美利醒過來了。可是她竟然把面具摘下，丟到沙灘上。

「你還沒發現嗎？你早就已經壞掉了。」翡若捷冷淡說道。

「我不可能壞掉！我是席格斯，是滲透宇宙萬物的上帝粒子。重新臣服於我吧，妳這個易碎品。」

翡若捷脫下手套，擦拭席格斯臉上的焦油與鮮血，動作溫柔得就像從前還是夥伴的時候。不過席格斯是第一次被她已經衰老的手如此觸摸。

翡若捷的微笑占滿席格斯的視野，緊接著轉為一片黑暗，同時傳來劇痛。是翡若捷的拳頭揍在席格斯臉上。

「你才是易碎品。」

★

「說好的，剩下交給妳處置。」

山姆把遭到綑綁束縛的席格斯連同步槍與彈匣一起交給了翡若捷。席格斯的身體現在看起來無比渺小，掉落在旁邊的黃金面具也看起來像個假貨。已經沒有任何人需要這個玩意。

「山姆，我送貨來給你了。」

翡若捷走到亞美利與山姆身邊交給他的，是小路的圓艙。

「照顧小孩真辛苦，還給你吧。」

山姆雖然收下圓艙，但臉上難掩困惑。

「我本來想交給亡人照顧的，可是他沒辦法過來。把你送到這裡之後，冥灘的狀態就忽然變得很不安定，無法瞬間移動。所以我只好把這孩子帶來這裡。當我把它認知為小嬰兒，呃不，認知為裝備，就成功地一起移動過來了。」

山姆抱在懷中的圓艙裡，小路笑了。

翡若捷微笑回應後，打開手中的傘。

「山姆，你要回去對吧？現在冥灘又安定下來了。你希望我送你到哪裡去？」

「沒有那個必要。開若爾網路已經連上，所以現在只要靠我的力量就能把我跟山姆都一口氣送到東邊去。」

亞美利如此從旁插嘴。

「原來如此，那還真厲害。」翡若捷說著，把傘收起。

「謝謝。我已經不需要再借用妳的力量了。妳就把妳的力量用在翡若捷快遞的工作上吧。」

「說得也是。我會收集壞掉的東西並重新組裝修復，可是你對易碎品沒有興趣。這下我們就互不相欠，也沒有連結了。」

轉身背對山姆的翡若捷把步槍扛到肩上代替原本的傘，向山姆如此道別。

山姆與亞美利則是沿著海岸朝東走去。翡若捷聽著背後傳來他們逐漸遠去的聲音，嘆一口氣後，緩緩放下步槍。

步槍的槍口，瞄準了席格斯。

★

我人生最初的記憶，是昏暗的庇護所天花板。還只是個嬰兒的我，那時候想必正嚎啕大哭吧。有隻巨大的手逼近眼前，讓我看不見天花板了。

是爸爸將我抱起來，想要叫我別哭。他雖然對我怒吼了些什麼話，但當時的我根本不可能理解他的意思。

他是我的爸爸，不過沒有血緣關係。

據說當我還在娘胎中時，我真正的爸爸就已經死了。媽媽生下我之後沒多久也跟著過世。他們罹患了傳染病。還是嬰兒的我於是被母親的哥哥收養，從親生父母的庇護所移居到了這個庇護所，然後我的伯父就成了我的養育之親。

對他來說，這份育兒工作想必不是心甘情願扛下的。

從我懂事之後的記憶中，都是他的怒罵與暴力。我沒有被他愛過的記憶。而且他從小告訴我，這個庇護所就是整個世界。

我信了他，認為世界上只有我和爸爸兩個人。

然而有一天，我將「食材與物資究竟是從哪裡來」這樣單純的疑惑問出口，結果換來的回應是一頓毒打。

可是一度萌生的疑問永遠不會消失。

於是我趁他不注意時，偷偷看了他的螢幕。在畫面上，我第一次看到外面的世界。我拿這件事問他，結果又被揍了。

過了一陣子後，他總算告訴我外面還有一片天地。然而那是被時間雨和怪物們支配的危險世界，是人類絕對不可以出去的場所。我媽媽死於傳染病的事情，或許也是讓他變得過度警戒的原因吧。別說是從庇護所出去了，就連我稍微想透透外面的空氣，都會遭到他歇斯底里的警告。

說什麼也要想辦法把已故妹妹遺留下來的小孩撫養長大才行。

他這樣的責任感與親情卻化為暴力降臨在我身上，最後甚至失去原本的目的，變成了一種日常行為。為了不讓我出去外面，他會預先毆打我一頓。那就是他表現關愛的方式。如果再這樣下去，就算我的身體還能動，我的心肯定也會死。

因此我開始策劃逃亡，瞞著他一點一滴地進行準備工作。可是我的計畫最終露餡，結果他又哭又叫地狠狠修理我，把桌子跟櫃子都掀了起來，讓房間變得面目全非。

他把我壓倒在地上，怒罵著我都不理解他的心情。

我的視野逐漸轉暗，而且難以呼吸。是他掐住了我的脖子。

拚命抵抗的我抓到一把掉落在地板上的刀子，刺向他的頸部。他的雙手頓時失去力氣，身體也癱了下來。

我的眼睛看到了昏暗的庇護所天花板。

一時無法理解自己究竟幹了什麼事的我，在庇護所中和他的遺體度過了一晚。

我必須把遺體處理掉才行。

自從他告訴我外面還有一片天地之後，也鉅細靡遺地教導了我壞死與ＢＴ有多可怕。要是我放著他的遺體不管，他就會化為ＢＴ跟我引起一場虛爆。

遺體已經開始散發出惱人的臭味。我不知道焚燒遺體的場所也不曉得方法，只能想辦法丟棄到遠方。

於是我拖著他的遺體，搬到庇護所外面。這是我第一次接觸到外面的世界。地面上有零零星星的裸露岩石與低矮草叢，遠處可以看到高山，山頂被籠罩在開若爾雲之中。

初次見到的景色讓我頭暈目眩，但現在重要的是必須讓遺體遠離庇護所。

當我拚了命搬運著遺體時，忽然從遺體開始冒出大量像霧氣的粒子狀物體。是壞死現象。已經沒有時間了。我把遺體棄置於地上，決定逃跑。

就在這時，我看到自己抓著遺體的雙手竟然有如煙霧般消散的幻象。同時，我感應到了來自彼世朝著遺體接近的ＢＴ。

後來好一段時間，這個能力都持續著。也多虧這個力量，讓我即使一個人也能夠勝任送貨的工作。

壞死的遺體會給我力量。當我發現這點後，每當自己的能力開始消退，我就會偷偷殺掉一個人。

多虧如此，我獨自一人也順利活了下來。

／／她的冥灘

★

我抬起頭尋找翡若捷的身影，可是哪兒也看不到她。

這裡只有我一個人。無論黃金面具、亞美利的奇普還是人偶娃娃的ＢＢ，都已經不在我身邊。

全部都沒了，我變得一無所有。

應該引導人類步向滅絕的力量也不見了。

我本來以為一切都是出於我自身的意志，但原來那只是愚蠢的一廂情願。

全都是假象。
如今我總算明白這點。
現在的我孤零零地在一片無人的冥灘上。沒有人會聽到我呢喃的聲音。
我是席格斯，是上帝粒子。
只有一個人，不與任何東西連結的孤獨存在。
這才是我真正的樣子。
彼得・盎格勒獨自一人反覆著永無止境的自白。

★

／／心人實驗室

送葬進行曲的旋律傳來。再過不久我就必須回到肉體了。
明明在冥灘上時間的流動應該趨近於零才對，可是時限的概念卻依然存在。
事態現象並非隨著時間變化，而是「相(phase)」的切換被認知為時間的進行。各種事態現象並不是隨著時間流逝消失，而是形成一種被認知的時相保留下來。那就是所謂的「過去」。而所謂的「未來」是尚未被認知的事態現象。受到時間所拘束的人類，只能從無數的選項中認知到其中一種選擇。
既然肉體無法擺脫這個世界的法則，就不可能永無止境地探索冥灘。心人之所以選擇用哀悼死者的曲子當成回歸現世、肉體甦醒的暗號，一方面也是他微不足道的一種抵抗方式。

明明是一如往常的曲子，這次卻有點不同。

總覺得聽起來有點難受。

是聲音重疊了。

不仔細聽就聽不出來，同樣的旋律以些微的時差重複演奏著。感覺就像某種錯覺畫。

當意識被其中一個旋律吸引，就會變得只能聽到那個旋律。然而如果把意識平等解放，就能聽出那些微的時差。

這項發現對心人的視覺也產生了作用。以視覺情報的方式認知的世界景象，同樣出現了好幾層細微的偏差重疊。

這種事情還是第一次遇到。

理論上無數重疊的「相(phase)」並沒有被認知為選項就存在於眼前。

是自己的能力擴張了嗎？

如此判斷的心人頓時感到有些興奮。

在逗留時限即將到來的冥灘上，心人環顧四周。

眼前的風景與剛才完全不同。多到數不清的人走在永無盡頭的海岸線上。

各自不同的相(phase)同時存在。

這到底是什麼？

腦袋發燙得快要燒起來了。

明明心跳停止，胸口的鼓動卻不斷加快。

大量的汗水與淚水混雜在一起沾溼臉頰。認知的框架即將崩壞。

喂！

心人忍不住叫出聲音。因為在人群之中，似乎看到了妻女的背影。

喂！

不要丟下我！不要丟下我一個人！

這不是跟那時候一樣了嗎？

就在心人這麼想的瞬間，一名老婦出現在他眼前，用手指戳了一下他的胸口。

不知什麼東西霎時抓住心人的腳，把他從冥灘上拖走了。

睜開眼睛後，實驗室中只有自己一個人。

世界的景象沒有搖盪，保持著單一明確的相。

為了確認冥灘的紀錄，心人走到螢幕前，總算理解出現偏移的原因。

是開若爾網路全部連結了。山姆終於完成偉業了。

從東一路往西，所有結點都連結起來了。

心人解讀為相偏移的現象，在所有冥灘上都有可能發生。

在進行選擇、決定之前的各種可能時相都也許會被人認知。

世上的各種因果關係或許會因此解體。

要是不透過某種更高層級的次元重新統合世界定律，這個世界將會被「可能世界」的巨浪吞沒，化為無數存在。換言之，這個世界將會在存在的同時逐漸消失。

★

／／她的冥灘

從遠處傳來槍聲。

是翡若捷達成了她的目的嗎？她實現了復仇的心願嗎？順利將從前的罪過連同席格斯一起葬送了嗎？

「好了，走吧。我們還有事要做。」

亞美利的表情絕稱不上明亮。明明山姆心中有多到數不清的事情想問，卻沒有一個疑問能夠化為言語。

既然已經和亞美利重逢，其他都無所謂了嗎？山姆絕沒有這樣的想法。然而睽違了十年以上的歲月再次見到既非全像投影也非夢境的亞美利本人，這個事實還是為山姆心中帶來了深深的感慨。而亞美利明明不可能沒有注意到山姆的心情，卻默默地往前走去。山姆也只能跟在她的後面。

「你還相信我嗎？」

不是那種問題吧？山姆只有「能夠相信」和「不得不相信」這兩個選項而已。

「我就是滅絕本身。這點是真的。」

不是那個問題。我想問的是，妳究竟是不是活人。有個念頭一直盤踞於山姆腦中無法消散。那就是亞美利搞不好跟之前在心人實驗室看過的恐龍或菊石一樣，是藉由臍帶與亡者世界相連的存在。

「布莉姬知道這件事嗎？」

她是明知這點卻還主張要重建美國嗎？或者是在不知情下將重建計畫託付給女兒的？

「我擁有讓人類滅絕的力量。但即便如此，我依然希望把世界連結在一起。」

我搞不懂了。

美國因為死亡擱淺而崩壞，而布莉姬為了重建美國奉獻了自己的一生。但如果亞美利是滅絕體，那不就表示布莉姬本身才是造成死亡擱淺的原因嗎？

有如吞食自己尾巴的銜尾蛇一樣，因果關係完全錯亂了。

「或許你無法相信，不過只要回到東岸，我就把一切都告訴你。即使開若爾網路已經全部連上，如果不把美國復活的消息告知全體結市的市民們以及所有末日準備者們，布莉姬的夢想就不算實現。拜託你至少讓我見證到那一幕。所以現在什麼也別問。」

山姆默默不語地點頭回應。

「來，我們回去吧。」

亞美利總算第一次露出微笑，接著再度沿著海岸往前走去。

海岸線無止盡地延續著。

甚至讓人有種延續到無限的遠方，距離甚至超過從岸邊到海平線的感覺。

這裡真的和自己曾經好幾次到訪過的亞美利的冥灘是同一個地方嗎？還是說，這就是把結點都連接起來而完成的冥灘嗎？

亞美利始終沒有回頭看向山姆，只顧不斷沿著海岸邊往前走。山姆也只能默默跟在她的後面。

我不想回去啊。

小時候的自己為什麼會這樣哭訴？難道我想要一直留在這片除了自己和亞美利之外什麼也沒有的冥灘上嗎？就像個對誕生於世界感到恐懼而哭叫的嬰兒一樣？

亞美利忽然停下腳步。

有個人影站在前方的海岸邊。

由於距離遙遠，讓人看不清楚細節，但至少可以確定那是個身材壯碩的男人。亞美利轉回身子，臉上雖然露出微笑，卻流露出些微的緊張。

「在這裡等著，好嗎？」

用從前對年幼的山姆講話時同樣的語氣如此說道後，亞美利消失了。

海浪打到岸上，可是卻留在原處沒有退回去。山姆的腳被海水纏住，變得一步也無法動彈了。就跟在焦油大海上席格斯做過的事情一樣。

接著，山姆看到纖細的紅色人影出現在那個男人身邊。

EPISODE XI 頑人

「妳終於邀請我到這裡來了。」

頑人說著，把槍口舉向對方。

「還記得這個嗎？」

對方沒有回答。不過頑人早猜到會如此。耳邊只聽得到海浪的聲音。

「這是當時那把槍。」

身穿紅衣的女性彷彿感到耀眼似地瞇著眼睛，注視槍口。

「請妳償贖自己的罪過。妳嘴上聲稱要連結世界，卻破壞了一切。」

槍口微微顫抖著。比起感到自己沒有出息的念頭，頑人更對自己感到驚訝。難道我在害怕嗎？為了不讓這點被察覺，頑人緩緩逼近對方。只要再往前踏出一步，槍口就會貼到女性的胸口了。

女性面露微笑的同時，抓住槍身，把槍緊貼到自己胸口上。實在難以想像她細瘦的身體究竟哪來如此強的力量，讓頑人絲毫無法抵抗。就跟那時候一樣。

「來，你下手吧。」

用不著妳來說。子彈伴隨槍聲射出，然而卻沒能殺死她。

「我的罪已經永遠都無法償贖了。」

子彈穿過布莉姬・斯特蘭的胸口，但完全沒有傷害到她的身體。已經死的人又怎麼可能再度殺死？

沉重的敗北壓在頑人右手上，讓他放下了槍。

布莉姬露出淺笑。不，她也許是在哭泣。頑人自己的臉上想必也帶著同樣的表情。

如果主張她必須贖罪，想必自己同樣必須接受審判才對。畢竟明明服從於她卻背叛了她，然而至今又依然效忠她的人，就是我自己。

布莉姬這時忽然看向大海。在她視線前方的海面接著隆起，似乎有什麼存在準備從海中冒出。如果這裡是冥灘，大海即是亡者以及過去的領域。就算應該已經捨棄的過去又再度現身，也一點都不奇怪。雖然不合道理，但卻也不是不可理解。

頭戴傷痕累累的頭盔，身穿溼漉漉野戰服的四名士兵現身了。是上個世紀的美國陸軍裝備。衣服底下沒有皮肉，骨骼與骨骼互相擦碰，全身軋軋作響地朝陸地進軍而來。

鮮血、泥水與火藥的氣味隨風飄來。是頑人非常熟悉的氣味。當這個氣味包覆全身時，心中只會有一個念頭：不能死。

頑人將槍口舉向士兵們。

然而放在扳機上的手指卻沒再動作。無論如何，已死的人終究是無法再度殺死的。

四名士兵是讓「過去」擱淺上岸的先鋒。從他們各自的下腹部附近都伸出臍帶，另一端沉在海中。

在臍帶的拉扯下，「過去」擱淺了。那名士兵有皮有肉，也有眼耳鼻口，甚至全身散發出殺氣與威嚴。

頑人既不敢看也不想看，可是卻又沒辦法閉起眼睛。

男人輕輕舉手。連結四名士兵的臍帶鬆開的同時，士兵們散開圍繞到男人身邊。男人的頭盔接著燃燒消失，露出底下的面容。

回過神時，頑人發現自己已經把手槍掉落到地上。全身無法支撐體重，當場跪在沙灘。

男人上岸了。頑人只能低著頭，靜靜聽著男人踩踏沙子的聲音。

男人將手放到頑人臉上。是有如檢查屍體時的動作。面具被摘下。頑人沒有辦法把視線從男人臉上移開。

然而，發出嘆息聲，或者像是痛苦呻吟聲的人，卻是那個男人。

他究竟想說什麼話，不得而知。男人用一對焦點模糊的眼神看著頑人的長相。

「你是……」從他口中擠出了這樣一句話。

也許是記憶中斷的緣故，他看起來似乎在拚命挖掘記憶的樣子。這男人正是曾經兩度把山姆拖進暴力戰場的真凶。

「沒錯。是我，約翰。」

因此，頑人自己報上了名字。

「我就是你的頑人（Die-Hardman）。」

說著，一股無從壓抑的恐懼突然湧上心頭。身體顫抖不止，喉嚨乾渴難耐。有如被打上岸的魚一樣，肺部拚命渴求著空氣。全身上下都冒出汗水。

冰冷堅硬的東西被抵在自己的後腦杓。

「對不起，請你原諒我。」

沉重的槍口與心中的恐懼，讓頑人怎麼也無法抬起頭。

「ＢＢ。」男人的聲音從頭上傳來。「把ＢＢ還給我。」

請原諒我。對我來說，那已經盡到我最大的努力了。我甚至連選擇站到哪一邊都辦不到。

安全裝置被解開的聲響傳來。正因為當初沒能做出選擇，現在自己只能喪命於此了。頑人緊緊閉起眼睛。

然而，無論等了多久，審判的那一刻都遲遲沒有到來。

後腦杓頓時變輕。

「這和講好的不一樣。把ＢＢ還給我。」

這聲音並不是對著頑人，而是朝另一個人物說出的。

「你找錯地方了。」

耳朵聽到了布莉姬的聲音。毫不猶豫，如刀刃般冰冷的聲音。

★

山姆只能默默觀望著遠處的光景。

簡直就像在欣賞一齣默劇。

戴著面具的男人、五名士兵以及身穿紅衣的女人。從推測可以知道，那應該是頑人與克里夫那群士兵。然後那名女性想必就是亞美利。她大概是察覺到什麼異狀，所以把我固定在這地方，自己瞬間移動過去了。

但即使知道登場人物，山姆依然完全無法理解故事內容。

為什麼指揮官要對亞美利開槍——山姆甚至連這點是不是事實都無從判斷——而且為什麼又要對從海中現身的克里夫跪下身子？然後現在，克里夫的槍口正對著亞美利。

那三個人的行動教人摸不著頭緒，有如看著一齣因果關係完全亂掉的胡鬧劇。朝亞美利舉著槍的克里夫這時忽然用力把頭轉過來。明明距離遠得看不清表情，山姆卻有種被那視線盯上的感覺。

「ＢＢ！」

克里夫大叫的聲音傳來。明明只是在觀眾席欣賞的山姆，霎時被拖上了舞臺。

克里夫比出手勢下令後，骸骨士兵們便一起朝山姆奔來。

難不成這裡也是那個永久循環的戰場嗎？若是如此，這裡究竟反覆上演著什麼樣的戰爭？什麼樣的虐殺？什麼樣懷抱遺憾的死亡？

不可能知道山姆腦中這些疑問的士兵們以嚇人的速度接近而來。不是根據理性，而是在情緒驅使之下殺向山姆。可是山姆一步也無法動彈，纏住腳的海浪不知不覺間變成了漆黑的焦油。

「ＢＢ，我現在就把你從那裡救出來。」

從克里夫的雙眼流出黑色的淚水。那眼神中看不出悲傷，只有如岩漿般爆發的憤怒。感應到那情緒的小路在圓艙中顫抖著小小的身體，哭叫起來。

抱歉，小路。竟然把你帶到這種地方來。

用雙手保護著圓艙的同時，山姆不經意發現。原來如此，克里夫憤怒的對象也許不是別人，而是他自己。就跟山姆對於感覺保護不了小路的自己感到氣憤是一樣的。現在自己無法動彈。再這樣下去搞不好會被克里夫以及自己的憤怒吞噬，就此完蛋。要是身體在這個冥灘被破壞，即便是回歸者也會照死不誤。那樣或許也是件好事。

就在彷彿頓悟開竅似的感覺湧上心頭的同時——

山姆眼前忽然被染成一片鮮紅，讓他還以為是被鮮血潑灑了。然而並非如此。

劃破空間現身在眼前的，是身穿紅色衣服的亞美利。她瞬間移動到這裡來了。試圖阻止克里夫進攻似的，擋在山姆前方。亞美利，不要啊。就在山姆如此叫喚的瞬間，他倒抽一口氣。隔著亞美利的背影可以看到遠處趴在地上的指揮官，然後在指揮官的身邊同樣有一名身穿紅衣的女性。那是誰？現在眼前的又是誰？

有如回答這個疑問的一半似的，眼前的女性轉回身子。掛在她頸部的奇普也隨之搖盪，反射光澤。是亞美利沒錯。

「山姆，不要過來。」

自己的身影映在亞美利的眼眸中。那表情完全是個失去思考能力，一臉呆愣的男人。現在究竟發生了什麼狀況？這齣不合邏輯的胡鬧劇到底要如何發展下去？亞美利用雙手往山姆一推，纏著雙腳的焦油頓時解開，讓山姆的身體輕飄飄地落向半空中。即便如此，山姆的視線依然離不開亞美利的雙眼，離不開映在她眼眸中的自己。山姆朝著那身影落下，被亞美利深如大海的眼眸吞沒，不知消失到何處去了。

★

門怎麼也打不開，難道設施本身的保全系統發生異常了嗎？山姆用手槍的握把部分破壞門鎖，將沉重的強化玻璃製滑門勉強打開了。通道上一個人影都沒有。

處置已經結束了嗎？小路有沒有得救？

在電燈沒有點亮的昏暗通道中，山姆朝著被告知的房間行進。

就算母親沒救，至少小孩有可能得救。對方是這麼說的，但剩下的時間不多。

房間的門並沒有上鎖。

房內就跟通道一樣沒有點亮電燈。在昏暗的房間中央，有一張醫療用的病床。連著生命徵象監測儀器的露西就躺在床上。

有個男人探頭看著她。不是醫生。

山姆把手槍舉向那男人。結果男人抬起頭與自己對上了視線。是克里夫。

「BB在哪裡?」

克里夫如此詢問。為什麼他會在這地方?

「你明明說過至少BB或許可以得救的。」

山姆舉著槍，搖頭回應。BB不在這裡。在這裡的是昏睡狀態的露西與小路。你的小孩不在這地方。

我是被推離亞美利的冥灘後，在一個哪兒也不是的地方做著惡夢。山姆的意識中冷靜的部分如此告訴自己。

然而克里夫散發出的怒氣卻抓著山姆不放。面對表情凶狠的克里夫，山姆忍不住往後退下，結果背後撞到了什麼人。轉回頭一看，是布莉姬。十年前，對於露西懷孕的事情比誰都感到開心的布莉姬。山姆還來不及問她為什麼會在這裡……

「把BB還給我。」

克里夫就抓住了山姆的肩膀。

被布莉姬與克里夫前後包夾的山姆進退不得。

「還不能還給你。」

布莉姬的聲音前所未有地冰冷。聽到這句回應，克里夫的眼神燃燒起悲傷的火焰。映在他眼眸中的，是山姆自己。亞美利的眼眸之後接著又是克里夫。被視線盯著，被眼神支配。山姆又再度無法動彈了。

「把BB還給我。」

克里夫的手伸過來。手臂彷彿要纏住山姆似的，有如軟體動物的觸手般蠢動延伸。想逃也逃不了。手掌壓到山姆的胸口上，保持著形狀埋沒其中。皮膚燒開，肌肉溶解，肋骨碎裂，心臟被一把抓住。就像一條試圖逃出手中的活魚般，心臟用力跳動了一下。

★

／／藏身所

山姆睜開眼睛，發現自己在一間不知位於何處的私人間。

放在胸口上的右手麻痺得動不了，必須用左手扶著才能移開。接著探頭看向內襯衣底下，發現那部分留下了一個鮮明的手印。

小路的圓艙好端端地連接在育兒箱上。翡若捷幫忙把我送往冥灘之後發生的事情該不會全都只是一場惡夢吧？我甚至希望真是如此。

「山姆，你醒啦。」

現身如此說道的，是亡人。全像投影的輪廓看起來有些模糊。

「你在的地方是位於那片焦油帶與山結市中間地帶的一座藏身所的地底。你是在毫無前兆之下忽然出現在那裡的。至少在紀錄上是如此。」

亡人的身體這時突然膨脹。酒桶般的肚子脹得彷彿要爆炸，雙肩也冒出腫瘤，幾乎要把他的臉都埋沒。

「冥灘的狀況似乎變得很嚴重的樣子。」

亡人的影像恢復正常，但這次又變得完全靜止不動了。

「我也很想到你那裡去照顧小路。但根據心人與勒克妮的說法，這應該是開若爾網路連結造成的影響。由於每個人各自的冥灘互相干擾，讓網路也產生混亂了。不過這一方面也是因為加盟UCA的人們，也就是藉由開若爾網路連結到冥灘的人們在精神上還沒有適應這套新系統的緣故。只要過一段時間自然就會安定下來。亞美利是這麼說的。」

「亞美利？」

「對。把你送到那地方的就是亞美利。她說本來是想把你送回總部，但由於冥灘變得一片混亂的關係只好作罷了。」

果然，在冥灘經歷過的那段事情並不只是一場惡夢。這項沉重的事實差點再度壓垮了山姆。

「如果是亞美利自己一個人，或許能夠瞬間移動到總部。但她沒有那麼做。她把你送到這裡後，留下了一則訊息，說『我要親手結束布莉姬開始的事』。」

亡人想必也還沒完全理解整個來龍去脈，語氣中流露出不安與疑惑的感情。不過山姆認為這也是當然的。畢竟整件事情都未免太荒唐無稽了。

「我們這邊留下的紀錄中顯示你是在毫無前兆下忽然出現在那裡的。你從緣結市一瞬間就移動到了那地方，在那期間沒有任何紀錄。不同於之前的戰場，你的銬環也沒有留下任何東西。在冥灘發生的事情只能透過你、翡若捷跟亞美利的描述才能知道。」

不，不只這樣。

「指揮官也在那裡。」

「什麼？」

伴隨這個聲音，亡人靜止的影像重新動了起來。

「不只是指揮官，克里夫和布莉姬也在那裡。」

「不不不，那是不可能的。克里夫先姑且不說，但總統的遺體已經被你火化了。她的靈魂（Ka）不可能還逗留在冥灘上，就算那是她女兒亞美利的冥灘也一樣。不過指揮官或許就有可能了。」

說著，亡人抬頭仰望天花板。

「我一直以來都對指揮官抱著懷疑。他簡直就像算準總統的死期似地找出你的下落，又讓你代為扛下全滅的第二遠征隊本來的任務。關於ＢＢ實驗的事情也是一樣。過去身為總統親信的他，對於實驗祕密持續進行的事情不可能會不知道。可是他卻沒有告訴過任何人，代表那之中肯定有什麼不可告人的機密。總是堅持主張ＢＢ只是裝備的人也是指揮官。將瑪瑪、勒克妮與心人等成員列入第一遠征隊分別派遣到各地，也是指揮官與總統做出的決定。如果真的要解開死亡擱淺這個前所未有的危機之謎，應該要把身為異能者又是各領域專家的這些人聚集在同一個地方研究對抗策略才對。總比把我這種連異能者都不是的法醫留在身邊來得有用多了。我本來猜想他們之所以把那些菁英們之間的聯繫切斷，讓那些人分散各處，是不是為了防止他們找出ＢＢ或開若爾網路根本性的祕密。但現在看來我猜錯了。」

亡人的表情變得僵硬。那應該不是因為網路不穩定的關係。對指揮官存疑的亡人，恐怕其實比誰都希望相信指揮官。雖然這只是山姆的臆測，但總有一種自己能夠理解他心境的感覺。亡人曾經向山姆自白過他的苦惱，說他不知道自己究竟誕生於何處，又不知能否算是身為一個人類。山姆同樣不曉得當初把自己送來這個世界，透過臍帶與遺傳基因與自己相連的父母究竟是什麼人。在這世界上其實多得是像這樣不幸的小孩。然而沒有自己冥灘的亡人與身為回歸者遭到冥灘拒絕的山姆，在對於親生父母的渴望上總覺得存在某種共通之處。亡人或許是把對於父母的幻想套在指揮官身上了。而山姆自己也同樣對布莉姬表現出相反矛盾的態度，也就是對於母親的畏懼與依賴。露西以前講過的話其實說對了。

「另外有件事情我們也搞錯了。」

亡人的聲音讓山姆回過神來。

「我們一直以為克里夫是受到席格斯操控，但看來並非如此。你已經擊敗了席格斯，可是克里夫卻依然出現在亞美利的冥灘。」

對不對？亡人彷彿如此確認似地注視山姆。

「難道克里夫才是一切的幕後黑手？」

這句話並不是在問亡人，而是山姆對自己提出的疑惑。「真的是這樣嗎？」的疑慮怎麼也無法消散。而亡人就像是察覺出山姆的想法般，不太確定地點點頭。

「這只是我的假說，不，要說是妄想也行。要斷定是克里夫主導了至今發生過的所有事情或許說不通，但我也不認為他和這些事情毫無關係。聽好，山姆。席格斯所強烈執著的，是盡速讓人類滅亡。一旦開若爾網路全面開通，就能重建美國。然後以此為契機，人類或許能夠克服滅亡的危機。只要將遭到隔絕的人類重新聯繫起來，也連結上從前人類的智慧，我們就有辦法生存下去。這是布橋斯的想法。而對於席格斯來說，這樣的主張是阻礙他滅絕思想的一種抵抗行為。因此他才會搶奪身為滅絕體的亞美利，試圖早一步實現滅絕計畫。

如果席格斯是克里夫的傀儡，那麼克里夫所期望的應該也是滅絕才對。然而克里夫一直以來希望得手的，是小路。對不對？」

山姆默默點頭。這對於和克里夫交手過的山姆來說，是可以接受的邏輯。

「假設克里夫期望滅絕，意味著小路可能也是跟滅絕有什麼關係的存在。或者也許不只小路，搞不好ＢＢ的存在本身就是如此。」

亡人把視線看向裝在育兒箱上的圓艙。小路縮著手腳在睡覺。與遠在主結市的母親子宮連結，默默沉睡著。小路怎麼可能會是和滅絕有關聯的存在？亡人的想法肯定就像他自己說的，只是他的妄想而已。

「ＢＢ是透過靜母（Stillmother）的子宮與臍帶連結亡者世界。你不覺得這就跟心人和席格斯所想的滅絕體很像嗎？不，你等等，我並沒有斷定就是那樣。只是死亡擱淺之後被創造出來的ＢＢ也很難講說跟滅絕毫無關係吧？正因為如此，我希望解開小路他們誕生的祕密。我會活用你努力開通的開若爾網路功能，對這點徹底調查。」

亡人飄移著視線，似乎在害怕山姆的樣子。想必是因為山姆自己的表情非常嚇人的關係。山姆這才發現自己在不知不覺間緊緊握著雙手，讓拳頭都發白了。對此感到丟臉的山姆把視線從亡人身上別開，告訴自己似地開口說道：

「我要到亞美利的冥灘去。」

假設克里夫才是幕後黑手，那麼他肯定會想完成席格斯沒能達成的事情。若真如此，他恐怕會把指揮官與亞美利挾持於冥灘。就算不是那樣，現在在這裡談論假說或憑空想像也解決不了任何問題。

「這樣啊，果然也只有這麼辦了。但是山姆，現在沒辦法立刻送你過去。」

「為什麼？因為冥灘很混亂嗎？」

「沒錯。翡若捷現在人在總部，但是她沒辦法瞬間移動到你的地方。如果要把你送到亞美利的冥灘，必須請你靠自己的雙腳回到總部來了。」

亡人說到這邊，忽然出現彷彿要把整個空間都撕裂般的強烈雜訊。房間的電子設備全數斷電，燈光也全部熄滅了。小路就像在抗議被吵醒似地哭了起來。在一片黑暗中，山姆把圓艙從育兒箱上取下來，抱在自己懷中，對小路靜靜呢喃：別怕、別怕。

當小路停止哭泣後，房間的燈光也重新點亮了。

亡人的全像投影再度出現在山姆眼前。心人也在他旁邊。

「山姆，謝謝你。多虧你的努力，這片大陸都連結在一起了。」

心人說著，微微鞠躬致意。

「我現在在總部，勒克妮也在這裡。是翡若捷把我們送到這裡來的。」

「那就拜託她也把我送過去吧。」

「很遺憾，那可能辦不到。」

心人再次鞠躬低頭，然而這次全像投影保持著那個狀態靜止了。不過心人還是繼續說道：

「就如亡人剛才說過的，冥灘現在很混亂。在這樣的狀況下瞬間移動太危險了。我和勒克妮只是運氣好，從亞美利的冥灘回來的翡若捷在冥灘混亂之前就把我們送過來了。但是也因為這樣耗盡了她的力氣，讓她一直沉睡著。是昏睡狀態。要是不讓她好好休息，搞不好會危及她的性命。她在睡著之前說過，等她恢復之後就會把你送去冥灘。」

你對易碎品沒有興趣。山姆回想起翡若捷在冥灘對他說過的話。山姆並不是那個意思。翡若捷在試圖帶亡人瞬間移動的時候其實就已經察覺到危機，但她還是到冥灘來了。然後想必是為了預防萬一，而把心人他們送到總部去的吧。

「太遙遠了。山姆，沒錯。從你那裡到總部的距離確實非常遙遠。但是現在也只能請你回來了。」

保持靜止的心人影像從腳下開始逐漸分解。相對地，亡人的影像則是不斷反覆膨脹與收縮。只能實現這種爛網路的開若爾網路到底是什麼鬼東西？關於冥灘干擾的疑慮，之前瑪瑪與勒克妮早就提過，也處理過了。可是就在網路全面開通之後竟是這副德行。靠這種東西重建的美國也不是什麼好貨。難道我是為了實現這種東西而千里迢迢橫越大陸的嗎？

「當我抵達那邊的時候，搞不好一切都已經完蛋了。亞美利落入克里夫手中，導致我們滅絕。亞美利說過，現在所有結點都已經連結，剩下只要把個人的冥灘連結起來，就會引發滅絕。」

「但是山姆，亞美利會期望那種事情嗎？我們現在只能相信她了。相信明知自己是滅絕體卻依然前往了西岸的她。你也是一樣。只有一個人的遠征隊，原本誰也不相信你會成功。但是你辦到了。」

——**我擁有讓人類滅絕的力量。但即便如此，我依然希望把世界連結在一起。**

亞美利這麼說過。現在只能相信她這句話了。

「現在冥灘錯綜複雜的狀況，意味著北美大陸中生活於開若爾網路環境下的人們，正彼此精神交錯。並列存在的各種可能性世界正交互干擾著。為了將這些統合，必須要有一個將人們的精神收斂到同一次元的象徵性存在，那就是名為『美國』的國家。人們對於國家的定義或是對美國冀求的東西就算大家都不一樣也沒關係。對於美國感到否定或肯定也無所謂。畢竟無論否定或肯定的意見，都是以美國存在為前提。重要的是必須用『美國』這個象徵將人們的冥灘再度統合。想必如此一來，開若爾網路才能真正發揮它本來的功能。因此我們一定要舉行讓亞美利就任總統的儀式。

所以說，你務必要把亞美利救出來。

即使亞美利是滅絕體，這點也不會改變。不，她最後會不會真的成為滅絕體，想必決定於我們如何選擇才對。現在就這麼相信吧。」

心人與亡人的影像安定下來了。活生生的影像彷彿那兩人真的就站在眼前。如何選擇。這兩人所選擇的，是要繼續活下去。

「山姆，你和亞美利之間的聯繫很特殊。你的捕夢網與亞美利的奇普，那並非只是單純的『物品』。長年來，不可複製的感情融於其中，使它們成為了獨一無二的存在。那肯定能夠將你們連結起來。」

山姆握起掛在頸部的捕夢網。從小時候直到現在，不知為什麼唯有這東西一直都留在自己身邊。即使山姆離開布橋斯，或是遭遇多危險的狀況，這東西都不曾離開過他。山姆也沒有特別要珍惜它的意思，不過當它壞掉的時候總是會重新修補。那就像身體的一部分。肉體的細胞會隨著成長與代謝淘汰換新，然而唯有這東西一直都保持著原本的樣子。這可說是山姆全身最古老的肉體。

「那東西原本是美國原住民歐及布威族所製作的裝飾品，據信能夠發揮驅散惡夢，將壞夢改變為好夢的力量。假若亞美利是滅絕體，而我們這些源自於她的異能者會夢見滅絕夢，那麼驅散那個惡夢就是我們的使命。亞美利是把將惡夢轉變為希望的任務託付給我們了。」

山姆彷彿可以感受到心人的體溫。沒錯，自己當初不是已經決定好了嗎？被這個不合理的世界壓垮。唯有這點我絕不接受。

回去東岸吧。去見亞美利吧。

「等待你回來的這段期間，我也會到冥灘上找尋亞美利和指揮官。我會將這顆心臟的生死循環利用在這點上。雖然我和那兩人之間的聯繫不夠強，可能無法找到他們，但至少好過什麼都不做而默默枯等。」

心人拍了一下他胸前的ＡＥＤ裝置，有點害臊地笑了。

「我會調查看看關於指揮官與ＢＢ實驗的事情，還有亞美利跟克里夫的過去。或許能夠從中獲得什麼線索。」

面對接下來可能發生的事態，亡人看起來彷彿全身散發出熱氣。

「山姆．波特．布橋斯，這是給你的一項委託工作。把你自己本身從那地方運送到主結市的布橋斯總部吧。至於收件人，就是我們大家。」

★

／／主結市／布橋斯總部

這樣就好了嗎？

亡人坐下來，抬頭看向一旁的心人。他胸前的ＡＥＤ裝置這時告知距離死亡還剩下一分鐘。於是表情嚴肅地盯著螢幕上北美大陸地圖的心人緩緩躺到沙發上。

螢幕上顯示著開若爾濃度的即時狀態。大大小小的圓形分秒變化著顏色與大小，完全觀察不出什麼規則性，只是無法控制的能量不斷亂舞著。亡人不禁聯想到地球剛剛誕生時的模樣。

在一切連結起來之前，並不是這樣的狀況。

根據心人的說明，原本只有結市與結市之間互相連結的階段時，就像銀河之間能夠彼此聯絡的狀態。然而一旦全部都連結起來之後，銀河之間卻開始相互衝突了。

ＡＥＤ發出電子聲響，心人瀕死了。

心人連上的冥灘是不是就存在於地圖上的某個地方？亡人望著螢幕，不自覺嘆息。

既然開若爾濃度的變化如此劇烈，肯定也會對地表造成相當程度的影響。之前都沒有下過時間雨的地區或許也會下起傾盆大雨。擱淺地帶或許也會毫無預警地忽然出現。我們搭建起來的橋梁，搞不好其實是非常不得了的玩意。

要是不透過統合冥灘的高次元法則改寫這個世界，現在這個狀況就不會止息。心人的說明乍聽之下可以理解，但實際上卻非常難懂。畢竟所謂的冥灘在某些相（phase）來說是一種概念，在別的相（phase）卻又實際存在。但不管怎麼說，我或許永遠無法理解吧。因為我沒有冥灘。

此刻想必正在某個冥灘徘徊的心人，由於過度利用冥灘進行瞬間移動而陷入昏睡的翡若捷，我對於冥灘的理解沒有辦法達到像他們所思考、感受到的程度。與化為ＢＴ的女兒相連的瑪瑪也是，被人稱為不死之人的指揮官也是，我和任何人都沒有辦法互相理解。對這點感到寂寞的我，總是會誇張地向人宣揚自己的特殊性。明明比誰都希望別人能夠理解自己，也希望自己能夠理解別人，我卻總是用「因為自己太特殊，所以不可能。」的藉口保衛自己。全身的七十％是來自死者的器官，或是生於多功能幹細胞。這些全都是想要與他人聯繫卻又為了拒絕的誇張虛構故事。

對於這樣的我來說，ＢＢ是很特別的存在。總覺得那可以成為將我自己的狀況套用到上面，進而理解自己的一種寄託。而且透過BB也有一種可以接近山姆的感覺。山姆只能夠到達交界的體質之中也發現了與不擁有冥灘的自己之間的共通點。BB對我而言，可說是名副其實的橋梁（Bridge）。

亡人思考到這邊，忽然湧現出某種像啟示的想法。所謂統合冥灘的高次元法則，或許就是像這樣的東西。使人與人相互理解，或是讓人產生相互理解錯覺的東西，也許就是擁有某種象徵性功能，可以連結人與人的存在。至於那實際上是什麼存在，其實並不是重點。

就在這時，心人復甦了。

坐起上半身擦掉淚水的心人，露出感到奇怪的表情看向亡人。

亡人這才發現，自己正在哭泣流淚。接著就像是為自己找藉口似的，開始饒舌地說起降臨於自己腦中的這份『啟示』。

心人時而露出微笑地聽著亡人的話。用宛如教師欣賞聰明學生似的眼神，注視著臉帶汗水努力說明自己想法的亡人。

「你說得沒錯。」

豎起大拇指的心人一臉滿意地點點頭。

「讓我稍微補充一下。我們智人與尼安德塔人據信是由共同的祖先——海德堡人分支演化而來。但這兩者之間卻有明顯的不同。

尼安德塔人肉體強壯，有能力狩獵較大型的獵物，並適應極為寒冷的氣候。

智人則是手腳修長，只有辦法狩獵較小型的獵物。大腦也是尼安德塔人比較大。正常來想，應該是尼安德塔人必較容易生存下來才對。然而實際結果卻剛好相反。

智人後來學會發展工具，並進化為懂得團體狩獵。相對地，尼安德塔人雖然也會使用工具，但二十萬年以上的期間使用的都是相同的東西。這有可能因為他們是以家族為單位的小團體行動，傾向於少人數一起生活，所以就算創造出什麼創新的工具，也不會傳給其他團體知道。尼安德塔人於是滅絕了。

那麼智人之所以能生存下來又是為什麼因素呢？這是由於我們的祖先發明了『宗教信仰』這樣的虛構概念，藉此形成強大的團結力，建構出多人數的集團。即使面臨像是糧食危機之類的局面，也能透過相互合作撐過難關。

換言之，智人是藉由創造出『社會』而變得強大的。所謂社會，是各種虛構概念的集合體。而高次元法則可以說就是虛構概念。既然冥灘是根據個人而不同，要對此進行統合就需要共通的虛構概念。」

入迷地聽著心人說明的亡人再度看向螢幕上的北美大陸，開若爾濃度還是老樣子分秒急遽變化著。如果想讓它們收斂，究竟需要什麼樣的虛構概念？什麼樣的創作故事？

「意識形態、宗教信仰、神話故事以及各種科學等等的學問。即使用上這些東西也怎麼都無法達成的目標依然存在。智人是很脆弱的生物，要是雙手空空，在什麼道具也沒有的狀態下被丟到大自然之中，想必一下子就會死了。因此我們與自然狀態拉開了距離。做為代價，我們有了絕對無法到達的境界。人類從其他生命可以自然理解的領域遭到疏遠，但即便如此也依然努力想要達到那個境界。這就是我們的人生。我明明絕不可能與已死的妻女見面，卻每隔二十一分鐘要死一次也是這個原因。」

他說著，拍了一下胸前的AED。

「關於那個領域，哲學家們稱之為es。萬物由es思考，由es決定。『下雨』如果用德文講就是『Es regnet.』。他們認為就是es這個人類無法觸及的領域在驅動這個世界。因此人類會向es獻上祭品，為了與自己伸手不及之處的存在進行接觸。

你聽過倫敦鐵橋的歌曲吧？關於那歌詞中的My fair lady，有種解讀說那是被埋在橋基下的活祭品。倫敦橋被建造多次，又被破壞多次。據說為了平息這樣的厄運，而將活人生葬於橋基下了。聽起來很荒唐不合理對吧？但是只要大家都相信這件事，這之中就會產生意義，在現實中發揮功用。這也是虛構概念的高次元法則之一。」

『剩下五分鐘。』

機械語音為心人的長篇大論打下句點。我好像講太多了。心人如此說著，躺下身子。

「這顆心型的心臟也是es讓它變型的。」

他指著自己的左胸，對亡人眨了一邊眼睛。

「es通往冥灘，而冥灘發生自es。或者搞不好es就是冥灘。確實，冥灘帶來擱淺體[BT]，成為死亡擱淺現象的媒介，是不祥而恐怖的領域。然而我們也可以『利用』冥灘。這對我們來說是新的現實，是新層次的虛構概念。因此亡人，你肯定也有自己的冥灘。即使那可能和我們的冥灘不太一樣。哦哦，我又講太多了。時間快到啦，我去去就來。」

ＡＥＤ開始播放起送葬進行曲。心人閉起了雙眼。

被留下來的亡人又只能盯著螢幕了。他腦袋的深處發燙，各式各樣的感情與思緒不斷打滾。螢幕上的畫面看起來就像是把自己腦中混亂的模樣投影出來一樣。

★

／／南結市近郊／藏身所

在一片傾盆大雨中，山姆操作著銬環將藏身處解鎖。

降到地底的私人間，將小路接到育兒箱上，自己坐到床上後，原本沒有自覺的疲勞頓時一口氣湧了上來。

從亞美利的冥灘回到這個世界睜開眼睛之後，已經過了十天以上——至少感覺上是如此。至於正確的天數，山姆早已不曉得了。

銬環也沒有正常發揮功能。無論生命徵象監測裝置或記錄系統都已停止，通訊裝置也只有偶爾會啟動一下。雖然可以顯示地圖，但都是來時路上保存的舊資料，沒有更新為最新的狀況。實質上就等同於故障了。換言之，這也可以說是山姆從布橋斯系統的束縛中獲得了解放。

然而現在的山姆沒有辦法對於這樣的狀況感到高興。包括亞美利的動向在內，無法掌握現在狀況讓他感到無比焦躁。一路上感受過好幾次彷彿只有自己和小路兩個人被關在這個世界的孤獨感。

唯有在各處的結市、布橋斯設施或是備有通訊功能的藏身處才有辦法與總部取得聯絡。

根據勒克妮的解釋，銬環之所以會故障是由於冥灘混亂造成的影響。冥灘的混亂狀況導致時間的推移跟著混亂，使網路通訊產生了時差，而系統無法承受那樣的負荷。如果是固定的通訊機器還勉強可以撐住，但移動式的終端機就沒辦法了。

時間雨也一直下，久久沒有停息過。覆蓋天空的濃密開若爾雲被發光條帶照耀的景象一路上已經不知看過幾次了。那發光條帶很像是唯有在極地才能觀測到的極光，看起來有如流動於天空的血液，或是橫越空中的巨龍。

這個世界──這片大陸的時空被開若爾網路扭曲得不留原形了。而導致這個原因的不是別人，就是山姆自己。這項沉重的事實束縛著山姆。他也無法找藉口說那是別人拜託他的事情。現在讓這個世界恢復原狀的使命就是自己必須背負的重擔。

山姆啟動房間裡的通訊終端機，接上總部，與亡人聯絡。但那是號稱無時差大流量的開若爾網路根本名不副實而只有聲音的通話。

據亡人說，無論亞美利、指揮官或克里夫現在都還沒找到人，也還沒有找到手段可以連上亞美利的冥灘。不過他的調查行動倒是確實得出了成果。

『我調查了關於克里夫的事情。他本名叫克里夫・昂格，曾經隸屬於美利堅合眾國晚期的陸軍特種部隊。在死亡擱淺剛發生的時期已經退役。離開軍隊之後，他似乎跟初期的ＢＢ實驗有扯上關係的樣子。不過在實驗結束之前他就過世了。心人之前是不是跟你說過，你被捲入的那片戰場可能是源自於克里夫的仇恨與遺憾，然後小路扮演了媒介的角色？

但這個假說看來錯了。克里夫是為了雪恨並奪回ＢＢ，而帶著那片戰場回到這個世界的。』

「可是小路誕生的時期跟初期的ＢＢ實驗根本完全不同。這樣無法說明克里夫那樣執著於小路的理由。」

山姆提出了這樣理所當然的疑問。

『你說得沒錯。不過換個角度來思考，克里夫可能並不是想要得到小路，而是無法原諒創造出ＢＢ的行為本身。

原本應該被封印的ＢＢ實驗卻在當時的總統，對，也就是在布莉姬的指揮下繼續祕密進行著。當時ＢＢ實驗的主要目的是為了開發防止虛爆發生的ＢＴ偵測器。同時也在某種程度上進行像是開若爾網路或通往冥灘的移動手段之類的附加應用研究。到這邊為止的內容我之前也向你說明過了。

然而，實際情況卻不是那樣。山姆，你聽好。開發ＢＢ本來的目的是要當成連結開若爾網路的媒介。因此你在各個結市幫忙連上網路的開若爾網路終端機中，應該都有ＢＢ被組裝在裡面。』

那時候——在焦油帶沿岸啟動通訊裝置時看到的『那玩意』又浮現在山姆腦中。那座呈現巨大十字架外觀的裝置中組裝有ＢＢ圓艙。果然不是自己眼花看錯。簡直教人作嘔。

『恐怕是在布莉姬的命令下，亞美利利用第一遠征隊祕密裝設了那些基礎裝置。換句話說，這個開若爾網路是建立於ＢＢ的犧牲之上。表面上，總統雖然中止了ＢＢ實驗，但其實卻在背地裡強硬推行這樣非人道性的計畫。就算那麼做是為了美國，還是讓人難以原諒啊。』

布莉姬，妳的目的到底是什麼？不惜犧牲還沒誕生的嬰兒也非得重建不可的美國到底是什麼？必須踐踏什麼人的生命以阻止滅絕的行為究竟有什麼意義？席格斯之所以主張人類應該自主選擇滅絕，甚至到狂熱信仰的程度，會不會就是因為他知道了這件事情？或者他可能是背負了克里夫的本意吧。

翡若捷在那之後有從席格斯口中問出什麼事情嗎？這下必須把她從昏睡中喚醒，請她告訴我們關於席格斯的真相了。為了這個目的，也要分秒必爭地快點回到東岸才行。

★

／／南結市

越過上次被暴風雪折騰的山岳地帶，經過瑪瑪與女兒一起閉關不出的那座實驗室，總算抵達翡若捷被刻下屈辱烙印的南結市後，天色依然沒有變化。雖然時間雨偶爾會停息，但發光條帶依舊像全身是血的龍一樣盤踞於空中。

常駐於南結市的布橋斯員工歐文．紹斯維告訴山姆，長老過世了。

是曾經表示「我根本不是什麼末日準備者，只是個寄生者罷了。」並提供自己的庇護所當成開若爾網路轉接點的老人。

自從他成為UCA的一員後，美國便介入了他的人生與生命。長老說自己是寄生者，不過美國也同樣使用他的家（庇護所）寄生於他。要說這是共生也可以，但是長老過世後，美國卻依然想繼續活下去。為了不讓他壞死成為BT，甚至管理他的死，試圖維持美國存續。長老也好，UCA的所有人民也好，不都像是祭品一樣嗎？明明是為了從滅絕中拯救人類而努力重建美國，但美國卻是建立於人類的犧牲之上。

「長老說過他很感謝你們。」

歐文告訴山姆這麼一件事。即使地表的狀況變得比以前更糟，他卻表示不能只是透過全像投影跟山姆見面，所以特地跑到地面層的集貨場來了。

「他說要謝謝你跟布橋斯的送貨員們，以及翡若捷、她父親還有翡若捷快遞的送貨員。」

「翡若捷他們還姑且不說，但我根本沒有被感謝的資格。」

我之所以會走到長老的地方絕對不是為了他，更不是為了美國或人類。只是我勉強擠出要拯救亞美利、要讓小路延長生命等等動機，才參加了這項荒唐的計畫。這些行動的根源，是身為回歸者的自己希望得到肯定，希望知道自己為什麼會誕生為這種存在的理由，全都是自私的念頭罷了。就這種意義上來講，我也終究只是寄生於美國而已。

「不，山姆，你們被感謝是當然的。你和翡若捷曾經兩度拯救了這座都市啊。」

歐文不斷眨動著眼睛，伸手想要握住山姆的手臂。結果被山姆避開，讓他臉上浮現出有點沮喪的表情。山姆看到那表情，心中不禁感到抱歉。無法與人接觸的人，根本沒有受人感謝的道理。

「長老對於這件事也感到很驚訝，說他沒想到世界上還有這樣願意挺身救人的人。當時要是核彈被帶入南結市中並且爆炸，長老搞不好也會受到波及。不過他想表示的並不只是這樣。長老說他叔父在美國還是合眾國的時代曾經被派往參加戰爭。據說當時的美國在世界各地跟人打仗，不，似乎全世界都在反覆爆發大型戰爭的樣子。」

克里夫帶來的那片戰場——被稱為「世界大戰」的冷酷戰場。為了殺戮而製造出來的戰鬥機、戰車、炸彈以及各式槍械彷彿才是主角的戰場。比起人類的聲音更充滿爆炸聲與槍聲的戰場。那裡瀰漫的鮮血、泥土以及油的臭味重新湧上山姆腦海。

「核彈似乎是第二次的世界大戰末期誕生的兵器。那玩意能夠在一瞬間製造出大量的死者，誰是怎麼死的根本無法掌握。長老說，就像工廠大量製造相同商品一樣，核彈是生產大量死者的技術象徵。明明從小教育說每個人都是無可取代的寶貴存在，可是核彈卻會抹消人們個別的尊嚴。長老的叔父從戰場回來後似乎罹患心病，沒多久後就自殺了。在那遺書中寫道，他不願接受不講理的死，認為自己的死要由自己決定，這樣才叫守護自己的尊嚴。

要是當時席格斯的計畫得逞，自己的死想必也會被埋沒在大量生產出來的無名死者之中吧。當然其他人們肯定也會遭遇同樣悲劇。如果沒有加盟UCA而在孤獨之中喪命，搞不好會化為沒有名字的怪物，也就是化為BT，自己扮演了跟核彈一樣的角色吧。就算沒有變成那樣，自己的死可能也不會留在任何人的記憶中。或許UCA只是想要掌握並管理我的死亡，不過如果我的事情會被記錄、記憶下來，山姆，你為我連上大家就有意義了。他是這麼感謝你的。」

歐文從口袋拿出一張紙，把折成一半的那張紙遞給山姆。

「這是長老寄放在這邊的。他說如果你來到這邊就交給你。」

謝謝你，山姆——紙上就只有這麼一句話。是用筆書寫的文字，墨水些許暈開。紙張上可以微微聞到香菸的味道。

在感謝的話語一旁，也添上了長老的名字。

『山姆，後來調查有進展了。』

大概是歐文聯絡總部山姆抵達的關係，當山姆進入地下的私人間一啟動通訊終端機，就立刻傳來亡人的聲音。

『是關於克里夫的事情。由於閱覽權限設定得異常嚴格，讓我花了一番功夫，不過還是稍微查出一點端倪了。看來克里夫似乎把自己的小孩提供給BB實驗的樣子。雖然記錄比對上不太順利，不過他當初之所以退伍好像也是因為有了小孩的緣故。兩者在時期上幾乎吻合，都是最初的死亡擱淺釀成的大災難發生之後的事情。然而我找不到他在制度上有結婚過的資料，因此並不曉得小孩的母親是誰就是了。

雖然這只是我的推測，不過我想克里夫應該不知道實驗的真相是要把BB當成活祭品。說到底，知道這件事的人肯定非常少數。得知這點的想必僅限於一部分的技術人員以及帶頭指揮實驗的人——例如布莉姬，再來頂多就是布莉姬的親信而已。而克里夫或許是在什麼因緣際會下獲知這件事，於是想要把BB搶回去，結果卻遭到阻止，讓BB被奪走了。』

「所以克里夫的動機是對當時指揮實驗的總統布莉姬的怨恨嗎？」

山姆不自覺大叫出來。在私人間中迴盪的聲音實在難以想像是自己發出來的。

『你還記得之前席格斯在港結市對你說過的話嗎?他說『布莉姬・斯特蘭死了』。我們絕對沒有把總統的死訊洩漏給外部的人知道，你也是在祕密中把她的遺體焚化的。可是席格斯卻知道了這件事。我們本來懷疑有內奸，但其實並不是那樣。恐怕是克里夫——身為亡者的克里夫察覺到布莉姬的死，所以席格斯也得知了這件事。這樣想起來，席格斯的那句話就合理了。

但就算總統已故，克里夫的仇恨也沒有因此消失。不可能消失的。於是他把仇恨的對象轉向布橋斯。轉向與BB連結的你、布莉姬的女兒亞美利以及身為總統親信肯定知道BB實驗真相的指揮官。然後他為了報復，甚至企圖引發「最終擱淺」把整個世界都毀滅掉。』

山姆覺得，核武與世界大戰造成的大量死亡，以及最終擱淺造成的大量滅絕，在某種意義上可以說是同樣的事情。各自的長相、名字、記憶與感情都不同的生命被無比巨大的暴力毫不留情地消滅。也許就像亡人所說，克里夫是無可替代而唯一的小孩遭人奪走的怨恨情緒爆發，因而期望引發個別生命所擁有的生死唯一性會遭到粗暴踐踏與搶奪的大量滅絕吧。

小路沒有自己的名字，只被賦予了「BB－28」這個記號。裝設於結市的活祭品們想必也都沒有名字。布橋斯強迫BB在誕生之前就喪失自己的個別性與唯一性。因此我們根本沒有資格責備克里夫的憎恨。克里夫之所以堅持使用「BB」這個稱呼，難道是為了打擊布橋斯的欺瞞行為?

『克里夫利用席格斯想要抓到身為滅絕體的亞美利，或許就是為了這個目的吧?那麼亞美利把你送回這個世界後留下的訊息——我要親手結束布莉姬開始的事——這句話的意思也不難想像了。她應該是想要阻止布莉姬從克里夫手中奪走BB當成活祭品試圖迴避滅絕的行為，以及因此即將爆發的最終擱淺。而她前往冥灘就是為了與克里夫對決。

然而從那之後到現在都還沒找到亞美利與指揮官。那兩人恐怕都已經落入克里夫手中。這個世界現在的異常模樣，搞不好就是因為如此，而不只是由於開若爾網路把結點們連接起來的緣故。我們現在——不，恐怕早就沒有剩下多少時間了。』

亡人的聲音中流露出濃厚的憔悴氣息。即使看不到臉，也不難想像他身心俱疲的樣子。在這點上山姆也是一樣。現在只能沿著來時的路努力走回去了。

『心人和勒克妮也都幾乎不眠不休地在尋找線索。翡若捷則是逐漸恢復了。雖然還沒有完全醒過來，但已經脫離險境。即使無法安心，不過好歹我們並沒有朝著不好的方向發展。

然後關於指揮官的事情，你是否能想到他跟亞美利之間有什麼強烈的關聯性？』

就算聽到亡人這麼問，山姆也沒有特別想到什麼。在山姆的記憶中，頑人總是如影隨形地跟在布莉姬身邊。當山姆還在布橋斯的時候，布橋斯的指揮官是布莉姬，而頑人是她的輔佐官。他從來沒有自己進行過什麼決定，給人的印象只是個代為執行布莉姬想法的忠實部下。也從沒看過他跟亞美利在一起的場面。

『如果指揮官和亞美利之間沒有強烈的聯繫，他應該無法到亞美利的冥灘才對。我雖然查了過去的資料，但什麼也沒查到。勒克妮正在幫忙解除資料庫的保全系統，可是那設定得實在太嚴密，遲遲沒有進展。系統要求指揮官或布莉姬的個人生物辨識特徵，在這點上怎麼也無法突破。

我們無法得知指揮官的過去，也找不到他加入布橋斯之前的經歷。不知道她的本名，也不曉得他真正的長相。假設把指揮官叫到冥灘的人是克里夫怎麼樣？那個人不只對布莉姬，應該對指揮官也同樣懷恨在心，所以或許他們之間有怨恨形成的聯繫。但教人搞不懂的是，為什麼會在亞美利的冥灘？

心人的假說是：「如果要讓現在冥灘的混亂狀況獲得收斂，就要高次元的法則進行介入。需要的是一個能夠統御人們的意識，為新的世界賦予意義的法則。而那會不會就是亞美利的冥灘？」——雖然這段話我不太能理解就是了。

世界上所有人類的冥灘據說可以比喻為構成「世界」這個生物的個別毛細管。各自不會互相擾亂，讓血液得以循環。然後有個更高次元的冥灘相當於心臟的角色管理這些血管，也可以說就是高次元法則。一直以來，名為世界的生命都保持著恆定性，然而由於開若爾網路這個系統介入其中，導致失衡了。而唯有更高次元的冥灘能夠使其恢復穩定。如果那就是亞美利的冥灘，或許就有可能把指揮官叫到那裡去。

然而那同時也是滅絕體的冥灘。心人說，克里夫試圖掌握「世界」這個生命的心臟，引發最終擱淺。不過亞美利並不期望滅絕發生，至少她是這麼跟你說的沒錯吧？既然如此，只要能把克里夫排除掉，這個世界就能以一個依循新法則的新生命獲得重生。

所以說山姆，你必須要到亞美利的冥灘去。只有這個方法可以阻止最終擱淺發生。』

霎時，房間被黑暗籠罩。通話似乎也斷訊，什麼聲音都聽不見了。所有系統都停止運作，唯有裝在育兒箱上的小路的圓艙發著光，似乎想傳達什麼事情。於是山姆走近圓艙，看到小路既沒有在哭也沒有在鬧，只是睜大眼睛直盯著山姆。彷彿在說：我們走吧，到外面去。

電梯抵達上層。激烈的強風沿著出入口坡道灌入建築物內。

歐卓德克雖然啟動，不過即使不靠那玩意也能強烈感受到那個人接近了。小路沒有在哭。她毫無疑問感到恐懼，但是沒有哭。山姆的心中也湧起同樣的感情。從這裡開始，一步都不得退後。反抗著迎面撲來的強風，山姆爬上傾斜的坡道。

走吧，到外面去。小路彷彿在如此呢喃。沒錯，這肯定是克里夫帶著暴風雨前來了。亞美利與指揮官一定也在那裡。就讓一切在此了結吧。

天上的龍有如盤旋為一道漩渦。鮮血般赤紅的巨大漏斗狀雲層發出隆隆雷聲。是憤怒抓狂的巨龍在咆哮。牠從天而降，將山姆與小路一口氣吞噬了。

EPISODE XII 克里夫・昂格

黑夜籠罩四周，天空下著雨。沒有風，也感受不到任何動靜氣息。

沉重的空氣包覆全身，死屍的臭味陣陣飄來。

山姆準備起身而把手撐到地面上，卻碰到了別的東西。是斷掉的人類手臂。用逐漸習慣黑暗的眼睛觀察周圍，發現到處都是損毀的屍骸。這裡不是亞美利的冥灘，是充滿死亡的時空。山姆對這點一時感到失望，但很快又轉換了想法。雖然不是自己所期待的地方，不過克里夫肯定就在這裡。

山姆扯下屍體緊握在手上的步槍。

從某處的天空傳來撕裂空氣般的爆炸聲響。因此產生一陣風，搖盪草木。含有高度溼氣與溫度的空氣拂過臉頰。這地方不同於之前遭遇過充滿土石與乾冷空氣的戰場。山姆從沒見過的植物茂密叢生，溼滑的泥地阻礙行進。

唯一不變的，是濃厚的屍體臭味。

歐卓德克探找四周後靜止下來，十字架綻放橘光指出克里夫潛伏的方向。

那彷彿成為什麼暗號似的，前方同時發生一場爆炸。黑夜當場被撕開，出現短暫的白晝。從地面直達天空，一片綠色的伽藍占滿視野。宛如樹枝編織成的牢籠之中，到處可以看到身穿野戰服的士兵被刺穿身體，交疊成堆。草叢之中忽然出現好幾個男人，身著輕裝，說著不是英文的語言。他們對山姆瞧也不瞧一眼，以精熟的動作穿過樹木間錯綜複雜的縫隙。山姆也確認著歐卓德克所指的方向，追隨在他們後面。

★

直升機的旋翼擾亂叢林的黑夜。一棵棵樹木激烈搖晃，被扯斷的樹葉飛舞在空中。懸停於半空的機體敞開腹部，吐出帶有光澤的內臟。讓人聯想到直腸的長繩狀臟器一面蠕動一面落到森林中。四名士兵手腳靈活地沿著那些繩索降落下來。既沒有皮肉也沒有內臟，身穿武裝的骸骨士兵。雖然沒有靈魂卻有意念。宛如戰場的淤泥般沉積的意念染遍頭蓋骨內側的士兵們陸陸續續在叢林中著陸了。

臟器的另一端連著從直升機上俯視睥睨著地面的克里夫的腹部。原來那臟器不是腸子，而是各種負面感情交織而成的臍帶。不是為了消化仇恨、悲傷與憤怒，而是為了傳達這些感情的器官。

克里夫將甚至垂向地底的臍帶拉回來，收回腹部。

接著在直升機的平臺上緩緩一蹬，往叢林跳落。

彷彿為了向潛伏於地面的所有存在誇示自己的英姿般，一顆照明彈被射出。劃破黑夜，出現白晝。

克里夫著地的同時，驚人的熱風吹掃四周。所有樹木的樹幹互相碰撞，發出彷彿叢林本身在哭泣似的聲音。

四具骸骨往前奔跑開路，克里夫也隨後跟上了。

★

山姆在熱風吹颳的叢林中奔馳。踏著泥土的腳底傳來喪命於這塊土地的人們怨恨的意念。為了不被那些情念捕捉，山姆加快速度奔跑。

眼前看到一處被燒盡的聚落，看到被炸彈轟得坑坑洞洞的水田。乾癟的胎兒遺體被隨意丟棄，還有小孩子的屍體抱著與自己身體差不多大小的槍械，也有大人們被燒成黑炭的屍骸交疊成山。在這片誰也不動、誰都沒氣息的大地上，山姆奔馳著。

河川中除了水牛與狗的屍體外，也混雜著嬰兒的屍體漂浮於水面上。

歐卓德克直指著那條河的上游。沿著河岸逆流而上，就能看到熱帶叢林的深處燃燒著熊熊火焰。克里夫肯定就在那裡。

不知不覺間，山姆踏入了戰鬥地區。

士兵亡靈們展開戰鬥。其中以專為殺傷目的而精裝裝備包覆全身的，是美國士兵——裝備上刻印有合眾國的徽章。另一方個頭矮小且沒有配備什麼像樣武器的士兵們不斷襲擊著美國兵。外觀上看起來明明應該是美軍擁有壓倒性的優勢，他們面對這群矮小的士兵們卻陷入苦戰。逆轉戰力的攻勢一波接著一波。士兵們倒下後又重新站起，反覆對抗。永無止境的戰鬥不斷延續。

雖然歐卓德克毫不迷失方向地直指著克里夫的位置。但山姆眼前的一片叢林卻有如迷宮，視野極差。就是這樣的狀況幫助著矮小的士兵們。山姆只能小心別讓自己被捲入戰鬥中，並乖乖照著歐卓德克的指示在樹林中行進了。

從樹幹背後到草叢中，再往另一棵樹背後，壓抑自己的氣息謹慎移動。

前方似乎有什麼東西在動。山姆趕緊壓低身子，隔著草叢觀察。兩具骸骨正朝著這個方向接近。自己似乎還沒有被對方發現的樣子。有辦法撐過去嗎？宛如一圈一圈地鎖緊螺絲般，緊張感不斷增加。要是超過了忍受極限，搞不好身心都會一口氣炸開。

等骸骨士兵們離開足夠的距離後，山姆才再度開始移動。繼續往前進，便來到了樹林間的空曠處。是一片沼澤。如果要度過距離又太遠，而且不知道有多深，也沒有可以遮蔽的東西。看來只能繞路了。

山姆避開沼澤往左方行進。結果才移動了一小段距離就失去方向感，快要搞不清楚剛才的沼澤是在哪個方向了。先前的戰鬥已經停息，亡靈般的士兵們與槍聲都消失，叢林的寂靜籠罩四周。

幾千年來沒有人類介入過的樹冠層底下灌木茂密叢生，還有被暴風吹倒的巨木。山姆跨越著這些障礙物行進，又聞到了水的氣味，讓人不禁懷疑難道自己以為在繞路實際上又回到了剛才那片沼澤嗎？我又走回了原本走來的路徑嗎？該不會是被一再反覆的時間所困，重複做著同樣的事情？但現在只能相信歐卓德克與小路指引的方向，否則將會無法逃出這片叢林與內心的這些疑惑，永遠徘徊其中了。

沼澤對岸的森林正在燃燒。山姆確信克里夫就在那附近。

——把ＢＢ還給我。

克里夫的聲音在腦中響起。第一次聽到這聲音的時候，山姆曾感受到難以言喻的恐懼。然而現在已經不會了。雖然不合理又難以理解的狀況依然不變，但現在山姆心中逐漸萌生希望理解對方的念頭。即便那樣的想法是源自於想要拯救亞美利的動機也一樣。

槍聲驟然響起。山姆雖然躲到倒塌的樹木後面，子彈依然毫不留情地襲來。搞不清楚對手在什麼地方，而且不只一個人，好幾名敵人同時開槍掃射。子彈刨開樹皮，或是穿進樹幹。耳邊似乎聽到什麼東西在哭泣。是在這塊土地經歷過一場又一場的戰鬥與死亡的這棵倒塌樹木所累積的記憶炸開的聲音。

有東西掉落在倒樹近處。不用確認也知道，是手榴彈。山姆趕緊轉身衝刺，爆炸緊接著從背後襲來。頭部用力撞擊大地，眼睛頓時變得什麼也看不見，耳朵也聽不到。在一片黑暗的世界中往下墜落，然而貫穿全身的劇痛又將山姆拉回現實。

想要起身，膝蓋以下卻無法使力，沒能順利站起來。山姆接著用手撐住一旁的樹木，才好不容易支撐住身體。搞不清楚自己的肉體在什麼地方，彷彿喪失輪廓，不斷往外擴散。唯有心臟激烈的脈動告訴自己還沒有失去身體。

小路就在那顆心臟的旁邊，她的脈動也陣陣傳來。山姆與小路兩人的心跳聲融合為一，將山姆繫留在這個世界。手腳、胸腹與頭部都總算找到自己應該所在的位置，彼此收斂成為山姆的身體。

小路，我絕不會把妳交給任何人。一方面也為了激勵自己，山姆如此呢喃著，邁步逃竄。

草叢的另一側似乎有什麼東西在動。是骸骨士兵，背對著山姆，觀察四周。應該還沒被發現的樣子。山姆舉起步槍瞄準骸骨的背影。現在自己的武器只有這個，而且剩下的子彈數也有限，絕不能射偏。這樣過度的緊張讓山姆的手臂不斷顫抖，沒辦法好好控制肌肉。明明剛才還沒那麼在意的風聲，現在卻變得莫名吵雜。在這樣的狀態下，不可能讓小小的子彈擊中目標的。必須把一切都忘記。忘記外界的雜音，想像筆直連結對手與自己的線。不是去探找遠處的東西，而是要一把抓住。讓看不見的一條路絲毫沒有偏移地直伸向目標。腦中只想著這樣的畫面。扳機與手指合而為一。

時間的行進被延長。彷彿可以清楚看到子彈被吸進骸骨士兵的背部，擊碎敵人的脊椎，讓肋骨四分五裂，傳來突破對方身體的感覺。通往克里夫的路上，一項阻礙被排除了。

多虧這一槍，讓山姆的感官擴張到了另一個次元。可以看到叢林中流動的殺氣方向。骸骨士兵在什麼地方，正往哪裡移動，這些路徑都可以感受出來。於是山姆巧妙避開，在不被敵人發現之下順利行進。乍看之下雜亂無章的叢林，其實也可以從樹木生長的方向或是底下草叢的濃密度形成某種秩序。森林中的生物們大概就是依循著那樣的秩序在生活。然後明明裝備貧乏卻能擊敗幹練美軍的那些矮小士兵們想必也都明白這個道理。他們是這片叢林的一部分。美國的士兵們是與叢林戰鬥而落敗的。

裝在步槍裡的子彈不是山姆外部的東西，而是身體的一部分。

對於和叢林的秩序化為一體，與武器互相連結的山姆來說，要突破這地方並不是什麼困難的事情。他能夠用宛如伸出手臂的感覺舉起步槍，從指尖射出彈丸。

就這樣，山姆總算抵達了克里夫在等待的場所。

——ＢＢ，我現在就把你放出來。

感覺又聽到克里夫的聲音了。但那聲音已經不再讓人恐懼。

我要把你擊敗，然後把應該被你抓住的亞美利救回來。

然而克里夫卻有世界的秩序為他撐腰，把充滿全能感的山姆拖回地面。

歐卓德克激烈反應著。直到剛才還指著單一方向的偵測器忽然開始胡亂旋轉，靜不下來。小路則是蜷縮著身體面朝內側，呈現害怕外來恐懼的姿勢。

——ＢＢ，我會帶你到任何地方去。

克里夫的聲音變得更加清晰。但那是在山姆的腦中。對方絕對就在近處沒錯，可是卻看不見身影。

明明應該能夠掌握叢林中流向的山姆，竟沒辦法感受到克里夫的氣息。

——這是太空人。人類不管哪兒都能去。就算月亮也一樣。

住嘴。山姆如此大叫，但克里夫依然占據在他腦中不肯消失。看不見的存在不可能擊敗，摸不著的存在不可能毆打，已過世的存在不可能殺死，還未誕生的存在不可能活下去。

腦袋的中心爆出火焰。

火舌轉眼間擴大，包覆山姆全身。

同樣全身包覆烈火的克里夫出現在山姆眼前。

——把ＢＢ還給我。

燃燒的克里夫伸出手，試圖奪走小路。山姆反射性地往前一推。克里夫露出驚訝的表情倒下，但他的手卻抓住了山姆的手臂。山姆無法踏穩腳步，只能跟著克里夫一起倒下。

兩人糾纏著落入沼澤。山姆沒辦法睜開眼睛，只能胡亂甩開克里夫纏住自己的手臂，好不容易才站了起來。趴著身體的克里夫也把臉抬起。他從頭頂到全身都沾滿漆黑的液體，唯有睜大的雙眼綻放光芒，彷彿一片黑暗之中穿破兩道洞穴。那模樣簡直就像此刻剛從這片沼澤中誕生的原始生命，站起了身子。把身體從沼澤中拖出來，擦掉覆蓋臉部的黑色液體，重新恢復身體輪廓的克里夫用嚇人的眼神直盯著圓艙中的小路。小路的恐懼連山姆也可以感受到。

山姆雖然站起身子，但深達腰部的沼澤讓他無法隨意動彈。克里夫接著一把抓住山姆的胸襟。山姆試圖抵抗，結果對方發出憤怒的低吼，一拳埋入山姆的腹部。

感受不到痛覺，只有一股熱。彷彿某種發燙的團塊擊入內臟。胃袋痙攣得就像要翻出內裡，鮮血隨著胃液一起倒灌上來。

身體被折成兩半的山姆痛苦呻吟。克里夫抓住他的衣領，讓他抬起臉。山姆順勢仰天倒下後，克里夫跨到他身上，試圖拆下BB圓艙。於是山姆趕緊抓住他的手臂。

——BB，我的BB（Baby）。聽得見嗎？

克里夫的呢喃聲又在山姆腦中響起。但山姆抬頭看到克里夫依然緊閉著雙唇。

——聽得見嗎？是爸爸喔。

彷彿要掩蓋那聲音似的，另外又聽到幾個人在爭執的聲音。

——他不在這裡。在那邊。去找那邊。

——不，他就在這裡。把門打開。

雖然聲音模糊聽不太清楚，不過可以知道是除了克里夫以外的男女。克里夫放在圓艙上的手頓時放鬆力氣。

山姆用力推開克里夫，讓他往後跌倒。從他的戰鬥服中掉出一把槍，於是山姆立刻搶了過來。

形勢逆轉。克里夫抬頭望著把槍舉向他的山姆。

要開槍就趁現在。可是山姆的手指卻彷彿不屬於自己般動也不動。只要在這裡擊敗克里夫，我就能回到原本的世界，亞美利也或許可以從克里夫的詛咒中得到解放。山姆如此告訴自己，可是卻怎麼也無法扣下扳機。

——開槍。

從遠處傳來這樣的命令聲。不知是誰在講話。猶如中間隔了好幾層的膜，聽不清楚聲音。

克里夫伸出手臂。難道他還想得到小路嗎？山姆準備把身體往後縮，卻發現不是那樣。他的手是想堵住槍口。張開的手掌試圖包住槍的前端。

——開槍。

聲音再度響起。山姆把槍丟下。

克里夫放下手臂，感到耀眼似地望著山姆的臉。他的眼睛接著移向圓艙，但看的不是小路。視線停在垂掛於圓艙下的公仔人偶。

——是太空人喔。

克里夫的臉部扭曲，或許是在笑。對了，這個公仔是從一開始就掛在小路的圓艙上。克里夫撐起身子，把手伸向圓艙。

「BB——聽好，我現在就把你放出來。」

山姆趕緊抱住圓艙，要保護小路。

「把我的BB（Baby）還給我。」流著淚水的那張臉，毫無虛假地是身為父親的表情。山姆只有這樣的感覺。

「你是克里夫・昂格嗎？」

克里夫的眼眸中頓時出現光彩。眨了好幾下眼睛，露出像是望著某個遠方的眼神。

「你不只是山姆而已。你是——」

克里夫回想著話語，開口說道：

「你是山姆・布橋斯。是通往未來的橋梁。」

他說著，站起身子，解開掛在自己頸部的鍊條。鍊條上掛著那枚兵籍牌。

「我是斷崖（cliff），一直都在斷崖絕壁上望著另一側——只是窺探著你們努力打造的世界。所以我沒辦法成為橋梁。」

克里夫感到耀眼似地看著兵籍牌，將它掛到山姆脖子上。

「山姆，你要代替我成為真正的橋梁。」

克里夫的手臂掛到山姆肩上。懸掛在圓艙下的太空人輕輕搖蕩，小路發出笑聲。山姆拆下圓艙，遞向克里夫。然而對方沒有收下，只是露出微笑看著小路，用手掌輕撫圓艙的表面。似乎有什麼東西解開了。可能是連結著克里夫與小路的存在，也可能是束縛著克里夫與山姆自己的東西。或者搞不好兩者都不是。現在的山姆還無法明白。

克里夫接著看向山姆的眼睛，面露微笑。張開雙臂抱住山姆。而山姆也接受了對方的擁抱。從克里夫的耳邊飄來教人懷念的氣味。他似乎呢喃了什麼話。

但是那聲音卻被遠處不知何方發出的槍聲給掩蓋了。

★

／／港結市

那是微弱的聲音。微弱到如果想要伸手抓住、感覺就會當場被捏碎的聲音。是克里夫的聲音。

為了接觸那個記憶的源頭，山姆努力嘗試往海底沉落。明明想要沉入連光線也無法到達的黑暗深海中，卻怎麼也無法如願。

山姆據說是被發現於港結市的外牆附近。當時他把BB圓艙抱在腹部，像個胎兒一樣蜷縮著身體，沾滿泥巴地沉睡著。是布橋斯的維克多找到山姆，把他搬進私人間的。他雖然有外傷，但都不到致命的程度。體力消耗得很嚴重，不過腦部、心臟及其他內臟的生命徵象都沒有危險的徵兆。就只是一直昏睡著。

維克多笑著告訴山姆，當時要把BB圓艙從沉睡的你手中拔出來可費了好一番功夫。你全身僵硬地縮成一團，簡直像是不讓圓艙被任何人搶走一樣。

「伊格的人偶，你還掛在上面啊。」

維克多對於自己弟弟的遺物依然平安無事的事情感到驚訝的同時，也表示了感謝。

「不過圓艙上的汙漬就怎麼也擦不掉了。有個手印清楚地按在上面。可以確定那絕不是你的手印就是了。」

那是克里夫留下的手印，但維克多不可能知道這點。

「亡人要我把這個交給你。」

維克多打開網路終端機的螢幕，指向一個嚴格加密的檔案。

等到他離開後，山姆在私人間內打開那個檔案，結果首先連上了與亡人的通訊。大概是檔案有設定好這樣的程序吧。

『山姆，你醒啦。』

山姆不禁回想起自己在主結市睜開眼睛的那天。也就是他沒能從虛爆中拯救維克多的弟弟伊格他們屍體焚化小組的人員，自己從交界回到這個世界的那天。同時也是小路被託付到自己手上，以及自己和亡人認識的那天。

『這次的狀況還是跟之前一樣。根據我們的觀測，你是被捲入巨型風暴後，不消幾十秒的時間就越過了原爆點出現在那裡了。你這次是被帶到什麼地方？亞美利的冥灘嗎？還是那片戰場？』

亡人的聲音些微顫抖，大概是回想起上次的經驗吧。

「我沒看到亞美利也沒看到指揮官。是克里夫的戰場。」

『也就是說，你同樣還沒找到亞美利他們。』

「克里夫不是敵人。我有這樣的感覺。他是想要向我們傳達什麼事情。他說自己是斷崖(cliff)。他本身的存在就中斷在那裡，沒辦法從崖上越過峽谷到這邊來。」

是個不完整的死者——這句話山姆沒能講出口。因為總覺得這樣講同時也在諷刺自己：你同樣不是個完整的活人。

而且對現在的山姆來說，他沒辦法把克里夫的自白傳達給別人知道。

山姆確實有聽到那段話，但不曉得那究竟是不是真的。

克里夫生前的記憶想必大半都缺損了。因此他是靠著意念的力量來到這裡。將無名死者們的冤屈遺憾化為自己的動力。如果將這些混合起來就是克里夫這個存在——如果戰爭與破壞的時代本身獲得了肉體的存在就是克里夫，那麼小路和山姆便命中註定要重返克里夫他們這些先行者走過的路，為上一代所引發的事情進行善後處理。克里夫可能是為了對這件事情道歉而來到這裡的。

因此無論小路或山姆，都可以說是某種象徵。

山姆透過這樣的解讀，勉強保持著內心的平衡。

——雖然說山姆本身並沒有這樣的自覺就是了。

『山姆，你還好嗎？』

亡人的聲音把陷入沉思的山姆拉回現實。

『我有個東西想給你看看。是我在舊紀錄裡翻到的，指揮官預錄給我們的訊息。』

螢幕上的畫面中斷，取而代之地有個全像投影出現在山姆背後。

是頑人。

影像絲毫也不動。或許是因為這樣，戴著面具身穿黑西裝的模樣看起來就像個騎士，像個服侍君主的忠誠部下。彷彿隨時準備出征前往戰地的騎士立像佇立在山姆眼前。

『如果我回不來就打開來看。檔案上面是這麼寫的。』

亡人這麼說完後，影像便開始動了。頑人默默不語地像是在窺探四周般轉動著脖子。那樣子反而不像個騎士，而是有如潛伏敵陣的斥候，謹慎小心又充滿警戒心。

——但願看到這段影片的人是布橋斯的成員。這段訊息是為了保險起見，以防我發生什麼萬一。

指揮官開始講述——

這東西被送到了我的地方。很突然，毫無前兆地，它就出現了。從上面可以檢測到濃密的開若爾物質。是透過冥灘送過來的。亞美利說，山姆應該有看過這東西。沒錯，這是亞美利送來的。是恐怖分子們裝備的布橋嬰。據說也有出現在克里夫・昂格的戰場上。

誠如所見，這是人偶娃娃。

形狀很像如果是舊時代的人應該都有看過的某個娃娃。一種模仿天使的赤裸嬰孩娃娃曾經在全世界造成流行。然而這東西和那娃娃之間有個決定性的不同。這東西沒有天使娃娃應該有的翅膀。

它雖然沒辦法飛上天空，卻能成為通往死亡國度的橋梁。因此據說這個娃娃可以帶我到冥灘去。

亞美利說，如果我希望，就可以到冥灘。

這搞不好是陷阱，但我還是決定照她所說的去做——

影像忽然靜止了一瞬間。指揮官把嬰兒娃娃抱在胸前的模樣，看起來並不像是什麼呵護脆弱存在的父親，而像個忽然收到異物感到困惑的人。

——我想你們應該早就注意到了，我一直都用這個面具封印自己的過去。看，這就是我真正的長相。根本沒有什麼燒傷的疤痕。我戴著面具，捏造出虛假的人生，然而在這點上亞美利也是一樣的。她沒有過去，沒有存在過的痕跡。我從沒見過亞美利本人。你們呢？有跟亞美利握過手嗎？有跟她擁抱過肩膀嗎？有感受過她的體溫嗎？

第一遠征隊分成了先遣與後發兩組人馬。亞美利是先遣，瑪瑪、勒克妮和心人則是後發。他們有接觸過亞美利嗎？有見過不是全像投影的她嗎？

訊息到這邊再次靜止不動，亡人的無線通訊插了進來。

『沒錯，山姆。先遣隊在緣結市全滅了，活下來的人只有亞美利。如果是跟著她一起行動的先遣隊成員，本來或許可以證實她是否存在的。但現在……果然她實際上根本不存在嗎？』

「不對。能夠證明這點的人不是只有先遣隊的人。我就跟亞美利接觸過，而且不只一次。」

無線通話另一頭的亡人似乎被嚇得退縮了一下，然後沉默一小段時間。然而他接著說出的回應卻背叛了山姆的期待。

『不，我只有透過全像投影見過亞美利。』

「不，我跟亞美利見過好幾次。從我小時候就見過了好多次。」

『但那是在冥灘上。』

亡人冷靜地如此說道，讓山姆被攻了個不防。山姆在腦中到處尋找有沒有話語或證據可以反駁，但卻什麼也找不到，什麼也想不出來。只有焦躁的情緒不斷打轉，導致連一句話都講不出來。

取而代之地，指揮官的全像投影再度開始說話了。

——總統曾經說過，亞美利是在冥灘上出生的。你們應該也有聽過這件事。她的肉體在這個世界，靈魂則分離在冥灘上。乍聽之下，這很類似閉鎖症候群的狀態。所謂閉鎖症候群，是指患者雖然擁有意識，但肉體幾乎不能動的症狀。而亞美利的狀況則是肉體完全不能動。雖然心臟會跳，腦波也都正常，但身體卻絲毫無法動彈。據說那是靈魂與肉體之間的連結完全被切斷的狀態。然而肉體卻會持續成長。

總統似乎能夠和亞美利的靈魂進行交流的樣子。

亞美利打從出生之後就一直被隔離於治療病房中。總統也沒有公開女兒的存在。但是就在過了二十年後，奇蹟發生了。她的肉體與靈魂同步了。

靈魂寄宿到肉體上，讓亞美利變得也能夠在這個世界生活。據說這點讓亞美利獲得了特殊的能力。對於從出生之後靈魂就一直在冥灘的她來說，那裡才是屬於自己的世界。她變得能夠把自己的肉體帶到冥灘。因此後來她大半的時間依然都還是在冥灘上度過的樣子。

如果要和生活於冥灘的她聯繫，就變得必須仰賴以全像投影為介面的通訊手段。因為是總統如此宣告的。

我誓言要將自己的一切奉獻於總統以及美國重建，所以對我來說，總統說過的話不容質疑。亞美利是總統的女兒，也是美國下一任的領導人。

從前的我對於這點深信不疑。

舊資料庫復活之後，我試著閱覽了各種紀錄。我有自覺，這是對總統的一種背叛行為。但即便如此，我依然認為自己必須知道才行。

在那之中我查到，布莉姬在二十歲左右的時候罹患子宮癌，變得無法生育了。對，亞美利的誕生是在更久之後的事情，怎麼計算都不合。換句話說，亞美利並不是布莉姬生的小孩。

那麼亞美利究竟是誰的小孩？

她到底是什麼人物？

說到底，她真的存在嗎？

身為總統的布莉姬是滅絕體嗎？

還是說，身為她女兒的亞美利才是滅絕體？

所謂的滅絕體真的存在嗎？

如果那就是死亡擱淺的根源，我必須要去和『她』見面才行。這把槍無論對『她』來說、對我來說還是對『那男人』來說，都是別有意義的一把槍。因此這東西應該也能夠帶到冥灘去。我要用這把槍結束她，以及從她開始的一切事情——

手中握著一把左輪手槍的指揮官確認了彈匣中裝有子彈後，將彈匣裝回原處。接著保持姿勢陷入沉默，注視著手中的槍。看起來有如影像又再度暫停播放，不過他的嘴脣微微顫抖著。

——各位，抱歉。

指揮官說著，把頭抬起。

——其實我並沒有任何能力。我既不是像你們這些異能者，也不是像山姆那樣的回歸者。我根本不是什麼不會死的男人（Die-Hardman），只是個運氣好、死不了的男人。不管發生什麼事，不管在什麼樣的戰場上，我都沒死。那只是因為我恐懼死亡而到處逃竄罷了。

時間快到了。她在呼喚我。接下來的事情就拜託你們了，布橋斯。

訊息到這邊結束。

『然後指揮官就在亞美利的引導下，到了冥灘。』

現在感覺就像被靜止狀態的頑人像直盯著瞧，讓山姆莫名感到不太自在。他怎麼也難以接納眼前這個摘掉面具後底下露出陌生長相的男人。

「我看到指揮官對布莉姬開槍。可是布莉姬沒死，然後他就被忽然現身的克里夫妨礙了。」

山姆為了整理混亂的腦袋，試著回想起在冥灘上發生的事情。

「不，說那人是布莉姬搞不好是我自己認為如此而已。說不定在那裡發生的一切，包含克里夫在內都只是我的妄想。是我把自己關在自己的冥灘，虛構出亞美利和克里夫的虛像罷了。」

——露西剛開始也講過類似的話。但她後來認知到冥灘的存在，也到冥灘去了。

『山姆，你要怎麼解讀先放到一旁，但我也去過克里夫的戰場。除非我本身就是你妄想中的產物，否則克里夫是確實「存在」的。那是我的親身體驗。然後也有另一位夥伴跟你一起體驗過亞美利的冥灘，不是嗎？』

『——山姆。』聲音忽然切換。

「翡若捷？妳沒事嗎？」

我還好。她如此回應的聲音中，還殘留著疲憊的感覺。不過至少確定她從昏睡中醒過來了。這點讓山姆稍微鬆了一口氣。

『席格斯向我招供了。他說，這一切都是亞美利的計畫。』

山姆剛開始只有聽到一連串的發音。這宜竊都事雅每立的季化。發音接著化為單字，單字再串聯成句子——這一切都是亞美利的計畫。

這意思簡直莫名其妙。

『全部都是在她的引導下。包括在中央結市、在中結市、在南結市、在緣結市的大量虐殺，全都是席格斯在亞美利的牽引下幹的事情。席格斯會變得期望讓人類自己盡速滅絕，也是由於亞美利那麼教導他的。』

翡若捷之所以看起來很難受，肯定不只是因為她疲勞透支。但山姆現在比她感到更加難受。肺臟缺氧了，大腦缺氧了。在這間沒有其他人的房間中，山姆彷彿就要溺斃。指尖開始麻痺，接著失去感覺。兩隻手臂都發青得有如屍體。

『我不肯相信。我認為席格斯只是在找藉口逃避責任。不，應該說我希望如此。可是看過頑人的訊息後，我沒辦法再那麼想了。』

彼得．盎格勒以前是個送貨員。他對於「送貨」這件事可說是上癮到讓人有點害怕的程度。狂熱得甚至真心認為藉由送貨連結人與人的行為同時也能夠延續自己的生命。所以他後來會變成那樣或許原本就有潛在的資質吧。他之所以自稱「席格斯」也是因為將自己比喻為使得宇宙間基本粒子產生質量的席格斯場。他說過，那是能夠連結基本粒子，形成物質，為這個世界帶來存在的東西。

因此我也為了把這個都是碎片的毀壞世界連結起來，而和他合作了。我向他提供自己的力量。把一切都交付給他。

可是後來亞美利出現，而我遭到了背叛。

我一直搞不懂，究竟是什麼改變了他。

他說亞美利的能力遠遠凌駕於我之上。說只要仰賴那個力量，即使是把世界都連結起來也不是夢。

我成了沒有用處的女人。不只如此，甚至只要有亞美利跟翡若捷快遞的系統就一切足夠了。可是他後來越是醉心於亞美利，就越是沉迷於滅絕了。他變得不再是為世界帶來質量的席格斯，而是破壞世界帶來混亂的狂人。

叫出BT的力量，透過冥灘瞬間移動的力量，全都是亞美利給他的。把我的能力封印起來的也是亞美利。

全部都是滅絕體亞美利害的。

可是席格斯就連這件事實都遺忘了，陷入以為自己是按照自己的意志在行動的錯覺中。明明全都是亞美利寫出來的故事，卻讓席格斯以為自己才是作者兼主角。』

山姆發現自己緊握著捕夢網，趕緊把手放開。這個將惡夢轉變為好夢的道具上，究竟被亞美利注入了什麼意念？難道席格斯想要做的夢，其實是一場惡夢嗎？

『席格斯有讓我看到他的圓艙內部。那裡面沒有ＢＢ，取而代之的是……對，就是那個娃娃。頑人說是亞美利給他的那個娃娃。那就是席格斯的布橋嬰。

這東西和你們的ＢＢ之間無論在原理上或目的上都完全不同。你們是透過ＢＢ與亡者的世界連結，而那個娃娃則是和冥灘上的亞美利——和滅絕體連結。

有人說是西側的獨立派、分離主義者、恐怖分子們透過某種途徑讓ＢＢ技術復活，然後布橋斯才沿用那個技術。但那都是胡說八道，大概是什麼人捏造出來的故事。不過席格斯開始裝備ＢＢ之後，分離主義激進派的行動就變得激烈起來了。正在為遠征隊進行準備的布橋斯也獲得了ＢＢ的技術。感覺就像ＢＢ的復活讓一切都開始動了起來。

這兩種完全不同的ＢＢ或許都連結著某種存在。你不覺得嗎？』

『山姆，這個娃娃我也看過。』

亡人這時插入對話。

『就是之前在克里夫的戰場上，我在等待你來的時候。席格斯、指揮官和克里夫，將這些人連結起來的，搞不好就是這個娃娃。難道這個娃娃是附身的對象，讓他們能按照滅絕體的意思行動嗎？

然而他們的行動實在太缺乏統一性了。搞不清楚究竟是想毀滅人類，想對美國復仇，還是想要重建美國。而且也搞不懂到底想對小路，想對我們的ＢＢ做什麼。假設亞美利是滅絕體，她本來的意志又是朝著什麼方向？說到底，那段臍帶的持有人布莉姬才是滅絕體的可能性難道可以忽略嗎？

哦哦，山姆，抱歉。到頭來還是沒個結論。這問題已經超出我的能力了。這是巨大到沒辦法收入視野的一幅畫，必須從遙遠的上空俯瞰才能看到整體。可是我們都被開若爾雲和時間雨關在地面上了。所以山姆，我們只能拜託你。到亞美利的冥灘去見她，問出所謂的滅絕體真正是什麼，還有她究竟想做什麼？至少我認為亞美利擁有人類的外觀，會講人類的語言，也有人類的感情。就算那只是幻想也無所謂。雖然也許是我的一廂情願，但亞美利的存在方式之中肯定具有什麼意義。從當中或許就能找到阻止最終擱淺的線索。亞美利想必正在等你。』

亞美利的計畫——翡若捷說過的話浮現山姆腦中，帶著明確的輪廓刺在山姆的思考上。假設亞美利是滅絕體，不是人類，但自己還是能夠和她對話。而她的計畫究竟是什麼——現在必須去問出這點。

「翡若捷，我很快就會到那邊了。到時候請妳把我送過去。」

從終端機的另一頭傳來微弱的笑聲。山姆腦中浮現翡若捷勉強自己露出笑臉的模樣。

『知道了，山姆。她在冥灘上等你，對吧？』

★

——約翰。

／／主結市／布橋斯總部

轉回頭也看不到任何人。即使知道是幻聽，我還是不禁尋找對方。聲音只有在我腦中響起，所以來源自然也應該在自己內部才對。即便如此，我依然會忍不住害怕地張望四周。

不，這麼說也不對。是我自己想要說服自己那只是幻聽。

自從聽到山姆被捲入戰場的報告之後，我就知道該來的時候還是來了。

克里夫·昂格回來了。為了復仇，回到這個世界來了。我祈禱過好幾次，希望這一切都是幻覺。然而那終究只是虛渺的期待而已。

——**約翰**。

即便現在只是自己的恐懼所產生的幻聽，總有一天克里夫真的會來到我耳邊呼喚我的名字吧。因此我只能主動前往那根源之處，做出一個了結。我只能鼓起勇氣面對恐懼的源頭。不會死的男人（Die-Hardman）可以變回普通的約翰，接受死亡。只有這個想法一直盤旋在我腦中。

然後，那一刻終於到來。克里夫透過亞美利將我邀到冥灘了。

那天發生的事情，我至今依然記憶猶新。

我全身感受著前所未有的緊張與興奮。初次上戰場的時候我也有過同樣的感受，但這次有些不同。當年被經驗豐富的老鳥士兵推著背，搖搖晃晃踏上戰場的那個男人，還只是個連名字都還沒被記住的新兵。

後來過了幾年，從戰場上生還的他，聽到了美軍最高司令官呼叫自己的名字。在他眼前，是短短幾個月前才剛上任總統的布莉姬·斯特蘭。

對方目光筆直地注視著男人說道：約翰．從今天開始，你要為我奉獻你的一切。讓我們一同重建美國。

她那嚴厲之中隱約流露出深邃慈愛的表情，深深烙印在約翰的記憶中。可以感受到她的不凡，彷彿經歷過好幾度的人生。

她面帶微笑地走近約翰。這時，掛在她頸部的裝飾品反射出光芒。

那是一條Y字型的樸素項鍊。那道光的軌跡讓約翰看到了幻影。那肯定只是自己被光照到眼花了，約翰如此說服自己。

光線切開了布莉姬的身體。從胸口一路到腹部，切成了一個Y字。光芒最後朝她的下腹部收斂，似乎有什麼東西從她的肉體中誕生了。約翰的腦中不知為何浮現出這樣的想法。

「這個孩子是很特別的。」

形狀有如蠶繭的維生裝置盈滿人工羊水。從腦死狀態的母親體內順利取出的胎兒正縮起小小的身體在那裝置中沉睡著。布莉姬則是隔著裝置的透視窗注視著那個胎兒。

他確實是很特別的胎兒。懷胎後約二十八週左右時孕母陷入腦死狀態。能夠滿足這種條件的胎兒不可能那麼容易就找得到。

正因為如此，布莉姬非常溺愛那個特別的孩子。有如自己的兒子般關心他的健康狀況，又有如自己的兒子般恣意對待他。她既是蓋亞也是美狄亞，因此懷抱著無限親情的同時又能變得殘酷。

約翰感覺自己似乎要被布莉姬注視著嬰孩的眼眸吞沒，趕緊把視線別開。明明靠著維生裝置續命的親生母親就躺在一旁，此刻也透過人工臍帶與胎兒相連，卻讓人不禁有種布莉姬才是真正母親的錯覺。

「這孩子將會成為把我們相連起來的橋梁。」

布莉姬宛如歌唱似地如此說道。身為BB的雛型，將來可望重建美國，甚至成為人類救世主的嬰孩對她的聲音產生反應，小聲哭了起來。布莉姬於是把臉頰貼到圓艙上，低聲呢喃：

不用害怕，你是個特別的孩子喔。

對於約翰來說，那胎兒同樣是個特別的孩子。

那是在「他」從孕母懷中被取出來，成為BB裝置剛開始進行實驗後沒過多久的時候，約翰得知了這件事。

「你再等一下。」

當時走在走廊上的約翰聽到了這個聲音。

「一切結束之後，你想去哪裡——什麼地方我都帶你去。」

那是誰的聲音？在挖掘自己的記憶之前，實驗室——表面上被稱作病房——的房門居然沒關起來的事情更讓約翰感到在意。就算要進入這個樓層之前必須先通過好幾道保全關卡，這樣的狀態也未免管理得太隨便了。雖然說能夠進入房內的人物有限，但如果重要的BB發生什麼萬一，自己可沒臉面對布莉姬了。

於是約翰隱藏氣息，放輕腳步，窺探房內。可以看到有個男人朝著圓艙彎下身體的背影。即使隔著西裝也能知道，那是個身材壯碩的人物。

「ＢＢ你看，是太空人。」

對著圓艙講話的男人無聲無息、毫無預兆地忽然轉回身子。約翰不禁對那明顯受過訓練的動作感到佩服的同時，視線也變得無法從那男人臉上移開了。對方想必也是一樣。

「你是？」

男人的笑容讓約翰的記憶一口氣湧了出來。每當自己被死神抓住腳，就快放棄一切，但最終還是平安生還的時候，那個笑容總是會迎接約翰歸來。

「你是、約翰？沒錯，你是約翰對吧？」

「隊長，為什麼你會在這裡？」

兩人相擁肩膀。無論從什麼樣的狀況中都能平安歸來的頑強男人（Die-Hardman），以及從死亡的斷崖邊緣生還的男人克里夫・昂格，此刻重逢了。

「我太太在這裡接受治療。」

克里夫用眼睛示意牆邊的醫療病床。設置於維生裝置群中央的特殊病床上，躺著一名女性。呈現腦死狀態，夢著自己即將生下的孩子。約翰萬萬沒想到克里夫就是她的伴侶，就是ＢＢ的父親。隊長究竟知情到什麼程度？

「畢竟去年發生過意外。」

克里夫把視線從自己的伴侶身上移開，重新看向約翰。

「去年？哦哦，你是指曼哈頓消滅的那件事。」

但願自己的聲音沒有變調，但願在對方耳中聽起來很平靜。克里夫的伴侶與小孩的狀況，就跟曼哈頓那場意外中的母子條件相符。而這次並沒有讓意外事故再次發生，讓特別的孩子，也就是讓布橋嬰成功誕生了。

沒想到這孩子竟是克里夫的小孩。

對於約翰來說，從此刻起BB也成為具有特別意義的孩子了。

這孩子究竟算誰的小孩？在約翰腦中，這個疑問不斷地打轉。是克里夫的小孩嗎？還是布莉姬與美國的小孩？從腦死狀態的孕母懷中救出胎兒的，是布莉姬與美國政府。做為回報，這孩子被要求將來必須成為美國的救世主。他被期待成為所有人類的孩子，做為一個活祭品為所有人類奉獻自己。

在各各他山上被釘於十字架的耶穌。他真正的父親究竟是誰？

「這和講好的不一樣。妳說過最起碼BB應該會得救的。」

克里夫逼問著布莉姬。這是約翰與克里夫重逢之後，克里夫第幾次來訪時發生的事情。

「孩子還不能交給你。」

布莉姬冷靜回答，用既不猶豫也沒有迷惘的冰冷聲音。

「還需要一些時間，相信我。」

「騙人。我已經沒辦法繼續相信妳了。」

克里夫說的話很正確，然而約翰沒有辦法站到他那邊。在場什麼話也不能說的自己實在教人心急，也教人感到丟臉。

根據約翰在兩人重逢那天之後進行的調查，克里夫並沒有完全得知關於布橋嬰的所有事情。從懷孕中陷入腦死狀態的孕母體內救出了胎兒，但由於胎兒尚未成熟，暫時必須在新生兒加護病房（NICU）中觀察成長狀況。如果過程順利，也許胎兒能夠獲救。然而因為母親的狀態和曼哈頓意外的案例相當酷似，所以可能需要接受相對的處理。克里夫是接受這樣說明的。對他來說ＢＢ（Bridge Baby）並不是布橋嬰，而是自己心愛的Baby。

「我有義務要保衛國家。所以我沒辦法回應你所有的要求，也不能把一切都告訴你。」

布莉姬無視於想要回嘴的克里夫，轉身離開了房間。只能夠默默跟在她後面離開的約翰發現克里夫正盯著自己，讓他感到難以承受。

「我對系統動了一點手腳。總統有賦予我最高的系統操作權限。」

約翰從終端機的螢幕上抬起頭，對克里夫如此說明。這是克里夫的要求遭到總統駁回之後過了幾天的事情。

「我可以瞞過這裡的保全系統五分鐘的時間。我和你之間的對話以及你在這裡的事實都將不會留下紀錄。」

與克里夫重逢的那天，約翰向總統報告房門沒有自動上鎖的問題，並獲准將自己的管理權限設定到最高層級，也是為了這個目的。

「這孩子明天將會被移送到別的設施。到時候，他就永遠不會再回到你身邊了。他會成為新通訊網路的活祭品，為美國而犧牲。」

克里夫的表情頓時黯淡。這也是當然的，因為他第一次得知這件事。

「這孩子是很特別的。你的ＢＢ（Baby）是為了美國的ＢＢ（Bridge Baby）。」

約翰接著將自己所知關於ＢＢ實驗的內容說了出來。

「死亡擱淺導致最初的同時爆炸發生之後過了幾個月，在某間私人醫療機關進行了一場剖腹生產手術。和一般手術不同的是，當時懷孕七個月的孕母陷入了腦死狀態。雖然有施予延命措施，然而卻發現母體血壓下降，胎兒也出現心動過緩現象，因此決定緊急開刀了。

手術過程相當順利。從母體中取出的胎兒原本預定要送往新生兒加護病房照護。可是就在最後的階段發生了異變。

根據紀錄，醫師似乎大叫著『看見了！我看見他們了！』的樣子。

當時手術的過程為了當成給實習醫生的觀摩資料，有透過內部網路轉播。從那個記錄影像解析的結果顯示，醫師是在為了剪斷連結母體與胎兒的臍帶而用手碰觸的瞬間大叫出來。

緊接著便引發了湮滅現象造成的爆炸，使得那一帶地方都成為了坑洞。

剛開始對於詳細狀況並不是非常了解。不過隨著對死亡擱淺現象的調查有了進展，研究人員得出結論，認為醫師口中所說的『他們』可能就是ＢＴ。另外有假說提出，腦死狀態的孕母、胎兒以及連結兩者的臍帶，只要能夠還原這些條件就能偵測到ＢＴ，並進一步解決死亡擱淺的問題。當時的總統於是親自掌旗，推動實驗與檢證。那時候我們都還在軍隊中。計畫並沒有被公開，僅有一部分的相關人物知情。不過據說從那時候開始，那胎兒就被稱為布橋嬰，實驗被稱為BB實驗了。

實驗是在曼哈頓的某處政府設施進行。當時的資料與紀錄都受到嚴格保密，因此我也不清楚詳細狀況。唯一可以確定的是，這個實驗最後以失敗告終了。

曼哈頓島遭到消滅，親臨現場觀看實驗的總統也被捲入其中，釀成一場大悲劇。後來接任總統職位的，就是當時的副總統布莉姬・斯特蘭。

她下令中止實驗並銷毀資料，更靠著過人的領導能力平息了這樁悲劇所造成的混亂狀況與社會不安。BB實驗的事情沒有被洩漏給外界知道，官方的說明表示整件事是由於陷入腦死狀態的患者在偶發的意外之下引起了壞死現象。而你也是因為這樣，讓你太太到這裡來接受診斷了。」

約翰深深吐一口氣，感到口渴難耐。然而在克里夫直盯著他的眼神催促之下，只能繼續講下去了。

「可是BB實驗其實根本沒有中止。當初下令中止的布莉姬・斯特蘭總統本人帶頭指揮，以更少更限定範圍的人員繼續進行實驗了。而你的小孩就是這次的實驗對象。

當初總統認為利用BB可以使BT變得能夠被人看見。BT的威脅之一就是因為看不見它們。『看不見』會增長內心的不安與恐懼，因此只要使得它能夠被看見，就能減輕這些心理，也或許能想出什麼對策。然而隨著研究進行，後來發現BB還擁有另外的潛力。不只是當成BT偵測器而已，也能成為一種利用冥灘的全新網路系統之中的媒介。然而這代表著不再將BB視為一個人，而是系統的一部分——也就是當成裝置來使用的意思。BB將會成為活祭品，為了重建美國而犧牲。」

約翰從襯衫口袋拿出一張紙交給克里夫。限定時間的五分鐘即將到了。

「讀完後請你將它處分掉。我只能幫你到這裡了。」

克里夫默默不語地收下紙張。然而他或許不會細讀那個內容吧。約翰心中抱著這樣的預感，離開了房間。

隔天。

從背後傳來開門聲。用不著回頭看，對方很準時來了。保全系統已經動完手腳，剩下的事情就只能交給克里夫了。

「你應該有向總統效忠才對，可是為什麼還願意為我做到這地步？」

不發出一點腳步聲地來到旁邊的克里夫如此詢問。

「那是因為你拯救過我。」

兩人互不對視，只低頭望著靠維生裝置沉眠中的BB的母親。

「我過去無論從多嚴酷的戰場上都有辦法生還，也立下了顯赫的功績。多虧如此，讓我得以被提拔為總統的隨扈。還是個菜鳥又傲慢的我，以為那就是我自己的能力。不，應該說是藉由這麼想來保持自我吧。然而離開你之後，我才正視到自己的能力根本是虛假的事實。一直以來，都是你在拯救我。我能夠活到現在，全都要多虧你。我這個人總是必須依附於誰才有辦法活下去。從前是依附於你，現在則是透過將自己奉獻給美國，才得以讓人生成立。

因此，這是我最起碼的回報。請讓我也拯救你一次吧。」

約翰遞出藏在自己身上的槍。克里夫的眉頭微微動了一下。那是從前克里夫交給約翰的手槍。

「在這裡沒有辦法停止維生裝置。所以說，請你用這個讓你太太獲得自由吧。沒有必要讓她永遠被腦死狀態束縛，也沒有必要讓她永遠做著小孩的夢。就算生命徵象停止，系統也暫時不會發出警告。我會用模擬數據進行偽裝。但是就跟昨天一樣，能夠騙過系統的時間只有五分鐘。請你不要猶豫，這是最後的機會了。」

看到克里夫確認了左輪手槍的彈匣後，約翰便默默離開了房間。

首先映入眼簾的，是地板上飛濺的血跡。

計畫失敗了。沿著一點一點的血跡移動視線，便看到了前方的克里夫。腦袋還來不及思考，身體就先動了起來，趕到克里夫身邊。他把背部靠在牆上，蜷縮著身體。手臂染滿鮮血，裝有BB的圓艙上也都是血跡。

「隊長，我很遺憾。」

約翰蹲下身子如此說道後，克里夫抬起臉露出淺笑。接著聽到奔跑過來的腳步聲而轉回頭，就看到身穿重裝備的男子們步步逼近。是特種部隊的人。警報層級提升了。

「不准開槍！」

約翰反射性地站起來，挺身站到前方制止。男人們手中的槍械全都對準了約翰的胸口。

「謝謝你，約翰。」

頸部忽然有種冰冷的觸感，同時飄來鮮血的氣味。克里夫從背後架住了約翰。沒錯，隊長，請把我當成肉盾逃跑吧。約翰將雙臂繼續保持伸向前方，並跟著克里夫一起後退。克里夫接著鬆開手臂。從背後被推開的約翰踏著搖晃的腳步來到特種部隊隊員們面前。被擋住去路的男人們紛紛叫罵，約翰則是發出更大的聲音支配現場狀況：

「不准開槍！這裡是死路，他無路可逃！從這裡開始，由我跟保全人員接手。」

雖然成功制止了特種部隊，但狀況依然沒有好轉。不只如此，甚至往更糟的方向發展，又回到原點了。克里夫能夠逃跑的場所，就只有原本那間實驗室而已。

實驗室前一片騷動。當約翰趕到現場的時候，保全人員們已經拿著圓鋸機努力要切開房門了。約翰可不記得自己有下達這樣的指示。

「這房間是機密區域，不准進去！」

約翰如此怒吼後，保全人員露出抗議的表情把頭轉了過來。

「但我們看到他逃進裡面了。」

「他不在這裡。在那邊。你們去找那邊！」

男人們頓時面面相覷，很明顯地在猶豫該不該接受這道不合理的命令。但是無論用什麼方法都必須把他們排除才行。就在約翰把手伸向槍套準備拔出手槍的時候，傳來另一個聲音。

「不，他就在裡面。把門打開。」

是身後帶著特種部隊的布莉姬。這下約翰也束手無策了。

門被打開後，特種部隊隊員們紛紛殺向克里夫面前，發出槍聲攻擊他。變得渾身是血的克里夫不知對著圓艙呢喃了些什麼話。

接著大概是體力耗盡的關係，圓艙從他的手臂中掉了出來。特種部隊隊員立刻將它撿起，交給布莉姬。

布莉姬當場抽了一口氣，約翰也同時驚訝得講不出話來。克里夫看著那兩人，露出悲哀的笑容。在面露微笑的他懷中，抱著一個赤裸的小嬰孩。

「隊長——」

從圓艙中流出來的羊水潑在地板上。克里夫的鮮血混入其中，描繪出漩渦般的紋路。

難道克里夫早已放棄了嗎？他打算和小孩一起死在這裡嗎？不能這樣。你從前一次又一次地拯救過我，現在肯定也能拯救那個孩子。拜託你，救救他吧。

「約翰，開槍。」

頓時有種彷彿心臟被一把抓住的劇痛。為什麼？為什麼是這孩子？為什麼我偏偏要對這孩子的父親開槍才行？

「開槍。」

布莉姬再次下令。顫抖的手臂已經不屬於約翰自己了。

克里夫抬頭望向約翰。映在那眼眸中的發青表情，讓約翰難以相信是自己的臉。握著槍的手，放在扳機上的指頭也都不是自己身體的一部分。

「開槍。為了美國。」

兩聲槍響。美國殺死了克里夫。

EPISODE XIII 布橋斯

從港結市出發後，山姆一路往東。目的地自不用說，就是主結市。朝著亡人、心人、勒克妮以及昏睡中的翡若捷在等待的布橋斯總部，山姆一步步踏出腳步。

全身上下各部位彷彿都被銬上了拘束器。身體好沉重。明明沒有背貨物，背部卻痛得不得了，腰部也在叫苦。攝取的熱量全都被轉換為走路的能量，沒有蓄積。一天變得比一天瘦，有種身體不斷在縮小的錯覺。一路上已經看過好幾次自己繼續走下去的話，身體會一點一滴減少，最終消失殆盡的惡夢。

這段行軍之路唯一的救贖，就是比起去程時，路上可供休息的藏身所變多了。

當網路只有在這個地區運作的時期，布橋斯的物資配送量與配送頻率都有增加。而這些藏身處就是為了當成配送支援據點而新建設的東西。由於開若爾列印機能夠安定發揮功能，較早開通網路的大陸東側得到的恩惠就比較多。然而現在網路陷入功能不完全的狀態，因此也沒辦法建設新的據點。一切又回到網路開通以前的狀況了。

還沒辦法消化這個諷刺狀況的山姆，拖著疼痛的身體繼續往前行。
隔了好幾天找到的一處藏身所已經近乎損毀了。
地底的私人間雖然有儲藏備用的糧食與醫療用品，但或許是電力供給不安定的緣故，無法啟動網路終端機。育兒箱也因為網路不穩的關係沒辦法使用。從西邊一路到這裡都沒能讓小路充分恢復狀態，這點讓山姆感到擔心。
不過小路也有了明顯的變化。和山姆連結的時候，她打盹的時間變得比較少，對外面的世界也顯示出興趣，感情表現變得比以前更加明顯了。這意味著小路漸漸被生者的世界吸引。同時，如果和母親子宮環境的同步率減少，應該會出現自體毒血症的症狀才對，可是到現在都還沒有那樣的徵兆。這和以前給亡人進行治療的時候不太一樣。這樣的現象究竟會給小路帶來什麼樣的未來，讓山姆感到很在意。
山姆抱著解除連結的ＢＢ圓艙躺下來。看著沉睡的小路，自己也進入了夢鄉。

——這孩子是很特別的。
所以必須要遭受這樣的對待嗎？
一張又一張的臉、臉、臉。無數的面孔窺探著山姆，接著又離去。以往曾見過的臉，之後或許會看到的臉，一輩子無緣謀面的臉，許久以前便逝去的臉，在眼前浮現又消失。
宛如昆蟲標本般被釘在某處的山姆動彈不得。
你是哪邊呢？

一張陌生的面孔問他。是聯繫的一方嗎，被聯繫的一方嗎？

你位於何處呢？

過去嗎，現在嗎，生者的世界嗎，亡者的國度嗎？

遠處傳來鯨歌，那是求偶的叫聲。

——為何如此認為？也有可能是哀慟的號泣聲吧？

看著山姆的女人，嘴角撕裂至耳際，整張臉於是變成了嘴。她的口腔裡密密麻麻地布滿細小犬齒，一直延伸到喉嚨深處。伴隨令人不安的龜裂聲響，保護山姆的無形障壁遭到啃咬而粉碎，空氣中瀰漫著臟器的腥臭。

星體爆炸的畫面映入眼中。能一窺這片土地最初誕生的、極微小的生命世界。

落入喉中，沾滿胃液，被蠕動的腸子來回擠壓，從肛門排出。海浪打來，沖刷著糞尿和汙血弄髒的裸露軀體。

在海浪沖打下，天地倒轉。世界一圈又一圈地旋轉，讓人搞不清楚自己位於何處。想要站起來，卻當場愕然。自己竟然沒有四肢，只是一團眼睛、嘴巴、耳朵與鼻子穿了孔的肉塊。被一波波的海浪沖打翻滾，徘徊於沙灘邊。在山姆的周圍，數不清的海中生物擱淺在陸地上。

嬰兒在哭泣。可是沒有靈魂的山姆沒辦法站起來。只能爬在地上吃著沙子，尋找嬰兒在哪裡。

一波巨浪忽然沖走山姆，把他丟到距離海岸線好遠的地方。至今從未見過的巨大太陽劃破天際露出臉來，毫不留情地照射山姆的背。水分轉眼間消散，皮膚變得又乾又皺。海浪只能聽到聲音，卻不會潑到山姆的地方。明明可以聞到海水的味道，卻沒辦法回到海中。

山姆只能把下顎抵在乾燥的沙地上，奮力扭動全身，朝嬰兒哭聲傳來的方向前進。被奪走水分而硬化的皮膚開始出現突起，於是拚命動著那些部分行進。皮膚破裂，流出鮮血。沾滿血的那些突起逐漸變化為又長又粗的四肢。

靠著長出來的四肢，山姆繼續前進。咒罵著這身不完全的肉體，繼續前進。不知不覺間，太陽沉入水平線，寒冷到教人害怕的夜晚來臨了。波浪與大海也都凍結，一切的聲音消失。

天空一片晴朗，繁星一瞬不瞬地綻放光芒。這個地方與宇宙直接相連，總覺得抬頭仰望似乎會掉入太空，忍不住閉上了眼睛。為了撐過寒冷的空氣而想要抱住自己的身體，結果手腳就伸長了。總算能夠站起身子的山姆在嬰兒哭泣聲的引導下，往前邁出步伐。

每走一步，肉體就跟著成長。大腿變得粗壯，腰的位置提高，脊椎也伸直，讓眼睛可以眺望遠方。手臂逐漸能夠自在地擺動，也可以用手掌抓取東西。

這樣總算可以抱住那孩子了。

彷彿呼應這份確信似的，嬰兒的哭聲越來越大。

山姆大聲呼喚，發現剛生下來的小路就在自己腳邊哭泣著。他趕緊跪下來，用雙手抱起小路，舉到自己胸前。終於找到了。小路的小手抓起掛在山姆脖子上的捕夢網。

小路。山姆一次又一次地叫喚名字。小路。我不會再放開妳了。

——這孩子是很特別的。

胸前忽然變輕。彷彿那裡開了個洞似的，寒風灌入。山姆抱著虛無。他的雙手中，什麼也沒有抱著。

抬起頭，發現無數的面孔圍繞自己。你位於何處？

被這麼一問，山姆才發現自己的身體消失了。

叩叩叩。不知什麼東西敲打的聲音，讓山姆睜開了眼睛。

小小的聲音從耳邊傳來。山姆一時間搞不清楚，這裡究竟是什麼地方。自己蜷縮著身體，抱著裝有小路的圓艙睡著了。在圓艙中，小路拚命敲打著透視窗。是她把山姆從惡夢中帶回來的。雖然感到全身僵硬，不過這也證明了身體確實存在。

山姆擦掉淚水，把臉靠近圓艙，注視小路。這孩子是否也看到自己做的那場夢？這點讓山姆感到在意。他可不想讓這孩子被那種夢汙染。腦海回想起在夢中聽到的呢喃聲。這孩子是很特別的。沒錯，妳是很特別的。山姆心中如此呢喃。有哪個孩子不是特別的？不可能會有哪個孩子是普普通通而不值一顧的。

與一臉感到奇怪的小路對上視線，山姆這才注意到自己無比憤怒著。

離開藏身所後過了一段時間，山姆依然有種彷彿是借用別人的身體在走路的怪異感覺。無論踩踏在大地上的觸感，或是呼吸的感覺，都有如隔著一層看不見的薄紗，一點也沒現實感。身體輕飄飄地就像還徘徊於夢境邊緣般。為了讓自己清醒過來，山姆好幾度試著拍打臉頰。

雖然被亡人否定過，但我果然一直以來都只是在做夢吧？這樣的疑問怎麼也無法揮散。在母親的子宮中，被不講理的夢境法則玩弄著。然而就算假設是那樣，也無法保證夢境外的世界就不會不講理。

管他是夢境還是現實，現在眼前這個世界的模樣都一樣，太過錯綜複雜了。無數的絲線彼此糾纏，不斷描繪出複雜奇怪的紋路。為了從夢中脫逃，也為了與現實對峙，自己必須前往這一切的根源才行。

北方的山稜線中斷的縫隙間，隱約可以看到一座向高塔的影子。是以前焚化布莉姬遺體的那座焚化爐。當時如果把她的遺體放著不處理，究竟會變成怎樣？擁有臍帶連結冥灘的她，肉體真的會壞死變成擱淺體嗎？她會因為對美國的眷戀，又回到這個世界來嗎？會一反她希望將人民連結起來的心願，消滅掉這個世界嗎？這樣的想像不禁閃過山姆腦海。

那座焚化爐同時也是山姆第一次和小路連結的地方。是葬送布莉姬，決定讓小路延長性命的場所。這些都像是久遠以前的事情，又像是才剛發生過不久一樣。

然而，山姆費盡千辛萬苦總算抵達的主結市，卻腐朽得看起來像是歷經滄桑的老人。或許是自己的錯覺，也或許它本來就是這樣的面貌。圍繞都市周圍的外牆有巨大的龜裂，描繪在牆上的布橋斯徽章又灰又髒，被磨耗得幾乎消失一半。沉重的空氣中充滿鐵鏽的氣味，甚至讓人猶豫該不該呼吸的程度。簡直難以相信這裡就是即將重建的美國首都。根本像座死城一樣。

沒有任何人出來迎接，山姆搭著無人的電梯降到地下。沿著以前送嗎啡給布莉姬的路徑再走一遍。即使電梯抵達地底，山姆來到等候大廳，依然沒有任何人的氣息。穿過燈光幾乎都熄滅的昏暗通道，接著打開曾經是總統辦公室的房門。

「山姆！」全身彈起來撲向山姆的，是勒克妮。

山姆反射性地避開身體。明明夥伴是為自己從遙遠的西邊平安歸來的事情感到歡喜，自己卻如此冷淡迴避，讓山姆本人都不禁露出苦笑。即使世界都變了樣，自己依然還是一點都沒變。或許只是自己沒有要改變的念頭吧。

「山姆！真虧你有辦法往返那麼長的距離啊。」

亡人就像是為了揮散尷尬的氣氛，走到山姆面前。

「這下我們全員到齊了。」

就算他這樣說，山姆另外也只看到躺在沙發上瀕死的心人而已。或許是看出他的表情，亡人指向靠在牆邊的一張床。

躺在那張醫療用病床上的，是翡若捷。她身上裝了氧氣罩、點滴與生命徵象監測儀器。果然從上次那段通話之後，她的狀況一直都沒有恢復的樣子。山姆頓時聯想到臨終前的布莉姬，趕緊把那畫面從腦中揮散。

「沒錯，這是我們害的。是我們讓她必須在短期間內反覆經由冥灘移動。不只是把我們送過來而已，她自己也嘗試跳躍到冥灘上尋找亞美利的下落。現在她引起了急性開若爾汙染的症狀。她的主觀時間與客觀時間之間產生偏差，甚至影響到細胞層級的樣子。每個細胞活動間都發生時差，導致她體內的平衡機制被打亂了。可說是一種在身體的相面上發生的解離性障礙。雖然不至於危害性命，但現在只能讓她好好休息，使時間感覺恢復了。」

對於亡人的說明，山姆連一半都聽不懂。不過沉睡中的翡若捷看起來臉色並不算差。細胞層級的時差——這聽起來就像是頸部以下老化的翡若捷，一直以來都背負的問題變得更加嚴重了。

「指揮官，呃不，頑人也已經回來了，正在另一間病房接受醫療團隊照護。他是被發現倒在隔離病房設施的外面，全身嚴重沾附開若爾物質。應該就跟你一樣，是從冥灘上被強制送返的。」

這樣確實可以說是全員到齊了。

AED這時啟動，讓心人甦醒過來。他見到山姆在場而露出驚訝的表情，不過很快又一臉嚴肅地望向病床上的翡若捷。聽到亡人告知「我已經向他說明過了」之後，心人對他點點頭，接著看向山姆開口說道：

「現在這個世界的狀態就跟翡若捷的身體很像。整體的統一性消失，構成身體的每個細胞各自以不同的時間軸與主觀在進行活動。構成這個世界的細胞當然就是指每個人，同時也是指與個人相連的冥灘。現在需要一個更高次元的控制單位，對各自細胞進行調整，重新創造共通的時間。以翡若捷的狀況來說，就是她本身的意識、主觀最終能夠達到這樣的效果。這並不是單純的精神論。各個組成要素的機能互相交錯、共同發揮功能的狀態，就是所謂『一個人類』的現象，而將這些要素相連起來的東西就叫做『意識』。」

山姆這時忽然感覺翡若捷似乎動了一下，於是看向病床。然而她依然睡在床上，表情與剛才一點都沒變。山姆之所以會產生她好像動了的錯覺，是因為有隻蟲飄浮在她的頭上。是隱生蟲。

「一直以來，每個人的冥灘都是保持著獨立性的存在。這是由於我們並非透過冥灘，而是透過共有國家、民族或者『世界』、宇宙、地球等等故事互相連結的。這也是智人得以生存下來的原動力。然而現在誕生了名為『冥灘』的新故事，在現實中也透過開若爾網路相連起來了，而且又進一步加上了『滅絕體』的存在。我想亞美利的冥灘恐怕就位於能夠控制各個冥灘的更高階次元。如果把每個人的冥灘比喻為血管，那麼亞美利的冥灘就是心臟，控制著所有的血流。而能夠抵抗血流前往亞美利的冥灘的人，就只有你了，山姆。」

山姆抓住輕輕飄浮在半空中的隱生蟲。那是以前在洞窟時，翡若捷拿給山姆吃但山姆實在不想放進口中的奇妙生物。然而到現在，山姆已經不知吃進嘴裡多少次了。

「可是能夠從那裡把你送回來的，也只有亞美利。」

被捏在指頭間的隱生蟲在掙扎著。

「但翡若捷跟頑人也都從那裡回來了。」

山姆放開隱生蟲，提出這個疑問。

「你從那裡離開之後，我也被強制送回來了。」

翡若捷的聲音傳來。她在床上坐起上半身，口中咀嚼著隱生蟲。

「至少可以確定那不是出自我的意思。你和我都是被亞美利送回來的，而且她是故意這麼做的。」
亡人露出難以置信的表情確認生命徵象監測儀器的螢幕。心人則是用宛如父親般溫和的眼神看向翡若捷。
「山姆，你回來了。你果然還是需要我對吧？」
她想要從床上站起來，卻忽然皺起眉頭。勒克妮立刻上前攙扶她的身體。
小聲說了一句「謝謝」後，翡若捷又伸手想要抓住飄在空中的隱生蟲。
可是山姆從旁搶走後……
「要吃嗎？」
笑著如此說道。
「現在時間緊迫，對不對？」
翡若捷咬碎隱生蟲，筆直注視山姆的眼睛。
「我說，山姆。她希望你過去。她希望只有你過去。那或許就是她最後的願望了。」
——最後的願望。這句話刺進山姆的胸口。為什麼能夠講得那麼篤定？
「妳認為滅絕體、認為『她』就是亞美利嗎？」
因此山姆只能這麼問了，翡若捷則是低下頭。山姆並不了解，那是否就是她的回答。
「如果想要阻止最終擱淺，而且平安回來這裡，我必須前往亞美利的冥灘，說服她不要引起滅絕。是這個意思嗎？」

「沒錯。我們現在只能夠拜託你這件事了。」

心人如此說道。

「老實講，我們並不知道她是否真的會被你說服。」

現場頓時陷入沉默。而打破這片寂靜的，是亡人。

「要是她不接受你的說服，你只能想辦法在冥灘上把滅絕體殺死了。可是那樣一來的話——」

「世界雖然會得救，但你永遠都無法回到這裡來了。」

勒克妮接著亡人如此說明後，緊咬嘴唇低下頭。

沉默再度降臨。這次沒有人可以打破寂靜了。山姆抱著這樣的預感，於是舉起握著捕夢網的手。

「這是山姆・布橋斯對妳的送貨委託。把我送到她的地方去吧。」

翡若捷露出哭中帶笑的表情，對山姆點了點頭。

「就算亞美利打消了滅絕的念頭，人類總有一天依然會滅亡。但是在那天到來之前，我們還能夠創造未來。哪怕那只是延長了一點點的生命。我就認識一位曾經這麼做過的纖弱女子（翡若捷）。無論人類或者世界，都遲早會壞。但就算壞了也還是能修補，就算變得破破爛爛，也還是能努力撐著讓它別再壞掉。」

山姆無法阻止自己的饒舌。當然也沒有任何人出面制止他。亡人、心人、勒克妮與翡若捷都默默聆聽著山姆的發言。

「我一直以來都看著當下——看著自己活過來。什麼世界、什麼未來、什麼美國，我都覺得無所謂。我跟任何人都沒有聯繫。翡若捷，和妳在那個洞窟相遇以來，我都是這樣。只是個易碎品。然而我送貨時認識的人們，都在等待著我到來的未來。都相信著貨物會送達的明日。所謂的等待，就是活在未來。我想我現在明白這點了。所以我也不希望破壞未來。」

「但你可能會回不來喔？」

亡人彷彿再也忍不下去地如此說道。這是在場的所有人都藏在心中的擔憂。

「要是我失敗，這個世界就會滅亡。」

所以沒有其他選擇。只要我們共有的前提還存在，就只有這條路可以選了。山姆解開胸前的圓艙，將小路交給亡人。不能把這孩子帶到冥灘去。

翡若捷站在山姆面前。她旁邊是臉色凝重的亡人抱著小路。心人與勒克妮則分別站在山姆兩側。

山姆依序看向每個人的臉之後，重新握起捕夢網。翡若捷也輕輕把手放到上面。她閉上眼睛，於是山姆也跟著閉眼。

「集中精神。」

翡若捷的手臂抱住山姆，傳來體溫。沒有引起接觸恐懼症的反應，山姆的身體接受了她。

「尋找亞美利。去感受她的存在。」

翡若捷手臂用力，額頭與山姆相貼。可以感覺到對方的呼吸。一個人活著的脈動靜靜傳來。亞美利的體溫、亞美利的氣味、亞美利的聲音，山姆將自己的意識都集中在這所有的記憶上。即便只有在冥灘上與她接觸過也沒關係。那些全都是只有自己擁有的記憶。

「山姆，你愛著亞美利，對不對？」

如果是以往的狀況，這句話肯定會讓山姆感到慌張。但現在的他可以平心接納了。

——**接著，山姆的身影變得誰也看不見了。**

EPISODE XIV 山姆．斯特蘭

山姆倒在沙灘上。

睜開眼睛首先看到的，是紅色。以前似乎在哪兒看過的顏色。沉睡於記憶深處的那個顏色，是還在母親的子宮裡時，第一個認識到的血液的紅色。大海與天空都好紅。這裡是亞美利的冥灘嗎？山姆一時難以相信這裡就是過去亞美利曾經帶他來過好幾次的那個冥灘。另外還有讓這份奇怪的感覺更加速的，是飄浮於天空的巨大行星。看起來很像地球，但大陸的形狀不一樣。至少不是小時候布莉姬告訴過山姆的地球樣貌。大陸的形狀就像個縮著身體的胎兒。

山姆拍掉沙子站起來。環顧四周，什麼人也沒看到。搞不好是瞬間移動失敗了。可能是冥灘現在很混亂的緣故，結果移動到了不是屬於亞美利的另一個冥灘上。

「太慢了。我等了你好久呀。」

亞美利的聲音消除了山姆的擔憂。看向聲音傳來的方向，亞美利確實站在那裡。於是山

姆對她望著大海的背影叫了一聲「亞美利」。
「山姆，你還沒有搞清楚我是誰嗎？」
對方轉過來的面孔是亞美利，但講出口的卻是布莉姬的聲音。
「我一直都在這片冥灘上等你。等待你來阻止我——阻止滅絕。」
「妳是布莉姬？」
對於山姆這句詢問，對方露出微笑。
「對，我是布莉姬。」
有種那聲音是從遠處傳來的感覺。也就是說，這裡果然不是亞美利的冥灘嗎？
「我的女兒——莎曼珊・亞美利堅・斯特蘭在你的世界其實哪兒也不存在。」
這有如打啞謎的話語讓山姆變得更加混亂了。
「對不起，山姆。布莉姬是我，亞美利也是我。這兩者都是我。」
布莉姬用亞美利的表情如此向山姆解釋，或者說讓他更加混亂。
「山姆，你懂了嗎？我既不是亞美利也不是布莉姬。我是你們所說的滅絕體。」
就這樣，滅絕體開始娓娓道來。
——這幅畫是達文西畫的喔。
是一幅母親抱著赤裸嬰孩的西洋畫。然而那小孩卻看起來像是想要從母親手臂中逃出去的樣子。

——這幅畫叫《紡車邊的聖母》。小寶寶手上握著的東西就是紡車。這孩子對紡車感到興趣，而母親很擔心地看著他。母親的左手雖然抱著小孩，但她的右手看起來像是要抓住小孩對吧？

嬰兒手上抓的東西與其說是紡車，還比較像是一根長長的棍子上有另一根交叉的棒子，像個十字架。

布莉姬指出這點後，父親便用他大大的手輕撫布莉姬的頭。不要這樣，頭髮會亂掉的。布莉姬雖然嘟起嘴巴抗議，但她其實很喜歡父親這樣誇獎自己。在飄散出雪茄氣味的父親身邊，布莉姬抬頭望著將近五百年前的畫作。

——沒錯，這是十字架。這小寶寶是耶穌，然後這母親是瑪利亞。她在擔憂著耶穌將來會被釘上十字架，為了救贖人類而犧牲自己。

爸爸，瑪利亞為什麼會知道那種事？為什麼沒有阻止他？

——那是因為我們是人類啊。

父親的表情變得有些嚴肅，而且有點汗臭。布莉姬雖然喜歡雪茄那像是枯葉般的氣味，可是不喜歡這個味道。

——人類為了一直活下去，必須供奉神聖的祭品。

當然，年幼的布莉姬並不能理解這句話的意思（**畢竟當時才剛滿五歲呀**）。到了很久之後，她才領會了這項真理。

十字架不斷出現在布莉姬的夢中。可是不知道為什麼，總覺得不可以把這件事告訴其他人。所以這件事她一直保密，直到過世。

——**所以現在我是第一次告訴你。**

海岸線無止盡地延伸。看著右手邊的大海，布莉姬一個人漫步在岸邊。恐怕就算走到我死了也不會到達盡頭吧。注意到這點，讓布莉姬覺得開心起來。因為這意味著這個世界不會結束。

而且平靜的大海反射著太陽的光芒，看起來溫和又美麗。聰明的布莉姬知道，地球的生命是從那裡誕生的。沙灘上的沙子好白，捧到手中從縫隙間落下的觸感也好舒服。把沙子凝固起來創造一座幻想的城市也讓人感到有趣。為了不讓城市被海浪沖壞，還蓋了一座防波堤。

布莉姬雖然清楚這是在夢中看到的場所，但正因為如此，做夢讓她感到愉快。

然而當她知道了那些又白又美的沙子其實是珊瑚屍體和貝殼碎片形成的東西之後，她開始覺得做夢是很恐怖的一件事了。那沙灘是一片死亡海岸。

但是她沒有辦法選擇自己的夢。

或者說，她變得只要睡著就必定會夢到海灘了。

沒有盡頭的海岸線變成了永無止境的惡夢。

就是從那時候開始，她變得在海灘上到處可以看到十字架。

有的刺在沙子中，有的漂在海面上。遠處的水平線附近隱約可以看到幾根，有時候甚至飄浮在空中。

有一天，一把腐朽的巨大十字架被丟棄在海岸邊。

那十字架大得彷彿是用來釘鯨魚或巨人。然而在上面的卻是個翅膀被摘掉的嬰兒天使娃娃。布莉姬感到可憐，於是把那人偶娃娃救了下來。用海水清洗乾淨，溫柔抱到懷中。娃娃只要歪一下頭就會開閉眼睛，看起來很可愛。即使從夢中醒來，那娃娃還依然睡在布莉姬的懷中。

夢中的海灘上開始出現十字架以外的東西了。最初是小型的魚類和鳥類的屍體。雖然既沒有傷口也沒有腐壞，但身體很冰冷，心臟也沒在跳動，所以應該是屍體。不過那些都是在布莉姬的世界早已不存在、遙遠的古代就已滅絕的動物。海灘上接著出現菊石、三葉蟲、長毛象和恐龍，各種滅絕物種的屍體漸漸增加。奇怪的是，那些被打上岸的生物都必定長有臍帶。

雖然做夢很可怕，但是也無法告訴任何人。

因此布莉姬深深期望，這個夢境的世界乾脆壞掉算了。

這個願望後來實現了。然而並不是她原本所期望的樣子。

當布莉姬睡著，在海灘上睜開眼睛，竟發現大海與天空都被染成一片血紅。遠處的水平線上方不知為何飄浮著她在圖鑑上看過遠古時代的地球。

那世界充滿悲傷。不像以往感受到恐懼，倒是湧起一股想哭的心情。那份悲傷的源頭從大海的彼方渡海而來了。那是在這個世界、這個宇宙誕生的瞬間消失的『某種東西』。
就在那『某種東西』與這個世界相遇的瞬間，大海沸騰，天空崩落。掀起比大廈還要高的巨浪，讓滅絕的生物們擱淺到岸上。在屍體形成的白色沙灘上，一具具屍體掉落堆積。年幼的布莉姬緊緊抱著嬰兒娃娃，看著眼前這片景象。在這片海灘上，沒有任何活著的東西。

——這就是我夢到的滅絕夢。

即使長大之後，這夢境依然沒有解放我。我被迫看到了生命誕生於地球之後發生過的一次次滅絕。不只如此，我也看到了今後將會發生的事態。沒錯，人類的屍體被沖上了海岸。那具屍體的臉跟我長得很像。當然，從腹部也有伸出一條臍帶。

聰明又堅強的少女在滅絕的惡夢伴隨下長大了。雖然沒能從夢中逃離，但也沒有被夢境壓垮。沒有發瘋到產生過自殺之類的念頭。畢竟雖然在程度上有所差異，但滅絕夢其實就跟活在世上必須面對的不講理狀況是很像的。至少少女是如此理解，並試圖馴服夢境。

莫名其妙的人們會因為莫名其妙的理由而掀起戰端，傷害別人，殺害生命。其實就跟這些現象是一樣的。既然如此，少女決定要試著去理解了。

曾經期望破壞夢境，結果海灘卻變成了更加恐怖的世界。那麼就改成去理解它吧。

理解生命，理解宇宙，理解人類與世界。她對所有的事情都貪婪地學習，拚命地透過人類的作風嘗試理解這個世界。後來之所以踏入政治世界，也是這樣行為的延續。

——**雖然沒有錯，但也不是正確答案。我面臨了第一道高牆。**

「進入第三期了。」

醫生拿出X光照片向布莉姬如此說明。總覺得這一點都不像是自己的事情。醫生低下頭，輕輕咳了一下喉嚨。

「很遺憾，這必須摘除才行。」

感覺醫生才像患者一樣。

迎接二十歲的生日後沒過多久，布莉姬就被檢查出子宮罹患癌症。要說她沒有受到打擊是騙人的，但是也沒有選擇的餘地。於是她扮演一名聽話的患者，乖乖接受手術了。

躺在床上吸入麻醉瓦斯後，意識很快便消失了。

「不用擔心。妳醒來時就會全部結束了。連時間經過了妳都不會知道，當然也不會做夢。現實中的幾個小時，對妳來說只會是眨眼一瞬間。」

手術前醫生這麼說過。布莉姬也笑著回應：聽起來好像李伯大夢（Rip van Winkle）呢。

醫生說的話雖然沒錯，但也錯了。

回過神時，布莉姬發現自己在冥灘上。

手術確實一瞬間就結束了。在隱隱作痛的感覺中清醒過來的布莉姬被雙親與醫生觀望著，躺在病房的床上。自己被全身麻醉彷彿只是剛剛才發生的事情。

然而，她同時也在冥灘上。搞不清楚自己究竟醒了，還是依然在睡覺。搞不清楚究竟哪一邊的時間在進行著。

——我同時存在於兩個世界。肉體與靈魂彼此分離，卻又同時存在。

那是一種存在上的矛盾。為了化解這樣的扭曲，布莉姬為冥灘上的另一個自己取了個名字，叫亞美利。法文的Ａｍｅ——靈魂接上英文的Ｌｉｅ——謊言，取名作Ａｍｅｌｉｅ。為了讓自己身為現世的人，依循現世的規則活下去，布莉姬只好讓亞美利誕生了。

那時候看到被打上海岸的那具酷似自己的人類屍體。如果那就是亞美利，必須讓她重新活過來才行。否則人類將會滅絕。布莉姬有這樣的預感。

布莉姬雖然有意識與肉體，但沒有靈魂。

亞美利明明有意識和靈魂，卻沒有肉體。

——我的靈魂亞美利並沒有一直留在冥灘上，而出現在這邊的世界了。就跟我做夢會到冥灘一樣，亞美利也能透過做夢來到這個世界。就像是擱淺體來到這邊的世界般。人雖然可以做夢，但是無法碰觸夢境。所以大家都說沒有親眼見過亞美利也是對的。

冥灘上的亞美利其實是布莉姬，所以和布莉姬擁有相同的外貌**（明明沒有肉體的說）**。起初也沒什麼問題，但是現世的布莉姬肉體會依循現世的法則逐漸老化，冥灘上的亞美利卻永遠都是二十歲的模樣。就在死亡擱淺發生後不久，這道差距越來越嚴重的鴻溝面臨了必須填補的狀況。

美國崩壞了。布莉姬頓時明白，自己從小看到的冥灘之夢成為了現實。不知看過多少次的十字架、長有臍帶的屍體、人偶娃娃、渡海而來的某種東西。再加上亞美利的誕生。必須將這些編織成一條繩帶，解開滅絕夢的真相之謎，以及世界正面臨的事態之謎才行。

布莉姬首先撒的謊言，就是關於亞美利這個小孩的存在。

自己有個在死亡擱淺發生之前誕生、患有閉鎖症候群的小孩。剛出生的時候還不清楚原因，但是自從聽說冥灘連結生與死的假說後，總算明白一切了。原來女兒的靈魂被分離在冥灘上，但由於死亡擱淺發生，冥灘連結到現世，讓女兒——亞美利的靈魂與肉體總算相連了。

布莉姬將這件事告訴了約翰·布雷克·麥克蘭。他是個出身自特種部隊，雖然年輕但很優秀的親信。

之所以會告訴約翰這件事，是因為他擁有出色的共感資質。在理解他人或外部機制並加以吸收的能力上出類拔萃。這項資質就跟後來與亞美利相遇的席格斯非常相似。他是個熟知了現實世界的運作機制卻完全不會有念頭想要占為己用的人物。總是願意為了什麼人、為了什麼目的而毫不遲疑地邁進行動。

亞美利總算誕生於這個世界了。靈魂與肉體同步一致，變得可以自由行動，也能自由往來於這個世界與冥灘之間了。必須將這項能力用來克服眼前這場前所未有的危機。

約翰如此相信了布莉姬，發誓要為了重建美國奉獻自己的一切。

他將自己的心力都奉獻於籌組布橋斯以及構築重建美國的系統上。

這套系統正是開若爾網路。

冥灘連結亡者國度，也就是連結著過去。光與電波會不斷擴散，直到宇宙的盡頭都不會消失。某個人的大腦發出來的電波，以及光所記憶下來的事件，都會永遠存在，不會消失。那個存在的世界，在我們人類的理解中就稱之為亡者的世界。因此只要將那些過去的片斷連接起來，也許就能知道克服像是五大滅絕般大規模滅絕的手段。這可以說是降臨於布莉姬腦中的啟示。

做為代價，從布莉姬的腹部長出了臍帶。不是連結胎內的小孩，而是與冥灘上的亞美利相連的臍帶。不管怎麼切都會繼續長出來的那條臍帶，就跟布莉姬在冥灘上看過滅絕物種長出的臍帶是一樣的。

——對，我的臍帶就跟已經滅絕的物種所共通的臍帶是一樣的東西。我就是你們取名為滅絕體的存在。為什麼是我？為什麼人類必須滅絕才行？我認為為了知道這些答案，我們也必須讓開若爾網路運作，以了解過去——了解這個世界曾經經歷過的滅絕與重生。我創設布橋斯也是為了這個目的。然而與此同時，虛爆變得頻傳，異能者開始誕生，ＢＢ也誕生了。我的肉體也再次罹患上癌症。我以為這是因為自己試圖違背滅絕的使命，所以冥灘給予我的懲罰。

後來的事情，我想你也應該知道了，山姆。我失去了肉體（Ha），變得沒有辦法靠自己完成連結。所以我將一切託付給你，而你也實現了我的願望。

亞美利和布莉姬來到初始之地。連結上萬物起始的地點，宇宙因大爆炸而誕生的地方。

物質與反物質成對出現，緊接著互相反應，造成崩解。引發湮滅現象，變化為能量後，這個宇宙最後應該什麼也沒剩下才對。可是不知道為什麼，只有物質留下來，組成了這個世界。大爆炸之後的湮滅時期，數量上稍微多了一點點的物質於是成為了世界的根源。

——然而宇宙的趨向是化為虛無。世界本來應該要「消滅」，卻在一種不穩定的平衡之下保持了下來。從前發生過的五次大滅絕，原本其實是為了引起這個世界消滅的事件。但是每一次的消滅都遭到迴避，宇宙的天理總是沒能達成。一切要多虧滅絕，讓消滅受到阻止了。那是因為生命本身期望繼續活下去、繼續存在的緣故。一個物種的滅絕會使新的物種誕生。就是這樣防止了物質世界的消滅。生命一直以來就是靠這樣抵抗名為「消滅」的真正終結。滅絕其實才是希望。

開若爾網路連結了整片大陸，讓身為滅絕體的她找出來的，是這樣的真理。那的確是一種希望，是將她的存在與這個世界的存在相連結的真理。然而這背後同時隱藏著殘酷的另一面，就好像亞美利與布莉姬是同一個存在般。知識與行為之間總有一道無論如何努力都無法跨越的鴻溝。即使迴避了消滅，人類還是要滅絕。「人類」這個物種是為了迴避消滅而供奉的祭品。

必須在這片冥灘上獨自一個人度過幾億個夜晚。這樣無盡的孤獨讓她絕望，也讓她領悟了。

滅絕之夢是為了抵抗趨向虛無的宇宙真理所累積的記憶，是將她們所做過的事情重新編排的啟示。

布莉姬所做的事情，是為滅絕描繪出全新的第三個面相。

——將你變成回歸者的人，是我。將你化為布橋嬰，化為這個世界的救世主，當成活祭品供奉的人，也是我。

然後山姆，將你殺掉的人，同樣是我。

自從克里夫·昂格將他試圖自殺的未婚妻子送到急救醫院的那一刻起，這個世界的樣貌就開始變化了。

不，對於布莉姬來說，這一切都是必然。

醫生們雖然嘗試讓陷入腦死狀態的患者甦醒，卻沒能成功。就在大家議論著是否應該繼續施予延命治療的時候，從別的管道竟帶來了最終的結論。是從總統方面直接接到了一項指令。

克里夫雖然沒有獲知詳細的內容，不過據說是患者所處的狀態與一年前發生的曼哈頓消滅事件中的案例極為相似，因此將由政府直屬的醫療機關接手保護並治療患者。患者當時懷有七個月的身孕。

胎兒後來被取出來，成為布橋嬰的實驗對象了。

當初克里夫還相信院方會治療那對母子，然而就在他得知真正的目的後，便嘗試要奪回自己的兒子。

不過這項行動最終失敗，克里夫與他的兒子雙雙喪命了。在紀錄上，下手殺害的是當時總統的親信約翰・布雷克・麥克蘭。

——當時扣下扳機的人，是我。是我將你跟克里夫殺掉的。我明明沒有那樣的打算。我不可能會期望把救世主殺掉的。（放棄從滅絕中拯救這個世界，但相對地希望拯救山姆——這不也是我所期望的事情嗎？為了能夠和山姆一起在這片冥灘上見證滅絕，所以想要拯救山姆。）

因此亞美利在冥灘上到處尋找著山姆的靈魂。就跟在現世的肉體一樣，由於被子彈貫穿的緣故，腹部留下十字型裂傷的山姆倒在一片無人的海灘上。亞美利將山姆抱起，修復了他的靈魂後，讓山姆回到了生者的世界。

這是將世界的法則一項又一項踐踏蹂躪的行為。

雖然說已經從母體中取出來，但是在人工子宮（圓艙）中維持生命的胎兒仍不算誕生於世界上。現在卻將尚未出生的胎兒殺死，又讓他復活。因為沒有可以回歸的肉體，於是修復靈魂，反讓肉體適應。這是將從過去流向未來的時間逆流的行為，是將反世界的法則套用到這個世界的行為。

由於這樣，讓世界發出了悲鳴。

——我破壞了生與死之間應該保持的平衡。明明我只不過是想要拯救你而已。

你因此成為了遭到亡者世界拒絕的回歸者。不只這樣，你甚至跟我連結，成為了滅絕體的一部分。（不過我是在理解了這個世界的過去，明白了滅絕體與死亡擱淺的真相之後，才知

道了這點。）

滅絕的種子散布到全世界，讓連結冥灘的DOOMS誕生了。DOOMS會共有我所看到的滅絕夢。就是我，把你和你們給捲進來的。亡者開始擱淺也是因為這個契機。從前發生過的湮滅爆炸，對象並非只有人類。因為世界的真理是要消滅一切。然而從那之後，卻變得只有人類會引起壞死現象，只有人類會變成BT，只有人類會引發虛爆了。

我扣下了「第六次滅絕」的扳機。雖然宇宙的消滅或許得以迴避，但人類的滅絕命運已經註定下來了。

山姆沒辦法看著亞美利的臉。即使把視線別開，也找不到感覺可以繫住自己的東西。染成一片紅色的天空中，形狀奇異的地球彷彿隨時都要掉落般變得越來越大。海面雖然平靜，但依然映照著天空的紅色保持沉默。

海岸線一路延續到遙遠的彼方。亞美利的白白也感覺像是會永遠循環下去。

「最終擱淺已經開始。北美大陸上所有人的冥灘都與我的冥灘形成了交界。很快就會有大量的亡者經由這裡，湧入所有的交界。你也可以在這裡，和我一起見證人類的滅絕。」

亞美利坐到沙灘上，一頭金髮微微搖曳，飄來她的氣味。

那是山姆從童年以來就一直看到的模樣。

這個人究竟有哪裡與滅絕相連，山姆至今依然無法明白。

「妳要我在這裡眼睜睜看著人類滅絕？」

「對。在那之前，你和我兩人一起度過。聽起來也沒那麼糟，不是嗎？」

亞美利有如在唱歌似地如此說道，那輕鬆的態度讓山姆頓時說不出話來。

「連接彼世的門已經打開。然而如果能夠把我的冥灘與你們的世界切割開來，就能拖住最終擱淺。最起碼可以阻止人類現在馬上滅絕。」

「妳是說可以讓死亡擱淺停下來？」

「不，我的冥灘上已經發生的這場最終擱淺無法停止，因為它已經開始了。不過你可以把這裡封閉起來，讓死亡擱淺——讓第六次的大滅絕把你們從世界上消滅之前還能留下一小段緩衝的時間。」

亞美利把槍遞向山姆眼前。

「現在馬上結束，或是再拖延一段時間。只能從這兩者之中做選擇。」

山姆的眼睛沒辦法離開反射出黯淡光澤的那把槍。

在來到這片冥灘之前，山姆原本對於消除滅絕體不抱任何猶豫。

他說服自己一直以來自己稱作亞美利的存在只是個虛像，是為這個世界帶來災難的邪惡存在。如果要「封鎖這裡」，只要把槍拿過來將她抹殺就可以了。然而就算那麼做，這條路將會通往滅絕的事情依然不會改變。

既然知道如此，拿起那把槍又有什麼意義？聽完了亞美利的自白之後，現在已經不能只把她稱作是滅絕體了。

如果回歸者、異能者與布橋嬰都是為了抵抗消滅之理而誕生的存在，那麼就必須用這隻手抓住通往滅絕的意義。

山姆戰戰兢兢地伸出手，握住了手槍的握把。自己必須做出選擇，做出決定，往前踏出一步。否則哪兒也去不了。

手掌感受著槍的重量，感覺比至今運送過的任何貨物都來得沉重，來得易碎。

一陣風吹來，胸前的捕夢網隨之搖盪。風就這麼吹過胸口，穿過背後。

山姆從所有的重擔中獲得解放。

槍從手中掉落，埋入砂中。至今為了遠離敵對存在而發明了無數工具的雙手，現在什麼也沒抓著，彷彿剛剛誕生的小嬰兒對著空中伸出手想要抓住什麼東西一樣，山姆把雙手伸向前方。

擁抱亞美利。

在懷中感受著她的體溫，她的氣味。緊貼的胸口感受著彼此的心跳。

「無論發生什麼事，都要聯繫彼此。這是妳教過我的事情。」

亞美利緊緊抱住山姆。山姆也回應擁抱。彼此的輪廓融化，靈魂(Ka)相連。

——看，這是捕夢網。是驅魔的護身符喔。

那是山姆還小的時候，他在冥灘上哭泣，而亞美利將這東西送給了他。

——睡覺的時候戴著這東西，我會從惡夢中保護你。我和你永遠相連。等你長大後，你要用它把世界重新連結起來。然後到那時候，你要來阻止我。只有你能做得到這件事。答應

我，你要記住。山姆，我在冥灘上等你。

又一個片段連上了。將惡夢轉變為好夢的道具。

夢終究是夢，只要從夢中醒來，等待著自己的唯有與睡前無異的現實。然而在那之前所看到的夢，也可能此後的現實呈現出不同的一面。

那時候的亞美利原來是想要傳達這點，只是當時的自己還過於年幼，沒能注意到她這份禮物的價值。不過現在山姆就能理解了。

「亞美利，原來妳早從一開始就知道了。」

亞美利放在山姆肩膀上的手臂抱得更緊了。她的淚水沾溼山姆的臉頰，與山姆的眼淚交融，滴落到沙灘上。

「我並不是從一開始就知道。我做過無數的夢，但我不曉得那些夢之中究竟哪個是未來會發生的事情。你們做的滅絕夢也是一樣，不知道哪個會成為現實。那些只不過是一個一個的點。隨著時間流動，將點與點相連起來才會創造出未來。可是在冥灘的我沒有時間的概念。我沒有線(strand)，只是永遠停止的點。所以我只能在夢中看著選項，並且將選擇託付給你們。」

「那就是滅絕夢？」

「是你把那些點與點連結起來，成為了線(strand)。你們所謂的活下去，就是把點連結起來，呈現出時間的流動。」

把臉埋在山姆胸膛的亞美利抬起頭。兩人互相融合的輪廓似乎回到了原本的形狀。

謝謝你。亞美利說著，看向掉落在腳邊的槍。

「在這裡，槍沒有用。因為它有別的用途。你不是用槍，而是透過羈絆(strand)把世界連結起來的。如果那可以連結到希望，我願意把我的冥灘封閉起來。最終擱淺已經開始，沒有人能夠阻止。所以我要把我的冥灘從你們的世界切割開來。」

「那妳會如何？」

「我就是冥灘。我會在這裡永遠注視著滅絕。我不曉得會持續幾萬年，還是幾十萬年，但這也是身為滅絕體的使命。我留在這裡成為暫時性的祭品，應該就能延長你們的生命。可是……」

她說著看向山姆，露出人類的微笑。

「要孤單一個人在這裡見證世界的滅絕，實在太教人難以忍受了。既然滅絕遲早都會發生，讓它提早也不會有人責怪。曾幾何時，我產生了這樣的念頭。」

那也許是尚未明白一切的真相，還是個少女的她，或是全身被癌細胞侵蝕，老年時咒罵著命運的她；也可能是獲得啟示，決定重建美國時的她。她總是在做夢，但沒有向任何人提過那個夢境。

「可是你們選擇了攜手相連。即便未來是一條名為滅絕的死路。你要記住，當面臨滅絕時的掙扎反抗，正是生命的進化。滅絕並不是消滅，滅絕才是希望。我是為了見證這點的活祭品。所以我會保持與你相連，並封閉這裡。」

亞美利再一次緊緊擁抱山姆。

「謝謝你，山姆。」

這就是她最後的一句話。

她抱著山姆的手臂忽然放鬆。沙灘不知何時被血海吞沒了。

兩人是相擁在深不見底的海面上。只有山姆回到海中，耳邊殘留著亞美利的話語，胸口殘留著亞美利的體溫。

山姆緩緩沉向海底了。

EPILOGUE Ⅰ

「長久以來，我們自立高牆，選擇了分裂與孤立。然而現在，我們的世界獲得了一個全新的樣貌。」

山姆把背部靠在窗邊的牆上，靜靜聆聽著演說的聲音。窗外沒有任何東西，只是主結市的風景被鑲在外框之中。在這間曾經是總統辦公室，曾經是布莉姬撒手人寰的病房，也是一切開始的場所中，山姆聽著新總統的就職演說。

關於在冥灘上發生的事情，他並沒有向任何人講過。一方面因為他沒有自信可以好好說明，一方面也是因為他不認為有那個必要讓人知道。人們只要用合乎各自條件的方法解讀這個世界並好好度過各自的人生就好。冥灘之所以每個人不同的意義就在這裡。沒有必要讓所有人都以同樣的視線，從同樣的位置觀看同樣的東西。

新成立的國家需要一個新的領導人，也需要為此舉行一場儀式。因此這間房間才會藉由全像投影進行了一番裝飾。

「開若爾網路將這片大陸再度連結起來了。然後本人在此宣告，屬於我們的新世界美利堅聯眾國誕生了。」

正是那個開若爾網路將這段訊息傳送到各地。新誕生的國家國民們想必正看著這個影像，有如新任的總統就站在自己眼前講話一樣。

「我曾經宣誓過，為了捍衛美國，我將奉獻自己的一切。然後現在，我再次向各位宣誓，本人身為這個國家的總統，會將自己的一切都奉獻給這個國家ＵＣＡ。這就是與各位同舟共濟的、全新的我。」

現場引起小小的騷動，讓山姆抬起頭來。

「這裡並不是從前的美國，因此不需要這個面具。我發誓自己將會為了ＵＣＡ，成為不畏懼死亡的、真正的『頑人（Die-Hardman）』。」

站在那裡的，是露出自己真正長相的指揮官。新的領導者雖然摘下了面具，但並不意味著所有裝飾都消失了，甚至反而可以說是披上了另一層外皮。山姆低頭看向一張老舊的照片，嘆了一口氣。那是他從冥灘歸來時一起帶回來的東西。拍下山姆、露西與布莉姬的那張照片，與保存在自己記憶中的模樣改變了許多。

「死亡擱淺尚未結束。我們還沒有克服這個難關。然而，透過開若爾網路相連起來的我們，已不再是各自孤立靜待滅絕的弱者了。也許人類遲早會滅亡，但是將生命接續到明日，找到此刻的喜悅並生活下去，這才叫所謂的希望不是嗎？美利堅合眾國最後的總統布莉姬・斯特蘭，以及她的女兒莎曼珊・亞美利堅・斯特蘭都為了重建這份希望而奉獻了自己的一切。遺憾的是，這兩位最為期盼這天到來的人物，如今已不在這個世上。」

頑人的背後映出了布莉姬與亞美利的肖像。她們的真面目並沒有被告知，而是以不同的故事傳承下去了。

「但是斯特蘭總統母女為我們連結起來的開若爾網路，以及關於她們的記憶，都將永遠存在於我們之中。此時此刻，『她們』也依然與我們相連著。更重要的是，還有另一位英雄的努力，為我們實現了這一切。」

山姆收起照片，邁步走出。

「我們今後仍然需要這位英雄，然而他並不是一個人。因此這位英雄的名字，就不在此公開了。對，連結起這個世界的，正是各位之中的『誰（Someone）』。無論是我，或者各位，都遲早會死。但是我們活過的記憶與紀錄會被繼承到下個世代。在這樣的過程中，能夠靠我們的力量克服死亡擱淺的未來也許有一天會到來。為了那樣的將來，我們必須攜手相連，絕不能孤立分裂。」

山姆推開總統辦公室的門，來到無人的走廊上。隔著門還隱約可以聽到新任總統的演說。他並不是對頑人的演說表示抗議，也並非感到失望。捨棄了面具的頑人，現在必須要戴上名為總統的新面具才行。

而山姆自己也必須隱瞞著真相繼續活下去。

當時被亞美利擁抱，又被亞美利推開後，山姆掉落到了自己的冥灘。對於身為回歸者的山姆來說，這是他第一次來到自己的冥灘。景象跟從前亞美利帶他去的亞美利的冥灘別無二致。沒有紅色的天空，沒有紅色的大海，也沒有擱淺體，只是一片平靜的沙灘。海岸線無止盡地延伸。

亞美利提過的人偶娃娃在岸邊被海浪沖打著。頭部又黑又髒，手腳與胸口上都有好幾處傷痕。看起來就像被小孩子玩膩而丟棄的破舊模樣引人同情，讓山姆忍不住將它撿了起來。結果在娃娃底下夾著一張紙。山姆頓時感到胸口一緊。是他以為已經不見的那張照片。布莉姬站在山姆與露西中間笑著。是三個人合照完之後，布莉姬刻意列印出來，並寫上了一段文字的照片。如此一來，這張照片就是獨一無二、無法複製的回憶了。她當時這麼說道。

因愛而擱淺——這段文字的後面，被追加上了「再一次（again）」。

打算把照片收進胸前口袋的山姆，不經意看到手中的娃娃。傷痕與髒汙都消失，變成了一個模仿剛出生的小寶寶一樣漂亮的人偶娃娃。在那脖子上掛有綻放金色光輝的裝飾品。是亞美利的奇普。山姆從前送給亞美利的奇普，掛在嬰兒娃娃身上。

每交一個朋友，就在上面多打一個結——小時候的山姆這麼說著，將奇普送給了亞美利。

在什麼人也沒有的冥灘上，照理講不可能增加什麼結。然而奇普上的結卻擅自增加了。山姆到處尋找著出口，累了就躺下來睡。然後每當醒來，結就會增加。奇普計算著山姆在冥灘上度過的時間。等到結滿了，就會全部消失，又從頭開始計算。難道亞美利也一直以來都看著這個反覆現象嗎？這樣一想，山姆頓時覺得自己年幼時的天真無邪是如此恐怖。

經歷過幾次結的消失與增殖後，山姆領悟到這裡是個無限循環的地獄。跟克里夫的戰場或是亞美利身為滅絕體生活的冥灘是一樣的。就好像布莉姬的肉體被癌症侵蝕般，我也遭到宇宙之理的懲罰了。
這樣的想法一天比一天強烈，最終轉化為確信。如果想從這裡脫逃出去，只有一種方法。
——在這裡，槍沒有用。因為它有別的用途。
那把左輪手槍被埋在沙中。人類雖然得以延命了，但名為孤獨的重擔卻壓到山姆身上，沉重得讓他跪下了膝蓋。用不斷顫抖的手，把槍口抵到自己的太陽穴。冰冷的觸感讓山姆這才注意到自己滿身是汗。屏住氣息，指尖用力。海浪的聲音頓時遠去，變得只聽到自己的心跳。接著——
喀嚓。喀嚓。喀嚓。
取代心跳聲的，是手槍擊錘空虛敲打的聲響。山姆，你真傻。總覺得耳邊好像聽到了亞美利又哭又笑的聲音。
要是那時候繼續留在冥灘上，我究竟會變成怎樣？
山姆走在無人的通道上。頑人演說的聲音已經聽不見了。
「山姆，你怎麼了？還在演說途中啊。」
亡人如此說著，從後面追上山姆。
「只是當個『誰(Someone)』讓你不甘心嗎？」
「不，從失去了她的那一刻起，我就已經功成身退了。」
「聽我說，我還有些事情要告訴你。」
亡人說著，伸手抓住山姆的手臂。『糟了！』的表情緊接著轉變為驚訝。

「你治好了？」

亡人的手抓得更加用力，讓山姆皺起了眉頭。不過亡人似乎也能理解，那表情並非出自於厭惡。其實從翡若捷幫忙瞬間移動的時候開始，山姆的接觸恐懼症便有逐漸好轉的跡象了，不過像這樣觸碰就會讓人有種搞不好已經完全根治的感覺。

「話說回來，你想不想知道你是怎麼從冥灘回來的？」

山姆只能曖昧地保持沉默。要說他不想知道也是騙人的，可是就算知道了也沒有什麼意義。

當時他把派不上用場的槍丟掉後，再度徘徊於沙灘上，結果聽到了聲音。是一群教人懷念的人物在呼喚自己的聲音。有亡人、心人、瑪瑪與勒克妮，以及小路的哭泣聲。在那些聲音的引導下，山姆踏入了海中。

——**看，你們的聯繫並沒有斷。**

似乎聽到亞美利呢喃的聲音。緊接著，山姆就不知被什麼人抓住腳，拖進海底了。

「我們當初試著尋找指揮官拿在手上的那個人偶娃娃，可是沒找到。那東西去了亞美利的冥灘之後就沒回來了。於是我們想到了這個。」

亡人操作銬環，投射出全像投影。

「她的臍帶？」

「沒錯，只要使用布莉姬的臍帶，就應該可以連結到亞美利的冥灘。畢竟親子之間的聯繫是比任何關係都要強烈才對。心人推論說，布莉姬之所以把她的臍帶託付給我，會不會就是因為這個理由。但是……」

「卻沒能連上亞美利的冥灘？」

山姆搶先說道。

「因為她把自己的冥灘切割了。」

亡人深深點頭。

「她的冥灘消失了。所以你究竟是跟著她一起消失到彼世了，還是被轉移到其他地方去了，我們完全沒有頭緒。心人與瑪瑪他們於是分頭行動，找遍了各個冥灘。以這邊的時間計算，整整花了一個月。但終究還是沒能找到你。」

這個世界和那個世界的相對性時間差不知有多少差距。至少以山姆的主觀來看，他在冥灘上度過了幾乎可以說反覆了好幾度人生的時間。

「最後是這東西讓我們找到你的。」

亡人翻找自己的夾克內側，接著拿出來的，是那把手槍。

「就在我們準備放棄搜索的時候，頑人告訴了我們這把槍的存在。於是我們決定不是去尋找亞美利的冥灘，而是透過這把槍尋找你的冥灘。」

山姆再度看向那把殺害過克里夫與山姆，堪稱一切事件源頭的手槍。布莉姬承認當初下手殺害的人就是她。那麼在這個世界究竟是誰與這把槍有連結——不用想也知道，就是名為約翰·布雷克·麥克蘭的總統親信。就是他想著這把槍，架起了通往冥灘的橋梁。

「結果真給我們算對了。瑪瑪很快就從另一個世界確認到你被幽禁於冥灘上，接著透過雙胞胎網路將這件事告訴勒克妮後，心跳停止的心人便找到了在冥灘上的你。最後是請翡若捷把我和小路瞬間移動到冥灘上，把你接回來了。」

原來如此，那時候抓住我的腳，把我帶回這個世界的人是亡人啊。不，應該說是他們所有人都持續在尋找我的下落。總覺得自己不管講什麼聲音都會顫抖，結果山姆只能點點頭回應了。

「照心人的講法是，要讓許多人同時長時間連結到冥灘上是很困難的事情。因此我們利用了布莉姬的臍帶。這裡面摻有從她的臍帶取出的ＤＮＡ，靠這個連起了我們所有人的結點。」

亡人挺起胸膛，亮出模仿奇普的布橋斯新徽章給山姆看。在那之中刻印有布莉姬活過的證明。

「布莉姬從一開始就料到會有這種事發生了。是說，沒想到最後會是一切事件根源的這把槍把你拉回到這個世界來，真是諷刺。」

「是亞美利。她說過這把槍另有用途。」

「把原本是當成『棒子』製造出來的槍當成『繩子』來利用？原來如此，原來是這樣。」

山姆忽然感受到彷彿撲到一張大床鋪上似的觸感。

「我一直都好想要像這樣靠近你，擁抱你啊。」

亡人繞到山姆背後的手臂，溫暖得就像山姆小時候睡覺時包住自己的毛毯。

「另外還有一件祕密要告訴你。」

亡人在山姆的耳邊小聲說道。

「是關於克里夫的事情。我查出他那位沒有正式結婚的妻子叫什麼了。她叫麗莎・布橋斯，是BB的母親。然後——」

亡人放低聲音，把臉朝向下方。

「殺害克里夫的犯人，是個叫約翰的男子。他原本是美國特種部隊的隊員，由於表現出色，被提拔為總統的親信，替總統處理各種見不得人的工作。在紀錄上，他殺害克里夫之後便下落不明。政府還有發出通緝令，但後來發現他死亡了。然而擁有『頑強男人』傳說的他其實並沒有死。約翰用面具隱藏自己的長相，以另一個人物的身分回來了。」

我知道。山姆默默點頭。是亞美利告訴他的。約翰同樣是為了美國的活祭品，犧牲了自己的過去。

「我並沒有相信他。但我們還有必須完成的任務。那麼，晚點再見了。」

亡人搖著他巨大的身軀，小跑步離開。與他擦肩而過現身的，是已經捨棄了面具的新總統。山姆就算要假裝沒注意到，距離也太近了。就算要轉身離去，時機也太差了。

雙方各自持有凶器，想要不拔出武器究竟該如何是好？山姆想不出自己應該怎麼做。如果能夠當作什麼也沒發生過似地錯身而過，當然是最好的了。然而首先忍不住而拔出刀來的，是總統。刀尖不是朝著山姆，而是對著他自己。

「我不會期待你原諒我，也沒有那個資格。」

他的聲音已經在發抖了。

「我只希望你願意聽我說。殺死克里夫・昂格隊長的人，是我。」

他沒有說「殺死你的人」，因此他在講的是真的。山姆如此認為。

「我所做的一切都是為了美國。不，這不是出自對國家的忠誠心。是因為我由衷愛著那名女性。一切都是為了守護她而做的。我知道，我不能為自己找藉口。但唯有那時候做過的事情，無論過了多久我都無法忘記。即便戴上面具、捨棄了過去也一樣。」

那肯定是無法捨棄的。一直以來，那沉重的過去都隨著面具壓在他的身上。他並不是捨棄了過去，只是封印起來而已。山姆深深理解這點，因為他也做過同樣的事情。所以山姆不想要繼續留在這裡了。可是就在準備轉身離去時，頑人卻留住了他。

「等等，我還沒說完。那個人……隊長是我的救命恩人。」

自白並不是淨化。是將重擔背到別人身上，讓對方替自己丟棄的行為。背負起這份任務的，是以供奉之名遭到犧牲的救世主，或者說活祭品。如果那樣的工作可以平等分配給所有的人，就不需要救世主也不需要英雄了。祈求英雄現身的社會，是有病的。

「『頑人』這個稱號，也是因為隊長總是將瀕死的我從戰場上帶回來，所以誕生的。對我來說，隊長是跟那位女性同樣重要的人。」

這個人總是需要有個信奉的對象，能夠奉獻自己一切的對象。在這點上山姆也是一樣。就像頑人需要克里夫、布莉姬或美國，山姆也需要露西、小路與亞美利。

「當隊長的亡靈現身時，我就做好覺悟了。我就算被他殺了也無從怨尤。只能想說該來的時候終於來了，我總算可以一了百了了。然而實際上卻不是那樣。隊長是悔恨沒能拯救自己的孩子，為了贖自己的罪而回來的。可是當那個人知道我們在試圖把這個國家連結起來的時候，便回想起一切，原諒了一切。」

伴隨迴盪在走廊上的巨大聲響，總統跪下了膝蓋。彷彿再也無法承受克里夫沉重的原諒。

「明明我寧願他把我殺死，希望藉此把該算的帳都算清楚的。」

他哭了。不是以總統的身分，而是以約翰・布雷克・麥克蘭的身分，毫不隱藏自己哭泣的表情哭了起來。

「可惡啊！」

他大叫著，不斷捶打地板。也不在乎拳頭皮開肉綻，鮮血濺灑到地板上。那模樣沒有任何一絲的美麗可言，當然也不崇高，但同時也並不悽慘或矮小。山姆抓住約翰的手臂，讓他站了起來。

「對，當時把我從冥灘上送回來的人，也是隊長。那個人又再一次讓我成為不死的頑人，繼續活在這世上了。」

「不，你錯了。」

山姆這句話讓約翰眨了眨眼睛。

「『死不了的人（Die-Hardman）』才當不了什麼總統。正因為是對死亡抱有恐懼的你，才能再一次創造出珍惜生命的時代。」

山姆說著，把手槍壓在總統胸口上。

「用那玩意解決礙事對象的時代已經結束。從現在起，應該要同心協力。所以槍已經沒有用了。」

總統用雙手接下了手槍。自從古早時代的祖先們來到這片大陸之後就用來保護自己、排除敵人，有時候也為了伸張正義而使用的槍，此刻在總統的手掌中逐漸轉變為其他東西了。

「這是來自她的一句話。」

這把槍是將山姆帶回這個世界的橋梁。總統將它收進胸前的內側口袋，擦拭掉流個不停的淚水。

「謝謝你，山姆。」

聽著背後傳來的聲音，山姆再度邁出步伐，走向外面。從地底的通道，走向陽光照耀的原野。

「哦哦，山姆，我等你好久了。」

像個看門人一樣站在那裡的，是亡人。在通往地表的坡道前，堅固的鐵捲門緊閉著。這裡同時也是山姆被迫背起布莉姬的遺體，出發前往焚化爐，一切開始的場所。原本低著頭的亡人抬起臉。他抱在手中的，是ＢＢ圓艙。

「小路！」

不須確認也知道。那是早已成為山姆身體一部分的圓艙。

「正式決定要將它廢棄了。」

冰冷的聲音教人難以相信跟剛才擁抱過山姆的男人是同一個人。

「這孩子在這個世界一直都沒活過。儘管和你之間或許有聯繫，但這孩子所屬的依然是亡者的世界。耐用期限早就已經超過了。就算繼續留在圓艙裡，壞死的可能性還是很高。雖然也是可以選擇把她從圓艙中取出來觀察狀況變化，可是那樣做會違反總統命令。」

小路閉著眼睛，在羊水中漂浮。看起來像在睡覺，也像已經死了。

「這裡現在是個國家。這孩子的生命是由法律與規範在規定。但是我實在不忍心把這小可憐焚化。然而身為這裡的國民，又是布橋斯成員的我，同樣也沒辦法違背規範。」

亡人就像對待真的小寶寶似地用雙手抱住圓艙。

「抱歉，山姆。所以說——」

「交給我。我帶她去焚化爐。」

那座山姆第一次與小路連結的焚化爐。

亡人遞交圓艙的時候，假裝若無其事地擦拭眼淚。同時，山姆的鍔環忽然有一邊解開。

「我讓你的鍔環離線了。」

他剛才流的淚水應該是真的。不過他一邊假裝擦拭淚水，一邊用自己的鍔環操作了山姆的鍔環。

「在這個狀態下，靠手動就能取下鍔環。這樣一來，系統就無法追蹤你在哪裡，也無法干涉你了。但是如果要使用焚化爐的設備，還是需要用鍔環進行辨識認證。離線狀態下無法使用。你懂我的意思嗎？」

「不，我可聽不懂你在講什麼。」

山姆態度冷漠地搖搖頭，收下圓艙。

「謝謝你的關照。」

話還沒講完，山姆就轉回身子抱住亡人的肩膀。

以前偷偷讓山姆運送小路的他，這次又把小路託付給山姆。但這背後的意義與重量，和之前那次完全不一樣。

伴隨軋軋聲響，鐵捲門緩緩升起。微弱的光射進屋內，在出入口大廳的地板上映出一道人影。

「天氣如何？會放晴嗎？」

聽到山姆如此搭話，翡若捷轉回頭。

「嗯，看來不用撐傘了。」

身體狀況已經徹底恢復的她臉上露出的微笑，感覺似乎比以前柔和了許多。把傘合起來的手上沒有戴手套。也許她決定不再隱藏被刻下的皺紋了吧。

「我打算再一次追隨我爸爸的夢想了。可是我不會再犯錯跟恐怖分子合作。我們成為第一間UCA認證的送貨組織了。」

「也就是說你們擴大生意版圖了。恭喜。」

在翡若捷身上那套全新制服的胸口上，掛有跟亡人他們一樣的奇普。

「我有件事瞞著你。」

她微笑的表情頓時變得嚴肅。

「我其實並沒有下手殺了席格斯——不，應該說我下不了手。所以我讓他自己選擇了。看他是要死，還是永遠孤獨地待在冥灘上。」

從她微微咬著嘴唇並低著頭的表情中，難以看出她的真意。她是在後悔自己沒能親手完成報復嗎？還是後悔自己竟然用跟自己被對方做過的同樣手法進行了復仇？

「用不著勉強自己。妳不是屬於搞破壞的人。」

「說得也是。謝謝。我比較喜歡收集壞掉的東西並重新組裝修復。」

翡若捷的聲音與表情都稍微放輕鬆了。

「我是——」她看著山姆，於是山姆也點點頭。

「運送易碎品（Fragile）的翡若捷（Fragile）！」

兩人異口同聲地說道。

「想來我這裡工作嗎？我們需要你。」

翡若捷說出了和那時候同樣的一句話。因此山姆也必須做出回應才行。

「這個世界依然支離破碎。什麼都沒有改變。」

「壞掉的東西可以重新修補起來喔？你不就靠自己一個人的力量連結起來了嗎？」

「確實，這片大陸連結起來了。但是我本身跟哪兒都沒聯繫。我就跟亡者一樣。在那洞窟和妳認識以來，一直都沒變。」

翡若捷抓住山姆的肩膀。

「才不，你已經跟那時候不一樣了。你現在不怕被人接觸，也可以自己接觸別人了，不是嗎？」

沒錯，自從妳把我送到冥灘的那時候開始，我就逐漸治好了。可是，我沒辦法對這件事完全感到高興。

「我失去了一直以來跟自己相連的存在。」

翡若捷的手緩緩遠離。她的體溫與手掌的重量也隨之離去。

從變得稀薄的雲層縫隙間，光柱透射下來。好久沒有看到這樣的景色了。翡若捷感到耀眼地仰望天空。

如果是她，或許有一天能夠到達雲層的另一邊。山姆在心中默默期許，但願這件事可以成真。

「小路，走吧。這是最後一趟配送任務了。」

自言自語地呢喃後，山姆開始邁步爬上坡道。

EPILOGUE II

踩在腳下的土壤又冰又硬，覆蓋在上面的草葉則柔軟得有如初芽。布莉姬說她小時候摸過的冥灘細沙其實是珊瑚與貝殼的屍骸，不過山姆眼前這片土地同樣是被分解的生物屍體所構成的。宇宙大爆炸發生時，沒能與反物質接觸而殘留下來的微量物質經由循環組成了這個世界。互相接觸會導致消失。就是因為伸出的手沒有得到回應，這個世界才誕生了。

渡過冰冷刺骨的河川，繞過感覺隨時會崩塌的懸崖，在斜坡上踏穩每一步，爬上丘陵。從岩石後面飄出隱生蟲，漫無目標地浮在半空中。這個奇妙的生物同樣要不是經由冥灘連結上這個世界，就不會被人發現，更不會被人捕食了。

山姆看到前方有個沒見過的東西，不禁停下腳步。是一根有點髒的白色棒狀物體，細得有如折斷的樹枝。山姆將它拿到手上端詳，那似乎是動物的骨頭。至少可以確定不是人骨。人類不管是怎麼死的，都不可能會留下骨頭。人類的遺體要不是虛爆就是被焚化，最後都不會留下痕跡。不會被還原到這個世界，也不會被BT以外的存在捕食。從這個世界的循環之中遭到剔除，物種變得越來越稀少，最終消失。

山姆試著舔一下骨頭，有塵埃般的土味。人類不是將這東西還給生死的循環，而是改造成攻擊與排除敵人的道具。創造出獨自的循環系統，稱霸了這個世界。然而那樣的輝煌時代也即將落幕。如果我能夠活到那時候，是否可以再與她重逢？她還會在冥灘上等我嗎？

那是不可能的事情。

山姆用力擲出骨頭。然而那東西輕得連拋物線都沒畫出來就掉落到地上，沒能擲向遙遠天空的雲層另一側。總覺得像是誰在主張，那東西是屬於大地，是屬於地球的。

爬上斜坡頂端往下俯瞰，就能看到焚化爐了。

鼻腔深處頓時一股刺痛，讓淚水流出眼眶。

原來如此。這並不是什麼過敏反應。人類不讓亡者回歸自然，而是學會了藉由處理遺體保護自身安全的方法。因此這是亡者強迫活人流淚，為自己餞別。山姆現在總算明白了這點。

這地方還在設施的區域範圍之外。如果要走進去，必須接受感應器辨識認證。現在該往前進，還是掉頭回去？

圓艙內部一片黑暗，搞不清楚小路的狀態。

山姆沒把握這究竟算不算好方法，不過他抽出臍帶（cord），嘗試接上小路。

在腦袋的中心當場發生了爆炸。

——這孩子是很特別的。

——這孩子是將我們連起來的橋梁。

模模糊糊的聲音讓山姆醒了過來。一片模糊的視野不知被什麼人的臉全部占滿。不對，才不是那樣。山姆想要如此反駁而張開嘴巴，卻被液體倒灌到口中。味道像海水一樣。液體從口腔流入喉嚨，盈滿肺部。但是並沒有溺水。因為他在出生之前還是個海棲生物。

——抱歉，要把你關在這種地方。

即使在充滿羊水的圓艙中，也能聽出來那是克里夫的聲音。

——一切結束之後，你想去哪裡——什麼地方我都帶你去。

「請你不要猶豫，這是最後的機會了。」

被交到手上的左輪手槍，山姆似曾見過。是亞美利在冥灘上交給他的那把槍。是他精疲力竭，決定拿來擊爆自己腦袋的那把槍。確認彈匣，這次裡面裝滿了子彈。約翰默默離開房間。他說過只有五分鐘的時間。

克里夫打開櫥櫃，用一條疊在櫃裡的毛巾捲到手槍上。接著抓起一個枕頭，走向病床。

那不是普通的病床，是用輕金屬、強化塑膠與電子迴路做成的人造繭，或者說棺材。躺在裡面的女性已經是個半死人了。

「麗莎，對不起。」

克里夫把枕頭壓在女性臉上，並且把槍口抵在上面。

「別擔心，我會好好照顧這孩子——我保證，說到做到。」

親吻女性的同時，可以看到她頸部有條狀的瘀青痕跡。那就是導致她陷入腦死狀態的直接原因。但是克里夫現在不知道究竟是什麼理由把她逼到了那種地步。因為他已經把那段記憶封閉起來了。

「對不起。」

這已經不知是第幾次懺悔的話語，也不知道今後還會再反覆這句話多少次。克里夫想著這樣的事情，同時對放在扳機上的手指注入力氣。別開臉，聽著兩聲低沉的槍響。接在女性身上的感測器偽裝她的死，繼續描繪出活人的波形。接下來必須在五分鐘之內完成所有事情才行。

克里夫的臉逼近而來，占滿山姆的視野，將他連同圓艙一起抱起。

「BB，我的BB（Baby）。聽得見嗎？」

視野搖晃，但是並不會讓人感到不適。

「聽得見嗎？是爸爸喔。」

克里夫打開房門，無聲無息地來到通道上。明明應該是自己已經走慣的場所，此刻卻宛如迷宮。但這個奧菲斯要帶走的不是自己的情人，是兒子。

現在距離保全人員巡邏之前應該還有時間。克里夫毫不遲疑地一路走到通道盡頭的岔路，用視線確認左右。接著準備走向搬運出入口所在的左側時，警戒訊號忽然竄過全身。幾名保全士兵從通道的右方走過來了。克里夫還沒有被發現，於是趕緊退回原路，隱藏氣息。

三名士兵默默通過了。但自己總不能跟在他們後面走，只好變更計畫了。於是克里夫朝右側——剛才士兵們走過來的方向行進。剩下時間不到三分鐘。

經由連接通道入侵到別的大樓去吧。可是強化玻璃門卻鎖著，讓他只能打消念頭。這下要按照原定路徑走，還是繞遠路前往出口？克里夫還來不及做出選擇，其中一個選項就消失了。從通道遠處傳來有人在講話的聲音，距離越來越近。似乎是醫生與醫療團隊的樣子。

只要裝作若無其事，或許可以順利和他們錯身而過。告知麗莎死亡的警報聲大約一分鐘之後會發動。汗水從額頭邊流下來，讓克里夫知道自己正在緊張。握著手槍的手掌與抱著圓艙的手臂都微微顫抖著。自己以前從來沒有遇過這樣的事情。無論遭遇什麼樣的危機，總是能夠從險中逃脫。死亡不足為懼。然而自從有了這孩子之後，克里夫開始避諱死亡，認為自己絕不能死。這念頭使得他判斷力變得遲鈍，因此決定從軍隊退役了。

就在克里夫還做不出決定前，告知時間已到的警報聲便決定了狀況。

醫師們掉頭趕回原本走來的方向。從通道的另一側也傳來幾個人的腳步聲。

克里夫為了再次嘗試打開玻璃門而把手放到門上，然而在玻璃門的另一側出現了配槍趕來的保全士兵。

「不准動！」

士兵手中的槍射出紅外線，瞄準點在克里夫的胸口上游移。克里夫用右手亮出自己的手槍，接著把槍口抵在圓艙上。撞擊聲經由羊水傳來，但山姆並不害怕。

「把槍放下！」

對方發出一次又一次同樣的警告聲。克里夫以ＢＢ為人質，嚇唬著保全士兵們。與他們對峙的同時，一步步往後退。從通道傳來的騷動聲越來越大。

「不准動！」

士兵的大叫聲讓克里夫拔腿衝出。一名士兵立刻往他的背部開了一槍。

左邊肩膀好燙。溫暖的鮮血沿著手臂流下，讓圓艙也沾滿了血。山姆的視野變得一片血紅，就好像在亞美利的冥灘看到的大海與天空的顏色。

山姆不自覺間把臍帶（cord）從圓艙上拔下來了。

彷彿自己中彈似的，左肩感到刺痛。全身都是汗水。剛才那是山姆偶爾會看到的情景。在那幻影中，山姆既是克里夫，也是ＢＢ。明明克里夫已經不在，小路也變得如此衰弱，自己為什麼還會看到這景象？究竟是什麼讓山姆看到這些東西的？也許是小路還希望跟山姆聯繫。山姆心中抱著這種期待的同時，理性也告訴自己不能再繼續執著於小路了。不能永遠讓她停留在生死的狹縫間。

這想法從背後推了山姆一把。

焚化爐就跟以前一樣，充滿腐敗發酸的氣味。這裡是將肉體存在於這個世界的所有痕跡燒盡的人生終點。是對生者來說的世界盡頭。

受伊格託付，從交界歸來。違背布橋斯廢棄處理的命令，在這地方嘗試與小路連結。從那之後，自己與這孩子一起度過了好長一段時光。要是沒有這孩子，自己不可能單獨一個人往返這塊大陸的東西。即使早已超過據說通常只有一年的耐用期限，自己還是仰賴這孩子一路走了過來。山姆雖然對於布橋嬰被當成網路的媒介，被當成為國家奠基的活祭品感到憤慨，然而自己對這孩子做過的事情不也是一樣嗎？自己可有為小路著想過？她還是個小孩，還是個嬰兒，所以自己必須保護她才行，必須引導她才行。只有這樣的念頭在腦中打轉。

明明真正被保護的人，應該是我才對。

焚化裝置從地板升起。

那模樣看在山姆眼中會像座祭壇，肯定是因為自己希望把和這孩子一起度過的歲月化為特別的東西記憶下來的緣故。希望把這裡變成以小路的肉體為代價，可以把記憶永遠保存下來的儀式場所。這場儀式並不是由美國這個國家舉行，而是只屬於自己和小路之間的儀式，因此山姆取下了銬環。

——在這個狀態下，靠手動就能取下銬環。這樣一來，系統就無法追蹤你在哪裡，也無法干涉你了。

接受亡人好心為我動的手腳吧。

為了將「布橋斯的山姆」刪除，把銬環放到祭壇上。

為了讓小路自由，把圓艙也放到祭壇上。

屋外傳來雷聲，天空忽然昏暗下來。下雨的氣味入侵到室內。在這裡把小路處理掉，至少可以讓她免於加入漂泊徘徊的亡者們的行列之中。既然沒有辦法在這個世界活下去，就將這孩子葬送到亡者的世界吧。

——想回去嗎？

小時候的山姆聽到這句詢問，便回答自己想要回去。那麼這孩子呢——

伴隨低沉的聲響，祭壇開始緩緩下降。

「麗莎，我搞砸了。」

山姆低頭俯視蜷縮著身體的克里夫。從左肩流出的血液把他的夾克背後染成了一片黑色。克里夫發出呻吟，撐起身子。

「對不起，麗莎。」

他說夢話似地叫著麗莎的名字，並走向房門。每走一步，就在地上留下鮮血足跡。緊抱著圓艙把房門關上之後，開了兩槍破壞保全控制面板。轉回身子的他走向山姆，就像個發高燒的人一樣臉頰發紅、眼眶泛淚。然而山姆的身影並沒有映入那對眼睛。他只看著被染血的枕頭蓋在頭上的麗莎。克里夫穿透山姆的身體，趴到病床邊。山姆頓時理解，存在於這空間的只是我的靈魂（Ka）。認知到肉體的人只有自己，其他人看不見我。

門外變得騷動起來。

「他在這裡！」

門板被人粗魯敲打，沉重的聲音迴盪房內。一次又一次的敲打聲，不久後變成了刺耳的金屬聲響。伴隨圓鋸機切割的聲音，門板開始軋軋作響。

克里夫看起來就像沒注意到這件事情似的，背靠著麗莎的病床癱坐到地板上。喂，難不成你要放棄了？山姆講的話化不成聲音，傳不進克里夫耳中。

「BB，放心。沒事，我會一直陪著你。」

克里夫拚命希望讓BB聽到自己的聲音。

「這房間是機密區域，不准進去！」

即使隔著門也可以清楚聽到這個控制現場的聲音。山姆很熟悉，是約翰的聲音。同時，圓鋸機發出的噪音也停下來了。

「但我們看到他逃進裡面了。」

「他不在這裡。在那邊。你們去找那邊！」

對於保全士兵們的抗議，約翰立即否定。騷動聲有如海潮退去般逐漸消失。山姆似乎聽到門外的約翰鬆了一口氣的聲音。快，趁這機會逃出去吧。然而，山姆的拜託與約翰的行為都沒有傳到克里夫心中。

「不，他就在裡面。把門打開。」

如此下令的，是美利堅合眾國的總統——布莉姬・斯特蘭。代理她的意思行動的特種部隊士兵推開約翰與保全士兵，破壞門板湧進房內。山姆張開雙臂挺身保護克里夫，但子彈還是貫穿了他的胸口，無視於山姆的存在，飛向克里夫。

全身後仰的克里夫身上又流出新的鮮血。即使如此，他依然繼續對著BB講話。

「聽我說。我其實很怕你，我對你的存在感到恐懼。因為有你們，會讓我變得怕死。這樣一來，我就無法繼續當個戰士了。」

一道光閃過山姆腦海。摸著自己的大肚子微笑的麗莎。背對著她走出去的克里夫。用顫抖的雙手把脖子掛到繩索上的麗莎——

「我對這點感到無比害怕。」

士兵們把槍口對著克里夫，沒能動彈。

「你們給我讓開，快！」

約翰撥開包圍著克里夫的士兵們，在他手中握著剛才克里夫掉到地上的手槍。

「但我完全錯了。」喘著氣的克里夫依然在對BB講話。

「正因為有必須保護的對象，人才會變得勇敢無畏。對不起，我害你們寂寞了。」

「隊長，沒想到事情會變成這樣。」

克里夫注意到約翰，抬起頭來。被血沾溼的瀏海貼在他的額頭上。把頭髮撥開後，克里夫又把視線往下移。

「聽好，不要犯跟我一樣的錯。你要走你的路，做你自己。」

大概是力氣耗盡的緣故，他應該最為寶貝的圓艙這時滾落到地板上。約翰還來不及伸手，特種部隊士兵就跑過來撿起圓艙。一切就這麼結束了。山姆始終只能表情發愣地靜觀事態發展。

約翰跪到克里夫面前。ＢＢ已經被奪回，因此他這麼做是為了保護變得失去價值的克里夫。就在這時，布莉姬忽然發出叫聲。

她抱著士兵交給她的圓艙，用發青的臉看向克里夫。約翰倒抽一口氣，士兵們緊張起來。因為圓艙中居然什麼東西都沒有。

「隊長——請你把那個交出來。」

約翰用顫抖的聲音如此請求。在克里夫的胸前，抱著赤裸的ＢＢ。從圓艙流出來的羊水潑在地板上。

「拜託你。」約翰說著，將手中的槍舉向克里夫的額頭。克里夫交互看向槍口與約翰，皺起眉頭。不，他也許是在笑。山姆看不出來那究竟是什麼表情。

「約翰，開槍。」

布莉姬冷酷地如此下令，但她的聲音聽起來些微顫抖著。

山姆為了保護克里夫而蹲低身子，伸出手臂。想要用手掌堵住約翰的槍口。

「開槍。」

布莉姬再次下令。約翰的手臂在發抖。山姆雖然瞪著約翰，但映在對方眼中的不是山姆，而只有克里夫沾滿鮮血的臉。我在這裡什麼事也辦不到，什麼事也無法干預，什麼力量都沒有。原來如此，這就是只有靈魂的亞美利感受到的孤獨。身為只能旁觀的存在，無比的絕望讓山姆幾乎承受不住了。

「開槍。為了美國。」

約翰顫抖的手指扣下扳機。

「你不只是山姆而已。」從背後傳來克里夫的聲音。山姆轉回頭，看到他對自己點頭。他的眼睛看到了山姆。

「你是山姆・布橋斯。」

現在只能聽到克里夫的聲音。約翰把手指放在扳機上靜止不動。布莉姬與特種部隊士兵們也都沒動。這個被延長的時間中，在動的人只有山姆與克里夫。

「你是我的兒子，也是通往未來的橋梁。」

克里夫抱著嬰兒，站了起來。雖然腳步搖晃，但看起來彷彿湧出了力氣。他筆直地注視著山姆的眼睛。

「我是斷崖（cliff），一直都在斷崖絕壁上望著另一側——只是窺探著你們努力打造的世界。所以我沒辦法成為連結世界的橋梁。」

克里夫對蹲著身子的山姆伸出手。

「山姆，你要代替我成為真正的橋梁。」

克里夫的手上有好幾道傷痕與皺紋。是身經百戰的男人的手。雖然粗獷，卻也纖細。雖然染血，卻一點也不髒。他將抱在手中的嬰兒交給山姆。嬰兒小得可以完全收在手掌心中，又柔軟，又溫暖。脈動傳來，讓人知道他小小的心臟正努力跳動。嬰兒的心臟與自己的心臟同步跳動著。原來如此……

「這是、我嗎？」

克里夫點點頭，擁抱山姆。飄來菸草與鮮血的氣味。這就是父親的味道。山姆繞到克里夫背後的手臂不自禁微微用力。

停滯的時間開始又動了起來。

山姆聽到兩聲槍響。克里夫的身體如鞭子般抽動了兩下。

手上忽然變輕。低頭一看，原本應該抱在手中的嬰兒不見了。手掌上只留下濺染的鮮血。克里夫的雙眼望向遠方。山姆的身影已經沒有映在他眼中了。從他的右胸口湧出大量鮮血，抱在手中的嬰兒也渾身是血。到剛才還與山姆同步跳動的心臟停止下來。

「隊長，怎麼會這樣。居然連ＢＢ也……」

約翰嚇傻的聲音讓山姆抬起頭。

布莉姬的手掌疊在約翰握著槍的手上。

克里夫的身體有如斷了線的牽線木偶般癱了下去。山姆急忙上前抱住，可是他卻穿透山姆的手臂，倒向地板。嬰兒的屍體也掉落到地上。

布莉姬不知大叫著什麼話，衝過去抱起嬰兒。山姆看著自己的屍體，只能佇立原地，什麼也辦不到。

焚化棺材關起蓋子，沉入地板下。被燒掉的，只有山姆從手腕取下來的銬環。自己與美國之間的絆繩(strand)被燒斷，葬送。山姆用變得輕盈的右手抱著小路。

從圓艙流出來的羊水潑在地板上。

下腹部的十字傷疤在發燙，讓還沒誕生就被殺死的山姆·布橋斯復活的那個傷疤隱隱作痛。亞美利在冥灘上修復山姆靈魂時留下的疤痕彷彿在脈動著。

自己果然無法忍受把小路處分掉。應該把這孩子送還到亡者之國什麼的，根本都是詭辯。應該為這孩子著想做出決定什麼的，也都只是欺瞞。那種事情，山姆打從開始就知道了。

我只想要親手接觸這孩子的肌膚。就像克里夫抱著還是嬰兒的我一樣，就像亞美利在冥灘上抱起我一樣，我也想要抱起小路。或許這是單方面而殘酷的愛情表現。在那份愛的前方，我無法向小路保證可以看到什麼。但我就是沒有辦法連抱都沒抱過小路就將她焚燒掉。

這份心願實現了——可是小路並沒有回應山姆的呼喚。她雖然有體溫，但呼吸微弱，心跳也很虛弱。

小路！

對她叫喚的聲音，就跟頑固不休地尋求ＢＢ的克里夫一模一樣。

小路！

山姆摩擦著她的背，按摩著她細得感覺會被折斷似的手腳。也不曉得這麼做究竟是不是正確的復甦術，只是不斷地呼喚小路，擁抱小路，為了讓靈魂不要離開肉體，不斷摩擦著她的身體。

——想回去嗎？

那時候的亞美利究竟是在問我想回去哪裡呢？

克里夫究竟是想要把還是個嬰兒的我帶到什麼地方去呢？

對了，小路，妳想去什麼地方？我又是想要把妳帶到什麼地方去？妳要去亡者的國度還嫌太早了。妳根本連生都還沒生出來。不要去那個萬事早已發生而且結束的過去王國，而是到擁有無數選項的未來去吧。讓妳誕生的選項只存在於那裡。所以小路，睜開妳的眼睛。我要把妳留在這個世界。

從小路的腹部隱隱約約地伸出了粒子狀的臍帶。是壞死的徵兆。

難道這孩子果然沒有辦法活在這個世界嗎？

小路，要是沒有妳，我永遠無法往前走。就算妳沒有意願，我還是想要和妳一起活下去啊。

即使山姆的淚水沾溼了小路，她依然繼續要歸返彼世。

小路，不要。山姆不想看到小路的臍帶，忍不住閉起眼睛。只能夠抱著小路哭泣的自己，比任何人都要愚蠢。

掛在胸口前的捕夢網似乎勾到了什麼東西。山姆抬起頭，發現小路睜開了眼睛。她的右手中握著亞美利掛在脖子上的奇普。

她回來了。

山姆還來不及流出新的淚水，小路就使出渾身力氣發出哭泣聲。

為了向全世界告知自己的誕生，她大聲哭了起來。

為了震盪一直以來關著她的生死交界，為了扯開束縛著她的枷鎖，小路顫抖全身哭泣著。

小路。路易絲，歡迎回來。

山姆對不斷哭叫的她親吻臉頰。她的淚水沾到嘴脣上。是活著的人流出的眼淚味道。

走出焚化爐，下著雨的天空放晴了。

彩虹劃出一道美麗的弧線，跨越山稜線。

不是以前總會看到的倒掛彩虹。

一陣風吹過，帶來從沒聞過的氣味。

山姆回頭朝焚化爐看了一眼後，循著來時的路踏出腳步。不過在那條路前方等待自己的，想必是從未見過的全新場所。

回去吧——耳邊似乎聽到了不知在哪裡聽過而教人懷念的聲音。

奇炫館

死亡擱淺（下）

（原名：デス・ストランディング　下卷）

著　者／野島一人　原　著／小島秀夫　譯　者／陳梵帆、Ryo
發行人／黃鎮隆　執行編輯／曾鈺淳
總經理／陳君平　企劃宣傳／邱小祐、劉宜蓉
經　理／洪琇菁　國際版權／黃令歡、梁名儀
總編輯／呂尚燁　文字校對／施亞蒨
美術總監／沙雲佩　內文排版／謝青秀
美術編輯／李政儀

出　版／城邦文化事業股份有限公司　尖端出版
台北市中山區民生東路二段一四一號十樓
電話：（〇二）二五〇〇－七六〇〇
傳真：（〇二）二五〇〇－二六八三
E-mail：7novels@mail2.spp.com.tw

發　行／英屬蓋曼群島商家庭傳媒股份有限公司城邦分公司　尖端出版
台北市中山區民生東路二段一四一號十樓
電話：（〇二）二五〇〇－七六〇〇（代表號）
傳真：（〇二）二五〇〇－一九七九

中彰投以北經銷／楨彥有限公司（含宜花東）
電話：（〇二）八九一九－三三六九
傳真：（〇二）八九一四－五五二四

雲嘉經銷／威信圖書有限公司　嘉義公司
電話：（〇五）二三三－三八五二
傳真：（〇五）二三三－三八六三
客服專線：〇八〇〇－〇二八－〇二八

南部經銷／威信圖書有限公司　高雄公司
電話：（〇七）三七三－〇〇七九
傳真：（〇七）三七三－〇〇八七

香港經銷／城邦（香港）出版集團有限公司
香港灣仔駱克道一九三號東超商業中心1樓
電話：（八五二）二五〇八－六二三一
傳真：（八五二）二五七八－九三三七
E-mail：hkcite@biznetvigator.com

新馬經銷／城邦（馬新）出版集團Cite（M）Sdn. Bhd.
E-mail：cite@cite.com.my

法律顧問／王子文律師　元禾法律事務所
台北市羅斯福路三段三十七號十五樓

二〇二一年五月初版一刷

■中文版■

郵購注意事項：
1. 填妥劃撥單資料：帳號：50003021戶名：英屬蓋曼群島商家庭傳媒(股)公司城邦分公司。2. 通信欄內註明訂購書名與冊數。3. 劃撥金額低於500元，請加附掛號郵資50元。如劃撥日起 10～14日，仍未收到書時，請洽劃撥組。劃撥專線TEL：(03) 312-4212 ・ FAX：(03) 322-4621。E-mail：marketing@spp. com. tw

國家圖書館出版品預行編目(CIP)資料

死亡擱淺 / 小島秀夫原作 ; 野島一人小說 ; 陳梵帆, Ryo譯. -- 1版. -- 臺北市 ： 城邦文化事業股份有限公司尖端出版 : 英屬蓋曼群島商家庭傳媒股份有限公司城邦分公司發行, 2021.05
冊 ； 公分
譯自 : デス・ストランディング
ISBN 978-957-10-9996-5 (下冊 : 平裝)

861.57 110004640